KB048134

한성요괴상점

한성요괴상점

기구름 지음

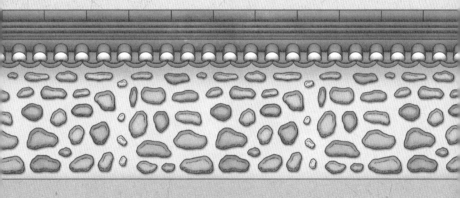

엘릭시르

차례

1. 야반도주

'불이다!'

새벽, 한기가 눈을 뜨는 순간, 붉고 푸른 불길이 뱀처럼 방 안을 흘러 다니고 있었다. 창이 환했고, 익숙한 물건들이 타닥타닥 불꽃을 튀기며 사라지고 있었다. 뜨거운 열기에 턱 숨이 막혔다. 순간, 부모님이 떠올랐다. 한기는 튀어 오르듯 몸을 일으켰다.

'뭐야? 왜 이래?'

의식은 일어섰지만, 몸은 여전히 이부자리에 누워 있었다. 마음을 따라 몸이 반응하지 않았다. 부들부들 팔다리가 떨리고, 쿵쾅쿵쾅 심장이 뼈를 뚫고 튀어나올 것 같았다.

불현듯 누군가의 계획된 음모일지도 모른다는 생각이 들었다. 마포에서 한성요괴상점을 경영하는 아버지는 조선 제일의 무사이자 요괴 사냥꾼이었다. 아버지에게 원한을 품은 요괴가 아닐까?

한편으로는 이상했다. 이 정도로 큰불이 났다면 부모님이 모를 리가 없었다. 그렇다면 부모님도 지금 자신과 같은 처지가 아닐까? 불길을 빤히 바라보면서도 몸을 움직일 수 없는 걸까?

'불길을 날려버려야 한다.'

한기는 온 힘을 단전에 모았다. 이 상태로는 기법을 한 번밖에 쓸 수 없었다. 산군포효(山君咆哮). 한기는 머릿속으로 사용할 기법을 결정했다. 산군, 즉 호랑이가 거대한 아가리를 벌려 포효하며 그 기운으로 눈앞을 가로막는 것들을 단숨에 날려버리는 기법이다.

한기는 눈꺼풀을 조용히 닫았다. 그리고 허리춤에 있는 2척(60센티미터) 길이의 봉을 느꼈다. 요괴를 때려잡는 데 쓰는 박달나무 목봉(木棒)이었다. 금강산 만폭동으로 들어가 신선이 되었다는 외할아버지가 물려준 1200년 된 무기였다.

'가자, 정의봉! 산군포효의 수법이다.'

마른침을 넘기고 주문을 터뜨린다.

'인왕산 호랑이가 폭포수처럼 울부짖는다!'

이제 거대한 인왕산 호랑이가 등장한다. 호랑이는 폭포수를 뿜어내며 불길을 단박에 주저앉힌다……. 그래야 한다. 하지만 변화가 없다.

'산군포효! 인왕산 호랑이가 폭포수처럼 울부짖는다!'

한기는 다시 한번 주문을 외웠다. 그리고 그제야 중요한 사실을 깨달았다.

'목소리가 안 나오잖아.'

그랬다. 산군포효의 주문이 목구멍에서만 맴돌 뿐 입 밖으로 튀어나오지 않은 것이다. 단전에 모였던 기운이 바람 앞의 안개처럼 스르르 흩어졌다.

방 안의 불길은 이제 거대한 용처럼 꿈틀댄다. 빠직빠직 머리카락이 타들어오는 것 같았다.

'어쩌면 좋지? 이렇게 죽, 죽는 거냐?'

한기의 시야가 눈물로 흐려졌다.

'나를 살려줘! 부모님을 구해줘!'

불구덩이 속에 꼼짝없이 누운 소년의 울부짖음은 불이 났다고 떠들썩한 이웃들의 귀에 닿지 않았다.

밤사이 아담하고 예쁜 한옥 한 채가 수북한 잿더미로 변했다. 최북과 서 씨 부부의 집이었다.

지혜가 하늘에 닿았고 무예가 천하에 손꼽힌다 하여 박물군자(博物君子)로 불리는 최북은 성 밖 마포에서 요괴상점을 경영했다. 그의 아내 매화당(梅花堂) 서 씨는 매화를 닮은 맑은 심성에다 비록 여자의 몸이지만 시(詩), 서(書), 화(畵)에 뛰어나 삼절(三絶)부인이라 칭송받았다.

"어찌 이리 하나도 남김없이 폭삭 불에 타버렸을까?"

"얼마나 순식간에 타오르는지 경수소와 포도청에 연락이 닿기도 전에 잿더미가 됐다니까."

"박물군자와 삼절부인은 무사하신가?"

잿더미로 변한 집터에 사람들이 몰려들어 수군댔다.

어제까지 기와지붕 처마를 버선코처럼 살포시 올렸던 단아한 건물들은 더 이상 볼 수 없었다. 세간은 물론, 대들보와 서까래, 심지어 기와 한 조각 남아 있지 않았다. 아니, 그것들은 모조리 허리까지 쌓인 잿더미로 변해버렸다.

"으악."

다음 순간, 사람들은 까무러칠 듯 뒷걸음질 쳤다. 잿더미 속에서 뭔가가 불쑥 솟아오른 것이다. 새까만 재를 뒤집어쓴 것은 꼭 지옥을 탈출한 요괴처럼 보였다.

"요, 요괴다!"

"한낮에 요괴가 나타났다!"

"이 집에 불을 낸 불 요괴일까?"

잿더미 요괴는 멍하니 주위를 둘러보더니, 머리카락이 그슬린 머리통을 세차게 흔들었다.

'어떻게 된 거지? 나, 살아 있어…….'

잿더미 요괴는 두 손바닥을 펴고 물끄러미 내려다봤다.

'어머니…… 아버지…….'

잿더미 요괴는 까만 얼굴로 주위를 둘러봤다. 사람들의 놀란 시선이 모두 그에게 닿아 있었다.

'마포의 요괴상점으로 가야 해!'

한기는 성 밖, 마포의 한성요괴상점을 향해 미친 말처럼 내달렸다. 그제야 어젯밤의 일이 주마등처럼 스치고 지나갔다.

저녁 무렵, 어머니가 적색 환을 내밀었다.

"한기야, 기를 돋워주는 영험한 환이다. 밤마다 요괴를 쫓아다니며 수련하느라 힘들지?"

한기는 환을 입안에 던져 넣고 우물우물 씹어 삼켰다.

"오늘은 요괴 잡으러 다니지 말고 집에 있거라."

"낙타산에 요사한 여우 요괴 한 마리를 봐뒀어요."

"그래도 오늘은 집에 있으렴."

지금껏 단 한 번도 이유 없이 자신의 발목을 잡은 적이 없는 어머니였기에 좀 이상했다.

"그러죠, 뭐."

한기는 어색함을 떨치려고 일부러 명랑하게 대답했다.

"이제 네 실력이면 언제라도 마포의 요괴상점을 경영할 수 있겠구나."

어머니 매화당 서 씨는 머리를 들어 어둠이 파도처럼 몰려오는 하늘을 응시했다. 한동안 뜸을 들이더니 다시 입을 열었다.

"한성요괴상점 안채 마당에 매화나무가 꽃을 피웠더구나."

"벌써요? 그러고 보니 마포의 요괴상점에는 한참 동안 안 갔네요."

"한기야, 이 어미가 즐겨 읊는 시구를 기억하느냐?"

"매일생한불매향(梅一生寒不賣香). 맞죠?"

한기는 빙그레 웃었다.

"그래. 매화는 일생 추워도 향기를 팔지 않는다는 뜻이란다. 기억하다니 다행이다."

어머니가 쓸쓸한 목소리로 대답했다.

숭례문을 빠져나온 한기는 만리재 고개를 향해 내달리며 추측했다.

'어머니가 주신 환은 기를 돋워주는 게 아니라 적룡혈단이었어.'

적룡혈단은 붉은 용의 피로 만든 환으로, 바위가 녹아내리는 화산 구덩이에서도 몸을 보호해주는 영약이었다.

'아버님과 어머님은 틀림없이 상점에 계실 거야.'

한기는 나쁜 생각을 떨쳐내려는 듯 머리를 힘껏 흔들었다. 손바닥으로 젖은 눈과 뺨을 연신 훔쳐낸다.

마포장은 오늘도 상점과 가게와 난전, 장사치와 호객꾼과 손님과 구경꾼으로 왁자지껄하다. 대로(大路)에 딸린 골목 중 가장 외진 골목. 요상한 이름의 상점이 있다.

한성요괴상점

그런데 무슨 일이 있었는지 상점 안은 한바탕 태풍이 휩쓸고 지나간 것 같았다. 탁자장이며 약장은 텅 비어서 바닥에 넘어져 있고, 요괴와 관련된 물품은 하나도 보이지 않았다. 요괴를 잡아 가둘 요괴함도, 값비싼 이물(異物)들도, 요괴 퇴치 관련 용품도 없었다.

상점 뒤편의 안채도 다를 바 없었다. 방문은 죄다 떨어져 나가고, 방과 부엌, 뜰에는 가구와 생필품이 쓰러지고 깨져 제멋대로 뒹굴고 있었다.

한기는 공허한 눈으로 마당에 우두커니 섰다. 두 발 사이의 땅이 갈라지는 느낌이었다. 그슬린 머리 위로 매화 꽃잎 몇 장이 날아와 앉았다.

"없어."

덜덜덜 온몸이 떨려왔다. 부모님은 어떻게 된 걸까? 아무것도 알 수 없었다. 그리고 아무것도 알 수 없는 스스로가 미웠다. 내장이 쥐어짜듯 아팠다.

"으아아아아아아."

한기는 고통에 찬 비명을 터뜨렸다.

한성요괴상점 안채 마당에서 터진 괴성이 길 밖의 행인에게 닿았다. 사람들은 깜짝 놀라서 걸음을 멈추거나 빠르게 상점을 지나쳤다. 상점 안에서 화난 짐승이 울부짖는 듯한 소리가 연이어 터져 나왔다. 이웃 상점의 장사치들이 길로 뛰쳐나왔다.

"무슨 일이래?"

"아까 소년 하나가 요괴상점으로 들어가더구먼."

"오래전에 봤지만, 이 집 도련님 같던데?"

"그런데 왜 미친놈처럼 저리 소리를 지르는 거야?"

"모르지. 예전에 봤는데 생긴 건 멀쩡하던데?"

"어이쿠, 멀쩡한 게 아니라 매우 수려하지. 서애 선생 못지않을 걸세."

서애 류성룡은 선조 임금이 '금옥(金玉)처럼 아름다운 선비'라고 칭찬한 외모의 소유자였다. 명나라와 왜국에도 잘 알려졌던 당대 삼국 최고의 미남이었다.

"헌데 이상한 소문이 돌더구먼. 밤낮이 바뀌었다던가?"

"나도 들었네. 밤마다 떠돌이 귀신처럼 산천을 헤매고 다닌다더구먼."

"으아아아아아아!"

또다시 요괴상점 안에서 울부짖는 목소리가 들려왔다.

드르륵. 요괴상점 맞은편 상점의 미닫이문이 열렸다. 호기심 많은 눈을 가진 소녀가 백자 찻잔을 들고 나타났다. 그녀는 연달아 괴성이 쏟아져 나오는 요괴상점을 무심히 보면서 차를 한 모금 홀짝거렸다.

"복희야, 요괴상점에 뭔 일이라도 벌어졌냐?"

이웃 철물점의 곰보 아저씨가 소녀에게 물었다.

"글쎄요, 하여간 시끄럽네요."

복희는 또 한 번 홀짝 차를 마셨다. 등 뒤의 열린 문에서 능청스러운 얼굴의 당나귀 한 마리가 나타났다. 그 회색 머리통 위에 작고 까만 새끼 고양이가 앉아 있었다. 새끼 고양이는 두 눈의 색깔이 달랐다. 오른쪽 눈은 갈색이고, 왼쪽 눈은 바다처럼 푸른빛이다.

저녁이 왔다. 그때까지 한기는 요괴상점의 박달나무 탁자에 두 팔을 올리고 부들부들 떨고 있었다. 곱씹을수록 확실한 게 하나 있었다. 부모님은 어느 정도 이 사태를 예견하고 있었다는 것이다.

'그랬으니까, 나한테 적룡혈단을 먹인 거야.'

부모님은 납치된 것일까? 아니면 죽임을 당한 걸까?

한기는 뿌드득 이를 갈았다. 반드시 범인을 찾아 원수를 갚으리라! 그때 조금 열린 문틈으로 누군가 자신을 보고 있는 것이 느껴졌다.

"누구냐!"

한기는 벌떡 일어서며 허리춤의 정의봉을 쥐었다.

문이 열리고, 복희가 나타났다. 태연하고 무심한 얼굴이다.

"앞집."

복희는 손가락으로 어깨 너머를 가리켰다.

"무슨 일이지?"

한기의 물음에 복희는 상점을 둘러봤다. 눈동자에 놀람과 호기심이 차올랐다.

"더럽고…… 난장판이네요. 괜찮아요?"

"상관 마."

"와, 무서워라. 그리고 서로 처음인데 반말은 좀 자제하면 좋겠네요."

복희는 말과 달리 사뿐 문지방을 넘어 들어왔다.

"너, 힘든 사람 괴롭히는 게 취미냐?"

"매화당께 빌려 읽은 책이에요."

복희가 두툼한 책 두 권을 내밀었다.

《요괴총람(妖怪總攬)》과 《이물총람(異物總攬)》이었다. 《요괴총람》은 수천 년간 한반도의 요괴를 분류하고 설명한 책이고, 《이물총람》은 다양한 능력을 발휘하는 이물에 관해 알려주는 책이었다. 다른 이들에게는 큰 값어치가 없는 책이지만, 요괴상점 주인에게는 필독서였다.

"최북 아저씨와 매화당께서는 어딜 가셨어요?"

복희가 안채로 이어지는 뒷문을 힐끔거렸다.

"아직 모른다."

한기는 모호한 대답을 했다.

"호오, 이상하네요?"

"뭐가?"

"모른다는 게 말이 안 되잖아요. 아들이라면서요?"

"설명해도 몰라. 더 이상 날 건드리지 마라."

"말없이 사라질 분들이 아닌데…….."

복희의 말에 한기는 시선을 탁자에 떨어뜨리면서 주먹을 움켜쥐었다.

"단서 같은 거라도 남기지 않았을까요?"

복희가 머리를 살짝 기울이며 차분하게 말했다.

순간, 한기의 뇌리에 어머니의 목소리가 되살아났다.

"한성요괴상점 안채 마당에 매화나무가 꽃을 피웠더구나. 매화는 일생 추워도 향기를 팔지 않는다는 뜻이란다. 기억하다니 다행이다."

왜 난데없이 매화나무 이야기를 한 걸까. 한기는 재빨리 뒷문을 빠져나가 안채 마당으로 나섰다.

어머니가 사랑하는 매화나무가 순결한 영혼 같은 하얀 매화를 환하게 피워 올렸다. 팍. 팍. 한기는 괭이로 매화나무 아래를 팠다. 한순간 딱딱한 느낌이 손에 전해졌다. 한기는 괭이를 던져놓고는 무릎 꿇고 앉아서 흙을 파냈다.

청동 함이 나타났다. 한기는 깊이 숨을 들이켠 후, 함을 열었다. 손바닥만 한 작은 책이 있었다. 최근 선비들이 소매에 넣고 다니는 수진본 지도 같았다. 책을 쥐고 표지를 내려다보았다. 질기고 단단한 죽청지(竹淸紙)를 여러 겹 붙여 표지를 만들었다.

《요괴화첩(妖怪畵帖)》

"요괴화첩?"

표지를 넘겼다. 눈처럼 희고 꽃처럼 아름다운 설화지(雪花紙)에 그림과 글이 펼쳐졌다. 낱장을 붙여 만든 것이 아니라 쭉 펼쳐볼 수 있는 절첩식 화첩이다. 화첩은 앞뒤 열두 면으로 구성되어 있었다. 한 면에는 그림이 그려져 있고, 다른 면에는 설명이 적혀 있다. 그림은 산이나 강,

길이나 숲, 마을이나 장터 등을 배경으로 한 요괴의 모습이었다. 글은 그 요괴에 대한 설명이었다.

그때, 비로소 청동 함 바닥에 깔린 서신이 눈에 띄었다. 아버지가 글을 남긴 것이다.

한기야. 네가 이 서신과《요괴화첩》을 찾았다면 우리에게 위험이 닥친 것이겠지. 그리고 나와 네 어머니는 모습을 감춘 후일 것이다. 지금부터 시작될 고단한 여정에 너를 데려갈 수 없는 우리를 용서하거라.

너를 위해《요괴화첩》을 남긴다. 너는 지금부터《요괴화첩》에 실린 열두 마리 요괴를 잡아 화첩 속에 봉인하여야 한다.《요괴화첩》을 완성한다면 제아무리 강한 요괴도 너를 위협할 수 없을 것이다. 또한 감히 천하제일인이라 자부할 수 있을 것이다.

우리를 이리 만든 원수는 인간인지 요괴인지 신령인지 알 수 없다. 그의 허벅지에 북두칠성 모양의 푸른 점이 있다는 것만 알려주마. 그러나《요괴화첩》을 완성해 천하제일인이 되는 때를 기다려라. 천하제일인이 될 때까지, 복수는 결코 마음에 두지 말거라. 한성요괴상점을 부탁하마. 외할아버지께서 물려준 정의봉이 너를 지켜

줄 것이다.

한기는 매화나무 앞에 한동안 가만히 서 있었다. 이윽
고 숨을 크게 들이켜고 붉은 노을에 물든 하늘을 올려다봤
다. 뿌드득뿌드득 이를 갈았다. 코를 훌쩍이고 손으로 뺨
을 툭툭 쳤다. 입술에 희미한 미소가 걸렸다.

"《요괴화첩》은 완성할게요. 하지만 그때까지 기다릴 수
는 없어요."

한기는 뜯겨나간 방문 앞에 나뒹구는 무쇠 가위를 주워
들었다.

"한시바삐 원수를 찾아내서 복수해야겠어요."

그런 다음 거울도 보지 않고 싹둑싹둑 불에 그슬린 머
리카락을 잘라내기 시작했다. 태어나서 한 번도 자르지 않
았던 긴 머리가 더벅머리로 변해갔다.

"알죠? 저 원래 말 잘 듣는 편이 아니었잖아요."

한기는 눈앞에 부모님이 있기라도 하듯 뇌까렸다.

그 모습을 복희가 상점채 뒷문에 서서 속을 알 수 없는
눈빛으로 조용히 응시했다.

2. 오복마음상담소

'한성요괴상점.'

괴이한 이름의 상점이다. 사람들은 대체로 이곳을 세계 각국의 물건을 파는 만물상쯤으로 생각했다. 외국과의 왕래가 없는 조선에서 이국(異國), 특히 청과 일본이 아닌 곳은 요괴의 나라와 다름없기 때문이다.

하지만 한성요괴상점은 글자 그대로 요괴 사건을 주선하거나 해결하는 곳이었다. 조선 팔도에는 요괴로 인한 사건 사고가 끊이지 않는다. 그러니 사건을 의뢰하는 자가 생기고, 해결하는 자가 나타났다. 전문적인 해결사는 엽괴(獵怪)라고 불렀고, 공덕을 쌓은 스님이나 신력이 센 무당도 이 일에 뛰어들었다.

한성요괴상점은 또한 이물을 거래하는 곳이기도 했다. 이물에는 다양한 능력이 있었다. 재난과 악운을 막고 행운을 불러들였다. 불행과 슬픔과 고통을 달래고 기쁨과 쾌락을 준다. 당연히 수요가 발생했다. 특히 높은 관리나 지주와 거상들이 단골손님이었다.

상점의 출입문이 열리면서 한기가 나타났다. 17년을 기른 머리를 자르고, 푸른 옷을 새로 입었다. 어제와 다른 짧은 머리가 어색한지 손으로 북북 머리를 헝클어뜨렸다. 한기는 상점 앞에 참나무 의자를 놓고 앉았다. 처마 끝으로 연푸른빛 봄 하늘이 부드럽게 펼쳐졌다.

"쓸모 있는 거라고는 이 옷 한 벌뿐이야……."

한기는 아침에 다시 한번 요괴상점을 샅샅이 살폈다. 혹여 팔아서 생계에 보탤 것이라도 있나 싶어서였다.

요괴상점은 두 개의 공간으로 나뉜다. 길에 접한 점포와 그 안쪽의 쪽문에서 연결되는 집채다. 점포 아래에는 지하창고가 있었다.

집채에는 매화나무 한 주가 달랑 서 있는 마당과 세 칸짜리 기와집이 있었다. 도성 안으로 오지 않을 때 아버지가 머무는 곳이었다. 한기가 그곳에서 새롭게 찾아낸 건 김홍도의 〈군선도〉와 푸른 옷 한 벌이었다. 그림은 모사품이었지만, 다행히 옷은 몸에 딱 맞았다.

"북두칠성……이겠지?"

아마도 틀리지 않을 것이다. 허벅지에 북두칠성의 점을 가진 원수가 도성 안의 본가에 불을 지르고, 한성요괴상점을 난장판으로 만든 것이다.

한기는 복수심이 불끈 솟아올랐다. 그러자 비웃기라도 하듯 꼬르륵 배 속이 울렸다. 수중에는 땡전 한 푼 없었다.

"휴."

한기는 긴 한숨 끝에 처량하게 뇌까렸다.

"복수는커녕 당장 끼니를 걱정해야 하네."

맞은편에는 유리를 끼운 나무 미닫이문이 있고 그 앞에는 평상이 놓여 있었다. 한기는 미닫이문의 나무 간판을 물끄러미 쳐다보았다.

오복마음상담소

"마음상담소가 뭐야? 요괴상점만큼이나 요상한 이름이네."

드르륵. 때마침 오복마음상담소의 미닫이문이 부드럽게 열렸다. 손에 새하얀 백자 잔을 들고 복희가 나타났다. 어제는 정신이 없어 몰랐지만, 저절로 얼굴이 붉어질 만큼 예쁘다. 아니 그보다 반듯하고 맑아서, 태어나 한 번도 나쁜 마음을 가져보지 않은 소녀 같았다.

그녀를 뒤따라 난데없이 당나귀가 나타났다. 머리에 고양이를 태우고 있다. 당나귀는 회색 등에 주둥이와 배와 다리가 흰색이다. 작고 까만 고양이는 놀랍게도 두 눈의 색깔이 다르다.

복희는 평상에 앉는다. 그러고는 천천히 차를 마시더니 하늘을 올려다본다. 고양이를 머리에 태운 당나귀도 평상 옆에 네다리를 접고 앉는다. 잠시 후, 당나귀와 고양이가 한기를 정면으로 쳐다보며 울었다. 이야옹, 히이이잉.

"둘이 왜, 왜 저래?"

"인사하는 거예요."

하늘을 보던 복희가 살짝 코를 찡그렸다.

"짐승이?"

"제 동생들이에요. 당당이와 묘묘."

한기는 어이가 없었다. 당나귀와 고양이가 동생이라니 정신상태가 희한한 소녀가 분명했다.

25

"그나저나, 다시 보네. 반갑다."

한기의 목소리가 연해졌다. 당장 급한 게 있었다.

"네. 안녕하세요."

"난 최한기라고 해. 한성요괴상점 새 주인이지."

"역시 최북 아저씨와 매화당께서는 먼 길을 떠난 모양이네요."

복희는 여전히 하늘에 시선을 고정한 채 대꾸했다. 한기는 무시당한다는 느낌에 배알이 뒤틀렸다.

"나는 한성요괴상점 새 주인 최한기야."

한기의 목소리가 높아졌다. 지나가던 행인이 힐끔 쳐다봤다.

"벌써 말했어요."

"보통은 말이야, 말하는 쪽이 이름을 밝히면 듣는 쪽도 나는 누구라고 하는 게 예의거든."

"복희입니다."

복희가 귀찮다는 투로 대답했다.

"이봐, 사람과 말할 때는 눈을 맞추는 거라고."

그제야 복희가 시선을 떨어뜨려 한기를 응시했다.

순간, 한기의 뺨에 살짝 붉은 기운이 감돈다.

복희의 눈동자는 빠져들 것처럼 깊고 진하다. 냉담한

그 얼굴에 한줄기 미소가 떠오른다. 그러더니 다시 하늘을 올려다본다.

"저기, 몇 푼만 빌려줄 수 있냐? 내가 배가 고파서 말이야."

한기는 드디어 용건을 꺼냈다. 되도록 별일이 아닌 듯 꾸미면서. 그러나 복희는 못 들은 척 대꾸가 없다. 무안해져서 말을 돌린다.

"그런데 넌 아까부터 뭘 보는 거야?"

솜 같은 하얀 구름이 파란 하늘에서 느릿느릿 흘러간다.

"생각을 합니다."

"오호, 고민이 있구나. 나처럼."

"구름을 보면서 생각하는 게 취미입니다."

한기는 잠시 하늘을 뚫어져라 쳐다보고 머리를 절레절레 흔들었다.

"별 생각 안 나는데……. 무슨 생각을 하는데?"

"세상과 사람을 생각합니다."

"세상? 사람?"

"세상의 일은 어째서 일어난 걸까? 앞으로는 어떻게 변할까? 이 사람은 어떤 사람일까? 저 사람은 왜 그랬을까? 세상의 변화를 읽고, 사람의 마음을 관찰하는 걸 좋아하니다.”

“사람 마음을 관찰하는 게 취미라고?”

한기는 바람에 밀려 유유히 흐르는 구름을 보며 실소를 던졌다.

“마음은 저 구름처럼 변화무쌍한데 그걸 어떻게 알 수 있냐?”

“동풍을 안은 구름은 서쪽으로 흘러가고, 남풍을 받은 구름은 북쪽으로 흘러가죠?”

“당연하잖아. 나를 바보로 아나.”

“가벼운 구름은 빠르고, 무거운 구름은 느립니다. 태풍이 오면 어지럽게 이리저리 흩어졌다가 뭉치고, 뭉쳤다 갈리면서 큰비를 뿌립니다. 습기가 많으면 무거워져 산마루에 걸리고, 맑은 날에는 가벼워져 하늘 높이 오르죠?”

“그래서?”

“흘러가는 구름은 제각각인 듯 보여도, 저마다 흐름이 있고, 까닭이 있습니다.”

복희의 입에 부드러운 미소가 물방울처럼 맺힌다.

“흐름과 까닭이 있다 해도 그걸 어떻게 알겠냐?”

“거꾸로 구름의 변화를 되짚어가면 알 수 있습니다. 사람도 마찬가지입니다. 그 말과 행동을 거슬러 오르면 흐름을 알고 까닭을 파악할 수 있습니다."

한기는 복희의 말을 속으로 따라 되뇌었다.

'사람의 말과 행동을 거슬러 오르면 세상의 흐름을 알고, 까닭을 파악할 수 있다?'

불쑥 궁금해졌다. 한기는 눈매를 좁히며 물었다.

"너…… 혹시 나도 파악한 거야?"

"……버릇이라서."

복희가 손가락으로 뺨을 긁적였다.

"좋아. 한번 말해봐."

한기가 가슴을 폈다.

이야옹, 히이이잉. 당당이와 묘묘도 궁금하다는 듯 울었다.

"말해도 되겠습니까?"

"그럼. 부끄러워 말고 말해봐."

한기는 눈이 있으면 자신의 잘난 외모를 칭송할 것이고, 귀가 있으면 자신의 타고난 인품과 재능에 대해 부모님께 들은 바가 있을 것이라 생각하며 우쭐했다.

"독불장군, 말썽쟁이, 철부지, 한량."

툭, 툭, 씨앗을 뱉듯 복희가 말을 던졌다. 무심하던 그녀의 얼굴이 봄비처럼 상쾌해졌다.

"독불장군? 말썽쟁이? 철부지? 한량? 어이, 초면에 실례가 많은 거 아냐?"

"목소리가 커진 걸 보니 들켰나 보네."

복희가 빙그레 웃으며 말을 놓았다. 그녀의 입에서 부드러운 실처럼 말이 흘러나온다.

"양반의 자제가 조상이 물려준 머리를 싹둑 자른 것은 지금까지 제 뜻대로 살아온 독불장군이라는 의미일 터, 틀림없는 말썽쟁이였을 것이고."

"엇!"

한기가 저도 모르게 탄성을 터뜨렸다.

"또 17세라면 관례를 치르고 장가를 들었을 수도 있는 나이인데 수중에 한 푼도 없다니 부모의 등골을 파먹으며 살아온, 세상 무서운 거 모르는 철부지가 틀림없어. 거기다 나를 알지도 못하면서 대뜸 반말을 하니 제 잘난 맛에 사는 한량이지. 틀렸어?"

"틀, 틀, 틀렸다."

"더듬대지 마."

복희는 평상에서 일어섰다. 사뿐히 뒷짐을 지고 고개를 갸웃하면서 한기를 보고 웃는다.

"아, 정말 좋은 날씨네."

복희는 휙 돌아서더니 상점 안으로 사라졌다.

야옹, 히이이잉. 묘묘와 당당이가 한기를 비웃듯 울었다. 한기는 귀밑까지 새빨갛게 달아올랐다. 그는 묘묘와 당당이의 머리 위에 달린 상점 간판을 물끄러미 쳐다봤다.

다시 복희의 얼굴이 문밖으로 쏙 나왔다.

"안 들어와? 돈 빌려달라며? 배가 덜 고픈가 보네?"

"무슨 소리! 지금 배가 있는지 없는지도 모를 지경이다."

새날이 밝았다. 한기는 상점 안, 탁자 앞에 앉아 팔로 머리를 괴고 열린 문밖의 세상을 구경한다.

밝은 봄빛 속에서 사람들이 지나간다. 때로는 빠르게, 때로는 느리게 흘러간다. 긴 담뱃대를 든 노인, 머리를 틀어 올려 얹은머리나 쪽머리를 한 아낙, 더벅머리 총각, 댕기 머리 처녀, 상투 바람의 지게꾼, 수건으로 머리를 싸맨 장사치……. 더없이 평화로운 봄날의 풍경이다.

그런 어느 순간이었다. 구군복을 입은 포도청 종사관이 나타났다. 체격이 건장하고 기운은 밝고 환했다. 한눈에 귀한 집안에서 태어나 올곧게 자란 것이 느껴졌다. 몸집과 태도에 반해서 얼굴은 아직 앳된 분위기가 흘렀다.

포도대장을 보좌하는 종육품 종사관이 직접 나타나다
니 보통 일이 아니었다. 그 뒤를 팔자 눈썹에 키가 6척(180센
티미터)이 넘는 풍채 좋은 포교와 육모방망이를 쥔 건장한 포
졸들이 따라온다.

그들은 맞은편 오복마음상담소의 유리를 끼운 미닫이
문 안으로 사라졌다. 포졸들은 상점 앞을 막고 서서 경계
태세를 갖춘다.

'포도청 종사관이 무슨 일일까?'

궁금증이 발동한 한기가 마음상담소로 다가서며 목을
빼고 상점 안을 살폈다.

"썩 물렀거라. 어딜."

"포도청 일에 관심 가져서 좋을 거 하나 없다."

포졸들이 붉으락푸르락 엄한 얼굴로 막아섰다.

오복마음상담소의 내부는 입식과 좌식이 함께 갖춰져
있다. 절반은 마루를 깔고 탁자를 놓은 입식이었고, 절반
은 구들방에 보료를 깔고 방석을 놓은 좌식이었다. 높은
구들방은 여름에는 습기와 벌레가 없고, 겨울에는 불을 때
서 따뜻했다.

복희와 황 종사관, 장 포교는 신을 벗고 구들방에 올라

앉았다.

"상담할 게 있어 급히 달려왔습니다."

황 종사관이 말했다.

"백산차예요. 백두산의 전나무 잎으로 만들었어요."

복희는 우려낸 차를 도자기 잔에 담아 두 남자에게 내밀었다.

"인창방 후농리 마을에서 일이 벌어졌습니다."

황 종사관이 허리를 꼿꼿이 펴고 앉아 차 맛을 음미하며 말했다.

장 포교는 손에 쥔 찻잔을 물끄러미 내려다봤다.

'전나무 잎이라니…… 별스럽군.'

조선에서 차를 즐기는 이는 매우 드물었다. 그래서 차를 마시는 자는 별종으로 여겨졌다.

"인창방이라면 여기 마포처럼 성 밖이네요."

복희가 대꾸했다.

조선의 수도 한성부의 크기는 성저십리(城底十里)*까지다. 인창방은 흥인문 너머, 성 밖의 행정구역이었다.

---

* 서울의 도성 밖 10리 안에 해당하는 지역

"달포 전에 후농리에 갑자기 역병이 돌았습니다. 마진(痲疹)*입니다."

황 종사관이 애써 담담하게 입을 열었다.

"아."

복희가 탄성을 질렀다. 하필 역병이라니! 마진은 왕실 가족을 부르는 '마마'라는 칭호를 달아 '작은 마마'라고 부르는 무시무시한 역병이다.

"평민 집안의 여자아이 하나만 빼고 후농리 사람 모두 마진에 걸려, 마을을 격리시키고 혜민서의 의원과 의녀들이 투입되었습니다."

"큰일이네. 역병은 한 번 돌면 수천, 수만의 목숨이 죽어나가는데……."

복희가 안타까워하며 뇌까렸다.

그러자 황 종사관이 껌뻑 놀란다. 그는 문 앞을 지키는 포졸들을 보면서 목소리를 낮춘다.

"저기, 근무 중에는 존대를 해야 합니다."

"아! 맞다."

---

*   홍역

복희가 제 입술을 손으로 막았다.

"허허. 괜찮습니다. 한두 번도 아니고 포졸들도 다 눈치가 있을 겁니다."

장 포교가 너털웃음을 터뜨렸다.

종사관 황희와 복희는 똑같은 열일곱 살이었다. 게다가 부모끼리 절친해서 태어날 때부터 왕래가 잦았다. 아버지들의 웃음이 넘쳐흐르는 사랑채 마당과 후원 정자를 아기 때부터 함께 기어 다닌 사이인 것이다.

황희는 목청을 가다듬고 말을 잇는다.

"주민들이 하나둘 죽어나가고 있습니다. 다행히 다른 마을로 전파되지 않고, 혜민서의 의원과 의녀들 역시 전염되지 않았습니다. 또한 3년 전, 마진에 걸린 자들이 다시 마진에 걸렸습니다."

복희의 머리가 살짝 꺾였다. 이해하지 못할 말이었다.

"해괴하네요. 마진이 무서운 전염병이긴 하지만 한번 걸리면 면역이 생겨 다시 걸리지 않아요. 정말 마진인가요?"

"혜민서에서도 이상했던지 좌포도청을 찾아왔습니다. 고열, 두통과 근육통, 콧물과 재채기, 얼굴과 목에서 시작된 발진이 아래로 퍼져나가는 것까지 틀림없는 마진입니다. 죽어나가는 사람도 틀림없이 마진으로 목숨을 잃었습니다."

"그래서 제가 종사관님을 모시고 복희 님을 찾아왔습니다."

장 포교가 찻잔을 슬머시 내려놓으며 말했다.

"허허. 복희 님께 의견을 묻자니까 종사관님이 두말없이 일사천리로 달려오더라니까요."

"장 포교님……. 공무라니까요."

황희가 쓸데없는 말을 한다고 장 포교를 나무랐다. 하지만 장 포교는 아랑곳없이 웃어넘긴다.

"네, 네. 공무 중입죠."

"제가 무슨 도움이 된다고……."

"무슨 말씀을. 복희 님의 의견이 도움이 된 적이 한두 번이었습니까? 짧은 의견이라도 주십시오."

복희에 대한 믿음으로 종사관 황희의 얼굴이 더 단단해졌다.

"그럼, 잠시 생각 좀 해볼까요?"

복희는 구들방에서 내려와 나비와 꽃이 수놓인 운혜(雲鞋)*를 신고 출입문으로 다가갔다. 파수하던 포졸들이 옆으로 비켜섰다.

그녀는 머리를 들어 푸른 하늘을 쳐다본다. 깊은 생각을 할 때의 버릇이었다. 광활하게 펼쳐진 푸른 하늘과 새하얀 구름 그리고 그 너머의 까마득한 우주의 어둠에 질문을 던지고 답을 구하는 것이다.

시간이 구름처럼 흘러간다.

이윽고 복희는 손으로 이마를 짚고 눈을 감았다. 골똘하게 무언가를 고민하는 것이다. 잠시 후, 그녀는 구들방으로 돌아갔다.

"병이라는 건 뚜렷하고 알기 쉬운 것입니다. 증상이 생겨 고통을 받고, 치료를 해 완치하죠. 아니면 치료법이 없거나 치료의 때를 놓쳐 큰 화를 입죠. 병에 걸리고 증상이 일어나, 해결하거나 해결하지 못한다. 따지고 보면 매우 단순합니다. 의문을 가질 여지가 없죠."

"지당한 말입니다."

황희가 예의를 갖춰 대꾸했다.

복희의 목소리가 한층 어두워진다.

"하지만 후농리 마을의 역병에는 의문이 들어요. 가장

---

* 여자들이 신는 마른신의 하나. 앞코에 구름무늬를 놓는다.

큰 의문은 마진에 걸린 사람들이 다시 마진에 걸렸다는 점이에요. 하지만 이것 말고도 여러모로 이상한 점이 많아요. 첫째, 여아 한 명을 제외한 마을 사람들이 일시에 마진에 걸렸다는 점이에요. 병이란 시차를 두고 옮겨가죠. 그런데 마을 주민들이 한번에 역병을 앓는다는 건 동시에 병에 걸렸다는 뜻입니다. 둘째는 병의 범위입니다. 병은 떠도는 공기, 흐르는 물과 같은 것입니다. 발병하기 전, 마을 사람들과 접촉한 외지인이 있을 거예요. 후농리는 흥인문 바깥이지만, 한성부의 영역이에요. 주민들이 아침이면 성 안의 배오개 시장*에 채소를 팔러 가죠. 그런데도 오로지 마을에만 마진이 머문다는 건 이해할 수 없어요."

"그래서요?"

종사관 황희의 눈빛이 강렬해졌다.

"누군가 인위적으로 꾸며낸 짓 같아요."

"흐음. 역시."

황희와 장 포교가 동시에 머리를 주억거렸다.

"이제 어쩌실 거예요?"

---

* 지금의 광장 시장

"글쎄요. 아직은 포도청이 관여할 만한 특별한 사건은 없으니 섣불리 움직일 수 없습니다. 다만 마음에 의문이 있어서 찾아온 것입니다."

복희의 얼굴에 수심이 깊어진다.

'특별한 사건이 벌어진 후면 이미 늦어버리지는 않을까?'

황 종사관은 구군복 옷자락을 휘날리며 자리에서 일어섰다.

"이만 가보겠습니다."

그는 구들에 걸터앉아 목이 긴 목화(木靴)*에 발을 집어넣었다.

"후농리 마을 사람들이 다들 무사하면 좋겠네."

황희의 늠름한 등에 대고 복희가 말했다.

"저기…… 공무 중입니다."

"……요."

포도청 사람들이 떠나자 한기가 오복마음상담소 안으로 뛰어들어 왔다.

───────────

* 관복에 신던 신

"복희야, 포도청에서 왜 널 찾아온 거야?"

"후농리에서 역병이 일었다네."

"그런데 왜 널?"

"일이 수상해 보여서지."

"그러니까 일이 수상한데 왜 널 찾느냐고?"

"언젠가 우연히 황희의 수사에 도움을 준 적이 있었는데, 그때부터 종종 찾아와서 내 의견을 물어보네."

"황희?"

"황희 종사관은 어렸을 때부터 친구야."

"열일곱 살이라고? 종사관이?"

한기는 펄쩍 뛰어오를 만큼 크게 놀랐다. 종사관이라면 종육품의 벼슬이다.

"천재지. 16세에 별시에서 무괴(武魁)*를 차지했거든."

"친구라면서 말을 높여?"

"공사를 구분할 줄 아는 거지. 스스로가 예우를 받고 싶으면 남을 먼저 예우하는 법이야. 그걸 군자라고 해."

"크흡, 나는 다짜고짜 반말했다 이거냐?"

---

*   무과 1등

"아, 그랬던가?"

복희가 살짝 혀를 내밀었다.

3. 괴이한 전염병

동대문 밖, 인창방 후농리.

봄볕 아래 뛰어다니는 아이들의 웃음소리로 시끄러워
야 할 마을이 조용하다. 괴이한 역병이 돌아 마을 전체가
풍비박산 났기 때문이다. 벌써 열일곱 명이 죽고, 살아 있
는 주민들도 죄다 병에 걸려 죽을 날을 받아놓은 상태다.

혜민서의 의원과 의녀들이 쉬지 않고 병자의 환부를 닦
아내고 약과 탕제를 처방하지만, 전혀 차도가 없었다. 시
간이 지날수록 도리어 병은 깊어만 간다. 마을 전체가 커
다란 공동묘지나 마찬가지다.

미시(未時) 이각(二刻).*

마을 입구에 한 사내가 나타났다. 그는 마을 당산나무인 은행나무 아래에 서 있었다. 키가 훌쩍 크고 강철 같은 몸에 커다란 삿갓을 눌러쓴 자다. 대나무 통을 등에 짊어졌는데 '용(龍)'이라는 깃발이 달린 깃대를 올렸다.

삿갓은 대나무 통을 내려놓고 은행나무 아래 앉아서 마을 앞에 펼쳐진 채소밭을 본다. 4월 채소인 갓과 미나리와 부추가 자라고 있다. 하지만 밭은 신경 써주는 사람이 없어 잡초가 어지럽다. 이 난리에 마을 주민들이 밭을 가꿀 여유가 없는 것이다.

그를 처음 발견한 것은 혜민서에서 나눠준 죽 그릇을 든 키 작은 곰보 사내였다.

"여보쇼, 얼른 여길 떠나시오. 이 마을에는 괴이한 병이 돌고 있다오."

곰보 사내가 삿갓을 발견하고 소리쳤다. 자신을 뚫어져라 쳐다보는 삿갓의 눈빛이 어찌나 무서운지 사내는 손에 든 죽 그릇을 땅에 떨어뜨렸다. 삿갓에게서는 죽음의

---

* 오후 1시 30분

43

향기가 어른거리는 듯했다.

"당신은 뉘시오?"

"나.는.풍.이.다. 마.을.의. 큰. 어.른.이. 누.구.냐?"

"난데없이 반말을……. 둘이 있소. 김 초시 어른과 정 초시 어른이오."

"마.을. 사.람.들. 병.을. 고.친.다. 천.냥.을. 구.해. 오.라.고. 전.해.라."

"진, 진짜요?"

삿갓은 입을 굳게 다물고 더는 말이 없었다.

놀란 곰보 사내는 길을 돌려 마을 안으로 비틀비틀 뛰어간다.

얼마 후, 김 초시와 정 초시가 혜민서 의학교수*를 앞세우고 나타났다.

"네 이놈, 너는 누구냐?"

의학교수 정주섭은 노기를 억누르며 물었다.

의학교수는 혜민서의 상급자로 평소에는 의학 생도들

을 가르치는 선생 일을 했다. 그런 그가 관청이 아니라 의료 현장에 있다는 것은 사태의 위급함을 말해준다.

더욱이 이곳은 도성에서 멀리 않은 마을, 자칫 성안으로 병이 전염되면 큰일이었다. 약 30만 인구의 한양이 큰 위기에 직면할 수도 있었다.

"풍. 이. 다."

삿갓이 기이한 목소리로 대꾸했다.

"용 자 깃발을 올렸는데 이름은 풍이로군."

"병. 을. 고. 쳐. 줄. 테. 니. 돈. 을. 준. 비. 하. 라."

"네가 작금의 사태를 해결할 수 있다는 소리냐?"

의학교수 정주섭이 되물었다.

"나. 는. 병. 을. 고. 친. 다."

"한 가지 물어보겠다. 어디서 의술을 배웠느냐? 네 스승이 있느냐? 어느 해에 의과를 통과했더냐?"

"나. 는. 병. 을. 고. 친. 다."

"병을 고칠 수 있다면 죽어가는 환자를 살려내는 것이 첫째일 터, 어찌 돈을 먼저 요구하느냐?"

"나. 는. 병. 을. 고. 친. 다."

"실성한 놈도 아니고 같은 소리만⋯⋯."

"의학교수 어른, 틀림없이 엉터리 환이나 제조해 사람

들을 홀리는 돌팔이 놈입니다. 상대할 가치가 없습니다."

따라온 젊은 의원 중 하나가 말했다.

"그런 모양이로군. 네 이놈! 병들어 다급한 사람들의 주머니를 노리다니 질이 나쁘구나. 포도청에 끌려가 매질을 당하기 싫으면 당장 깃발을 꺾고 여기서 떠나거라."

의학교수 정주섭은 언짢은 목소리로 화를 냈다. 하지만 함께 달려온 김 초시와 정 초시, 그리고 몇몇 마을 주민들은 입도 벙긋하지 않았다. 다들 해괴한 병을 앓고 있으니 지푸라기라도 잡고 싶은 심정이다. 혹 풍이란 이름의 삿갓 사내가 진짜로 용한 의원이라면 낭패가 아닌가.

바로 그때였다. 쪽머리를 풀어헤친 젊은 여인이 온몸에 붉은 발진이 난 어린 딸을 품에 안고 앞으로 나섰다. 여섯 살가량의 아이는 이미 정신을 잃고 있었다.

"정말 이 아이의 병을 고칠 수 있습니까?"

여인은 울먹이며 삿갓에게 물었다.

"방산댁, 이게 무슨 짓인가?"

마을 어른인 김 초시가 나무랐다.

"어르신, 남편도 죽고 첫째 아이도 죽었습니다. 이제 남은 건 이 아이 하나입니다. 김 초시 어른께서 살려내시겠습니까?"

여인이 원망 가득한 충혈된 눈으로 김 초시를 쏘아봤다. 김 초시는 헛기침하며 시선을 피한다.

삿갓 사내 풍은 여인에게 손짓했다. 여인은 아이를 풍 앞에 내려놓았다. 풍은 여인과 아이를 번갈아 보더니, 손톱만 한 크기의 검은 환약 두 알을 여인에게 내밀었다.

"두. 사. 람. 다."

여인은 하나는 자신이 삼키고, 하나는 아이의 입을 벌려 밀어 넣었다.

"내. 일. 이. 오. 기. 전. 차. 도. 가. 있. 을. 것. 이. 다."

"감, 감사합니다."

여인은 그제야 정신을 차리고는 아이를 둘러업고 황급히 자리를 떠났다.

풍은 바지춤을 크게 털고 일어섰다. 그러고는 용 자 깃발을 꽂은 대나무 통을 어깨에 짊어졌다.

"내. 일. 미. 시. 에. 오. 겠. 다."

신경이 곤두서는 음산한 목소리였다.

자정이 지난 밤.

김 초시와 정 초시를 앞세운 마을 남자들이 혜민서의 천막에 몰려들었다. 붉게 상기된 얼굴들이었다.

천막마다 약을 달이거나 죽을 끓이는 자들, 위급한 환자를 돌보는 자들로 북적였다. 오랜 시간 제대로 잠도 못 자고 환자 치료에 전념하고 있는 혜민서 의원과 의녀들이었다.

"야심한 밤에 무슨 일입니까?"

의자에 앉아 잠시 눈을 붙이던 의학박사 정주섭이 고단한 얼굴로 물었다.

"또 세 명이 죽었습니다."

김 초시와 정 초시는 말없이 뒤로 물러서 있고 혈기 왕성한 털북숭이 남자가 나서서 말했다. 그는 이 마을 두레패를 지휘하는 총각 대장이었다.

"알고 있네. 우리도 최선을 다하고 있으니……."

"지금껏 한 사람도 병세가 호전되지 않았습니다."

옆에 선 도끼눈의 총각이 말을 끊었다.

그러자 의학박사 대신 젊은 의원이 입을 연다.

"정녕 해괴한 전염병이오. 마진과 모든 증상이 닮았으나 의서에 나오거나 의원들에게 전해 오는 어떤 방법으로도 전혀 차도가 없소이다."

"차도를 보이는 자가 있소."

총각 대장이 냉정한 목소리로 말했다. 그 말에 혜민서

사람들이 놀라서 눈을 치켜떴다.

"차도가 있다고요?"

"정말입니까?"

"누, 누구요?"

의자에 기대 자거나 쉬고 있던 의원들은 벌떡 일어서고, 환자를 돌보던 의녀들은 총각 대장을 향해 머리를 돌린다.

"방산댁과 그 딸이오."

순간 의원과 의녀들은 마른 찰흙처럼 굳었다. 딸꾹. 누군가 놀라서 딸꾹질을 했다.

"대나무 통을 짊어지고 온 떠돌이 의원이 그 두 사람을 구했소."

"당신들이 돌팔이라고 쫓아냈던 풍 말이오."

의원과 의녀들은 어안이 벙벙했다.

"그를 내쫓지 않았다면 우리 마을 사람들 전부를 구해 냈을 거요!"

"당신들이 내쫓았소."

"오늘 죽은 세 사람은 당신들 탓이오."

마을 사내들이 거세게 쏘아붙였다.

"자네들 말이 지나치네. 그만하게. 그리고 의학박사 어른, 의원님과 의녀들의 노고를 모르는 바는 아니오. 하지만 가족의 죽음 앞에서 다들 어찌 온전히 정신이 있겠소. 이해하시구려.”

입이 무거운 정 초시가 그들을 다독였다.

“알고 있소.”

의학박사 정주섭이 느리게 대꾸했다.

그 순간 분위기가 싸늘해진다. 마치 겨울이 다시 도래해 천지가 얼어붙는 느낌이다.

어느새 안색이 굳은 정 초시가 목소리를 바꾼다.

“그래서 말인데……. 그 떠돌이 의원이 미시에 돌아온다고 했으니, 내치는 일이 없었으면 좋겠소.”

“돈을 바라며 하는 불법적인 의료 행위를 묵과하란 소리요?”

“불법과 합법은 사람부터 살아난 다음에 따질 문제입니다, 의학박사 어른. 그러니 살아나게 해주십사 하는 것입니다. 만약 그러지 않는다면 내가 이 젊은 사람들을 말릴 재간이 없소이다.”

순간 의학박사와 의원들, 또 의녀들은 소름이 끼쳐서 머리털이 쭈뼛 섰다.

사내들의 얼굴에 살기가 가득했다. 그제야 그들 중 몇

의 손에 호미가 쥐어져 있는 걸 깨닫는다.

"어찌…… 당신들을 도우려는 나라의 관원들을 위협하
는 건가?"

분하고 노해서 의학박사가 입술을 깨물었다.

"이해하십시오. 마을의 존폐가 달린 일입니다."

총각 대장이 불끈 호미를 쥔 손에 힘을 줬다.

이튿날, 사시(巳時)* 정각.

"아줌마, 국밥 한 그릇하고 수육 한 접시요."

한기는 주막거리의 한 국밥집에서 길을 등지고 긴 나무
의자에 앉았다. 수중에 복희에게 꾼 열 냥이 있었다. 아껴
쓰면 밥 먹고 땔감 사서 어찌어찌 한 달은 버틸 수 있었다.
한 냥은 10전이고, 1전이면 넉넉한 한 끼 식사가 가능했다.

"하루 두 끼, 30일이면 60끼. 60전, 즉 여섯 냥. 석 냥
으로 땔나무를 사고, 한 냥은 비상금이다. 하하하."

한기는 기분 좋게 웃고는 곧 시무룩해졌다.

"후. 당장 끼니가 해결되니 상점이 문제네."

---

*   오전 9시

그랬다. 요괴상점이 당연히 구비하고 있어야 할 물건이 없었다. 가장 기본적인, 요괴를 가두어두는 요괴함과 요괴 퇴치용품이 하나도 없었다. 게다가 요괴 용품들은 희소가치가 높아서 주문 제작에 비용이 많이 들었다.

열 냥이라고 해도 영험한 호랑이 그림 한 점이면 끝이다. 일을 하면 큰돈을 벌지만, 또 그만큼 큰돈이 나가는 게 이 일이었다.

"빨리 요괴 퇴치 의뢰가 들어와야 하는데……."

먹음직스러운 장국밥 한 그릇과 두툼하게 썬 수육이 탁자에 올랐다.

옆에는 특수작물인 담뱃잎을 팔러 온 농사꾼들이 거래를 마치고 대낮부터 술잔을 들이켜고 있었다.

"이보게, 그나저나 정말로 이 나라가 망하려나 보네?"

"무슨 소리인가?"

"최근 저자에 떠도는 주문을 모르는가?"

"천지현황(天地玄黃) 우주홍황(宇宙洪荒)* 말인가?"

---

* 하늘은 알 길 없이 가물가물하고 땅은 누런 빛깔이며 우주는 한도 끝도 없이 거칠고 무성하다.

"그러하네. 그 여덟 자를 끝없이 되뇌면 구세주가 나타나 지상낙원을 세우고 백성을 호의호식하게 만든다지 않나."

'흠, 요새 사람들이 중얼거리던 소리가 그거였군.'

한기는 최근 시장의 장사치나 손님들이 중얼대고 다니는 주문의 정체를 깨달았다.

'아니, 그런데 요괴들도 중얼대는 거 같던데? 설마 요괴까지 구원한다는 건가?'

"이보게들, 조심하슈. 포청 군사가 두렵지 않소."

듣고 있던 들창코 사내가 코맹맹이 소리를 냈다.

"어허, 조심할 게 뭐가 있수? 외척의 세도정치로 관직을 사고파는 매관매직이 성행하고 삼정(三政)이 문란하니 나라가 바뀐다는 소문도 나는 게지."

삼정이란 국가 재정의 기본을 이루는 토지에 매기는 세금인 전세, 군대 가는 대신 내는 군포, 봄에 곡식을 빌려주고 가을에 이자를 붙여 받는 환곡을 말한다. 지방 수령들은 이 세 가지 세금을 명목으로 온갖 수단을 동원해 가난한 백성을 착취했다.

예를 들면 죽은 자의 가족에게 군포를 내놓으라고 하고, 빌려주지 않은 곡식을 장부에 기록해 빼앗는 식이다.

"게다가 이번에는 인창방 후농리에 큰일이 난 거 알지?"

"그 마진을 말하는 게군."

"쯧쯧, 몰라도 한참을 모르는군. 증상은 딱 마진처럼 보이지만 마진이 아니라는 소문이야."

"이런, 제대로 좀 말해보게."

"그놈의 병을 고치러 마을로 간 혜민서 의원이나 의녀들은 죄다 멀쩡하다지 않는가. 게다가 마을 밖으로는 병이 퍼지지 않는다지 않나. 마진이라면 그런 일이 가능하겠는가? 한 번에 마을 주민이 몽땅 감염되고 타인은 전혀 전염되지 않는 게 가능한가 말일세."

"허허, 그것참 기이하고 요상한 일이로군."

"이상한 일은 그것만이 아닐세. 듣기로는 오늘 후농리 주민들이 몽땅 완쾌되었다고 하네."

"진짜인가? 이때껏 아무런 차도가 없던 전염병자들이 몽땅 완쾌되었단 말인가?"

"그렇다니까."

"아니, 신의(神醫)라도 나타났는가?"

"왜 아니겠는가? 떠돌이 의원이라네. 이름이 풍이라던가. 조선 팔도를 바람처럼 떠돌아다니다 병의 소문을 듣고 들렀다고 했다네."

"하여간에 나라가 어수선하니 별의별 소문이 나고, 별
의별 일이 다 벌어지는군."

"그 떠돌이 의원, 삿갓을 깊게 눌러쓰고 대나무 통을 메
고 다니는데, 인상이 칼날처럼 차갑다는군."

순간, 한기의 입이 벌어지면서 눈이 커졌다.

"인상은 무섭지만 죽을 사람을 고치다니 하늘에서 내린
신선이 아닌가!"

"예끼, 이 사람아. 신선이 돈을 밝히나? 병을 고쳐주는
대가로 천 냥을 받아갔다네."

"천 냥이면 한양 땅의 작은 기와집 넉 채 값이네. 장사
꾼이군, 장사꾼."

"등에 짊어진 대나무 통이 묵직해 보이는 게 엽전 꾸러
미로 가득 찬 것 같더라지. 엇?"

"뭐, 뭐냐?"

대화를 나누던 둘 사이로 불쑥, 한기가 얼굴을 들이밀
었다.

"하나 물어도 되죠?"

"이놈아, 놀랐잖아."

"풍이라는 사람 인상착의 한번만 다시 말해줘요."

"말하지 않았더냐? 차가운 인상에 삿갓을 눌러쓰고 커다란 대나무 통을 둘러매고 있더라고."

한기는 품에서 부스럭대며 《요괴화첩》을 꺼냈다. 그리고 《요괴화첩》을 펼쳐 하나의 그림을 찾았다. 두억시니가 마을 입구에 서 있는 장면이었다. 그는 농부들에게 《요괴화첩》을 들이밀었다.

요괴는 삿갓을 쓴 새빨간 모습이다. 피부만이 아니라 머리카락까지 새빨갛다. 가까이 가면 불이라도 옮겨 붙을 것 같다. 찢어진 커다란 눈 역시 붉게 충혈되어 있다. 아가리는 귀까지 찢어져 있고, 길쭉한 손가락과 발가락이 쇠갈고리처럼 날카롭다. 요괴는 사각형의 커다란 대나무 통을 메고 마을 입구에 서서 술래잡기하며 뛰어다니는 동네 아이들을 보고 있다.

"자, 보세요. 떠돌이 의원 풍 같죠?"

"어후, 보는 것만 해도 간 떨어지겠다."

"에그그, 저리 치워라."

"후농리에 나타난 풍처럼 삿갓을 쓰고, 커다란 대나무 통을 메고 있잖아요."

"그렇긴 하지만 생김새가 다르지 않으냐? 풍은 인상이 좀 차가울 뿐 사람이고, 이건 끔찍한 요괴가 아니냐. 이 송곳같이 매서운 눈알을 좀 봐라.”

“요괴는 평소에는 보이지 않거나 모습을 숨기고 다니니까요.”

“그만해라. 오늘 밤에 자다가 오줌 싸겠다.”

한기는 그림 옆의 글자를 짚었다.

“이 부분요.”

두억시니

마른나무, 식은 재처럼 지각(知覺)도 성정(性情)도 없으니, 마치 물(物)과 같다. 이것이 나타나면 전염병이 돌아 누구도 살아남지 못하며, 끝내 머리가 터져 죽음에 이른다. 임방의 《천예록(天倪錄)》과 대왕 정조의 《홍재전서(弘齋全書)》에 그 기록이 있다.

“이것이 나타나면 전염병이 돌아 누구도 살아남지 못한다?”

점박이 농부가 언문을 읽었다.

“네. 전염병이 돌았잖아요.”

“여기에 보면 머리가 터진다는데?”

"그러네요."

"게다가 풍이라는 젊은 의원은 사람을 죽인 게 아니라 살렸다지 않느냐?"

"그러네요."

"이 녀석아, 괜히 헛다리짚지 말고, 집에 가서 아버지 농사일이나 도와라."

한기는 머리를 기울이며 《요괴화첩》을 접어 품에 갈무리한다.

'아닌가?'

사경(四更)* 정각.

인창방 후농리 마을 위로 을씨년스러운 달이 떴다. 달빛에 젖은 지붕들이 적막하다. 유달리 달빛이 불길한 밤이다. 푸드덕푸드덕. 어둠을 배회하던 까마귀 떼가 마을 입구의 은행나무에 내려앉는다.

요괴가 허공에 떠 있다. 삿갓을 쓰고 대나무 통을 등에 멘 두억시니다. 온몸이 불타오를 듯 새빨갛고 길게 찢어진

---

*   새벽 1시

커다란 눈매에 박힌 눈알도 화염처럼 타오른다.

두억시니는 땅으로 내려서, 쇠갈고리 같은 발가락이 달린 발을 마을 안으로 움직인다.

두억시니가 마을 안으로 들어가고 반 각(약 7분)이 지났다.

퍽! 첫 소리는 돌바닥에 바가지가 한 번에 빠개지는 소리 같았다. 팍! 두 번째 소리는 호박이 터지는 소리를 닮았다. 콱! 세 번째는 문짝이 깨지는 소리와 얼추 비슷했다. 연이어 빠개지고 터지고 깨지는 소리가 터져 나온다. 그와 더불어 단말마의 비명들이 후농리 마을의 어두운 밤을 흔든다.

사람들의 머리가 터져나가면서 그 속의 것들이 두부처럼 으깨어져 터져 나온다. 그러나 죽어나가는 자들은 머리가 깨지는 순간까지 죽음을 알지 못하니, 오직 그 찰나에만 고통의 비명을 지를 뿐이다. 후농리의 집마다 방마다 죽음이 연기처럼 차오른다.

후농리 곳곳에 터를 잡고 살던 것들이 허겁지겁 마을을 떠난다. 우물신, 목신, 지신, 서낭신, 조왕신 같은 신령부터, 처녀 귀신, 총각 귀신, 객귀, 독각귀, 쌍각귀, 털보 도깨비, 해골귀 같은 요괴까지, 사람의 마을에 터를 잡고 함께 살던 것들이다.

약 반 시진(한 시간)이 지났다.

노란 달빛이 흐르는 후농리 마을이 조용해졌다.

괴괴한 침묵을 가르며 떠돌이 의원 풍이 마을의 대로를 걸어 나온다. 사람으로 변한 두억시니다. 풍은 정신을 잃은 아이 하나를 어깨에 둘러메고 있다. 마을에서 유일하게 전염병에 걸리지 않았던 순례라는 여자아이다.

후다닥. 마을 입구에서 돌장승이 두 팔을 날개처럼 벌리고, 풍의 앞을 가로막았다. 후농리 마을의 수호신이다.

"아이는 두고 가라."

돌장승은 돌 눈을 빠르게 껌벅인다.

두억시니는 가볍게 손을 내밀었다. 그의 손에 붉은 기운이 모인다. 손을 뻗자 기운은 붉은 주먹으로 변해 돌장승의 가슴에 적중한다. 돌장승은 아픔을 느낄 새도 없이 붕 날아가 꼴사납게 바닥을 뒹굴었다. 두억시니는 바닥에서 버둥대는 돌장승을 도끼로 찍듯이 내려다본다.

"지. 금. 일. 어. 서. 면. 저. 승. 이. 다."

돌장승은 두려워서 탁탁탁 돌 이빨을 부딪쳤다. 산산이 부서지더라도 마을의 침입자를 상대해야 한다고 생각했다. 그것이 마을의 수호신이다. 그러나 돌장승은 천천히 돌 눈을 닫아걸고 머리를 돌렸다. 탁탁탁, 탁탁탁. 돌 이빨이 계속 부딪쳐 울렸다.

"캬."

두억시니는 뾰족한 이빨을 드러내며 비웃었다. 요괴는 길 저편의 어둠으로 사라진다.

까악. 까악. 까악. 그로부터 일다경*이 지나서야 비로소 까마귀들이 운다. 마을은 이제 공동묘지로 변했고, 물 밑처럼 적막하다. 까마귀들이 냄새를 쫓아서 마을 안으로 날아든다.

이른 아침, 한기는 상점 앞에 나무 의자를 놓고 앉아 아버지가 남긴 서신을 펼쳐 보며 골똘히 생각에 잠겼다.

"이놈의 원수를 어디서 찾지? 아니, 본다고 해도 어떻게 알지? 인간인지, 요괴인지, 신령인지도 알 수 없다잖

---

* 한 잔의 차를 마실 정도의, 매우 짧은 시간

아. 단서라고는 허벅지에 북두칠성 모양의 점이라니…….
아무래도 점을 확인해보는 수밖에 없겠네. 그런데 북두칠
성 점은 또 어떻게 찾지? ……의심되는 놈마다 확인하는
수밖에 없겠군."

한기는 가뭄의 단풍처럼 얼굴이 후끈 달아올랐다.

'범인이라 의심되면 여인이라도 확인해야겠지?'

무안해진 한기는 괜스레 눈을 깊게 감았다 떴다.

"안 될 것도 없지. 부모 원수를 갚는다는데…….'"

"빨개."

"그래, 자식이라면 역시 부모의 원수를……."

"새빨개."

그제야 들려오는 목소리를 깨달은 한기는 번쩍 정신을
차렸다. 어느새 복희가 나와 있었다. 묘묘가 그녀의 품 안
에서 두 눈을 가늘게 뜨고 의심스럽게 한기를 쏘아보았다.

"엉큼한 생각을 하고 있었던 거야?"

복희가 물었다.

"무, 무슨 소리야!"

"오호!"

"정말이야! 음흉한 생각 안 했다고."

한기는 이제 귓불까지 빨갛게 물들었다.

"점점? 정말 야한 생각 했나 보네. 호색한!"

"아니라니까!"

복희는 싱그레 웃고는, 하늘의 구름을 올려다보며 묻는다.

"아침은 먹었니?"

"물론. 잘 먹고 힘내서 원수를 갚아야 하니까."

복희가 힐끗 한기를 쳐다보며 머리를 갸우뚱했다.

"나는 아무래도 이해가 안 돼. 대체 최북 아저씨와 매화당 아주머니를 핍박할 만한 자들이 있나?"

"아무리 강자라도 약점은 있는 거야. 그래서 진정한 강자는 남을 이기는 자가 아니라 나를 이기는 자라고 하지."

"매화당께서 그러셨니?"

"뭔 소리야? 조선 최고의 엽괴는 어머니가 아니라 아버지라고."

"뭘 모르는구나."

"응?"

"아냐. 그래서 원수는 누구야?"

"북두칠성 모양의 점을 가진 자."

"어디 사는 누군데?"

"몰라. 어디에 있는지 어떻게 생겼는지. 다만 북두칠성 모양의 점이 허벅지에……."

"왜 말을 하다 멈춰?"

"아니다."

"어머, 이제 목까지 붉어졌네. 너 또 무슨 생각을 하는
거야?"

"아무것도 아냐!"

"호색한."

"아니라니까!"

냐아아옹. 바로 그때 묘묘가 골목 입구를 향해 울었다.
장 포교가 구레나룻이 땀에 젖도록 뛰어오고 있었다.

한기는 단박에 뭔가 크게 일이 터졌다는 걸 깨닫고 의
자에서 벌떡 일어섰다.

"일이 생겼죠?"

한기가 황급히 물었다. 그러나 황 포교는 거들떠보지
도 않고 복희 앞에 선다.

"종사관께서 급히 소식을 전하랍니다."

"진정하시고 차근차근 말하세요."

복희가 차분한 음성으로 대꾸했다.

"후농리 주민들이 죄다 죽었습니다!"

복희의 얼굴이 어두워졌다.

"완쾌했다더니, 역시……."

갑자기 후농리 백성들이 쾌유되었다는 말을 들었을 때부터 우려했던 일이었다. 자연스럽지 않았다. 자연스럽지 않다는 건 언젠가는 문제가 발생한다는 소리다.

"후농리 주민 전체가 지난밤 다 죽어버렸습니다. 종사관 어른께서 아무래도 조언을 구할 일이 발생할 터이니 곧 찾아뵙겠다고 하셨습니다."

"포교님, 후농리 사람들은 어떻게 죽었습니까?"

복희는 놀란 가슴을 진정시키며 담담하게 목소리를 꾸몄다.

"그건…… 종사관께서 말씀드리지 말라고……."

"괜찮아요. 말씀해주세요."

"너무나 잔인해서 차마 말씀드리기가……."

그때 한기의 입에서 무거운 음성이 흘러나왔다.

"머리가 터져 죽은 거죠? 두부처럼 으깨져서."

"그렇다. 어떻게 네 녀석이……."

한기의 눈빛이 한결 매서워졌다.

"요괴 두억시니 짓이에요. 그중에서도 이름을 가진 강한 두억시니, 또 그중에서도 《요괴화첩》에 실릴 만큼 특별한 놈이에요. 두억시니 중의 두억시니 중의 두억시니죠.

후농리라고 했죠? 가봐야겠어요.”

“나도 같이 가.”

복희가 치마를 털며 일어섰다.

“끔찍할 거야.”

한기는 복희를 뚫어져라 쳐다보면서 말했다.

“알겠어.”

복희의 표정이 청금석처럼 단단해졌다.

“그래. 좋아. 가보자.”

‘결심하면 물러서지 않는 애네.’

한기가 파도처럼 시원하게 웃었다.

인창방 후농리 마을.

오래된 은행나무 한 주가 서 있는 마을 입구에 하얀 가설 천막이 줄지어 늘어섰다. 좌포도청의 수사 사령부다. 마을 입구에는 민간인이 출입하지 못하도록 금줄이 쳐져 있고, 포졸들이 삼엄하게 경비를 서고 있다.

한기와 복희가 도착했다는 소식에 종사관 황희가 급하게 뛰어왔다. 그는 난감해하며 복희에게 물었다.

"여기에 왜 왔습니까?"

"듣는 것과 보는 것은 다르니까요."

한기와 복희는 황희와 장 포교의 안내를 받아 마을 안으로 걸음을 옮겼다.

육모방망이와 오랏줄을 허리에 찬 포졸들이 길목마다 지키고 있었다. 마을의 모든 집이 사건 현장이니 마을 전체를 보존하는 것이다.

좌포도청의 수사 인력이 죄다 동원되었다. 소속 포도 부장 네 명이 각각 시체를 검안하는 관노비 오작사령과 포도청 소속 의원과 율관(律官)*을 이끌고 집마다 방문해 사건을 파악하고 있었다.

사건 현장은 10년이 넘도록 시체를 다뤄온 노련한 오작사령들마저 구역질을 해댈 정도로 참혹했다.

한기와 복희는 황희를 따라 걸었다. 가끔 한기는 걸음을 멈춰 무언가를 찾듯 한 곳을 뚫어져라 쳐다보았다. 복희는 면수건으로 코와 입을 막고 있었다. 봄의 따뜻하고 뿌연 공기 속에 피와 체액, 부패하기 시작한 사체의 냄새

---

*   법관

가 넓게 퍼져나갔다. 마을은 죽음이 고여 있는 웅덩이 같았다.

약 한 식경(食頃)* 후, 그들은 마을의 대로로 나왔다.

"마을 사람 하나가 사라졌습니다. 역병에 걸리지 않았던 순례라는 여자아이입니다."

황희가 복희를 보며 말했다.

"풍이라는 떠돌이 의원이 데려간 걸까요?"

"모르겠습니다. 그래, 살펴보니 뭐라도 있는가?"

황희가 한기를 쳐다보며 물었다.

"아무것도."

한기는 침울한 목소리로 더벅머리를 흔들었다.

'사람만 죽어나간 게 아냐. 마을이나 집을 지키는 신령, 정령, 잡귀까지 다 사라졌다. 이 마을은 되살아날 가망이 없어. 사람만이 아니라 마을 자체가 죽은 거야.'

"범인은 요괴 두억시니야."

한기가 입꼬리를 올리며 말했다. 어쩐지 즐거워하는 기색이다. 《요괴화첩》을 품에서 꺼내 펼쳤다. 두억시니 그

---

* 밥을 먹을 동안이라는 뜻으로, 잠깐 동안을 이르는 말

림을 찾아 황희에게 내밀었다.

"이럴 수가……."

황희가 삿갓을 쓰고 대나무 통을 멘 요괴를 보며 경악했다. 그림에 그려진 요괴는 공포스러웠다.

"사실 인간의 짓이라기에는 너무 화려하잖아?"

한기가 뇌까렸다. 그는 화첩을 접어 품에 넣으며 마을 입구로 빠르게 걸어간다.

"어딜 가는 거냐?"

"마을의 수호신을 찾아보려고. 멀리 떠나지는 못했을 거야."

황희는 멀어지는 한기를 보며 목소리에 힘을 준다.

"하나 묻자. 너는 사람들이 이토록 끔찍한 죽임을 당했는데 어찌 그리 명랑한가?"

"모르시나 본데……."

한기가 싸늘한 표정을 지으며 잠시 걸음을 멈춘다. 손가락으로 이마 앞에 흩어진 머리카락을 쓸어 올렸다. 눈동자가 번개처럼 빛났다.

"나, 지금 화가 나서 머리카락이 쭈뼛쭈뼛 섰다."

후농리 마을이 내려다보이는 야트막한 동산.

푸른 싹이 움트고, 나무줄기마다 따뜻한 봄이 흐르고 있다. 그 동산의 중턱에 인간을 닮은 돌장승이 서 있다.

화강암으로 만든 돌장승은 살아 있다. 한숨을 푹푹 내리 쉬는 게 세상을 다 잃어버린 모습이다.

돌장승 옆에 코끝을 긁적이며 한기가 나타났다.

"여기 있었네. 한참을 찾았잖아."

"날? 날 왜?"

돌장승이 돌 눈을 깊이 감았다 뜨며 물었다.

"네가 후농리 마을 수호신이지?"

"아, 아니다. 난 마을 장승신이야. 마을 수호신은 은행나무 목신이다."

돌장승이 황급히 도리질을 했다.

"거짓말. 다른 신이나 요괴들은 전부 마을을 떠났어. 코빼기도 안 보인다고. 너만 멀리 떠나지 않고 마을 주위에 남아 있잖아. 마을의 수호신이기 때문 아니야? 동제(洞祭)*때 수호신이랍시고 떡이며 술이며 실컷 받아먹었을 거 아냐? 진짜 이러기야?"

---

* 마을 제사

돌장승은 삐질 땀을 흘렸다. 이윽고 시무룩해져 시선을 피하며 되묻는다.

"나한테 원하는 게 뭐야?"

"두억시니 풍이 어디 있는지 알지?"

"몰, 몰라. 요괴랑은 한 마을에 같이 있어도 서로 상관 않는다고. 게다가 그 녀석은 이 근방에 사는 요괴도 아니잖아. 그런 무시무시한 상급 요괴를 내가 어떻게 알겠어."

"마을의 아이가 사라졌대."

"알, 알아."

"넌 마을의 수호신이잖아. 주민의 위치를 알 수 있잖아."

마을의 수호신은 마을과 주민을 지키는 대표신이다. 즉 마을 사람이라면 누구나 수호신을 따르고, 수호신의 보호 아래에서 살아간다. 마을을 벗어나도 아주 먼 곳에 떨어져 있거나 특별한 이상 상태가 아닌 다음에야 주민의 모습을 투시할 수 있었다.

"몰, 몰라. 그만둬. 찾아가서 어쩌려고?"

"아이를 구해야지."

"그놈을 못 봐서 그래. 지옥의 야차처럼 무서워……."

"수호신이면서 그런 말이 나오냐?"

"정말 무섭다고."

돌장승은 두억시니의 눈빛만으로도 산산이 몸이 부서져 내리는 것 같았던 기분이 되살아났다.

"함께 가자고 하지 않을 테니까 어디 있는지나 알려 줘."

"진, 진짜지?"

"지금 네가 무슨 도움이 되겠어?"

"잠깐만 기다려 봐."

돌장승은 돌 눈을 감고 순례의 집을 생각했다.

두억시니에게 잡혀서 집의 문을 나와 마을을 벗어나는 아이의 기운이 실처럼 길게 흘러간다. 돌장승은 그 실과 같은 기의 여운을 더듬어 따라간다.

한참의 시간이 흐른 후에 돌장승은 마음의 눈을 통해 순례를 보면서 소리쳤다.

"찾았다! 모닥불이 타오르고 있어. 대나무 통이 두 개⋯⋯. 동굴이야. 깊지는 않아. 모닥불 위에 솥을 걸고 뭘 삶고 있는데?"

"설, 설마⋯⋯."

한기가 마른침을 넘긴다.

"삶고 있는 게 순례는 아니겠지?"

"몰라. 냄새는 못 맡아."

"위치를 알아봐. 동굴 위로, 공중으로 올라가서 내려다 봐."

"잠깐, 쉬운 일이 아니야, 그게."

꽤 시간이 흘렀다. 드디어 돌장승이 입을 연다.

"산속이야."

"어딘지 알겠어?"

"보자, 산 정상에 바위가 높이 솟아 있어. 서남쪽으로 원(院)*이 있네. 북적대는 상점들이 보여. 누원점이야."

"누원점이라면 양주현**이네."

"누원 북동쪽에 있는 선돌산이야. 휴, 여기까지야. 거리가 가깝다면 더 오래 볼 수 있을 텐데……."

돌장승의 볼멘소리에 한기는 가슴이 아팠다. 자신을 믿고 의지한 주민들을 지켜내지 못한 마음이 들여다보이는 듯했다.

"너, 괜찮냐?"

수호신이라고는 하지만, 두억시니를 상대하기에는 역

---

* 관원이 공무로 다닐 때에 숙식을 제공하던 곳
** 지금의 도봉구와 의정부시 경계

부족이다. 게다가 보통 두억시니가 아니다.

"내가 수호신인데 마을 사람들을 지키지 못했어. 무서웠어……."

"자책하지 마. 더 강한 신이나 요괴가 나타나면 어쩔 수 없어."

정월 14일, 장승제를 지내주던 주민들의 모습이 아련히 떠오른다.

가난한 살림에도 집마다 쌀 한두 되를 정성껏 바쳐 제를 지내주었다. 제사가 끝나면 모두 어울려 잔치를 벌였다. 농악대가 풍물을 연주하고, 술잔이 돌고, 윷놀이를 하고, 제기를 찬다.

"흑흑, 후농리 사람들, 나한테 진짜 잘해줬어. 정월 14일이면 어느 고을보다 장승제도 크게 지내주었다니까. 가끔 오줌을 싸대서 문제였지만……."

돌 가슴이 찌릿하고 돌 눈이 축축이 젖어들었다.

"장승은 원래 귀신과 액을 물리치는 건데……."

돌장승이 아쉬워하면서 돌 눈을 마침내 떴다.

그새 한기는 돌아서 산을 내려가고 있었다.

후농리 마을의 수호신, 돌장승은 멀어지는 한기의 뒷모습을 물끄러미 바라보며 훌쩍 코를 들이켰다.

한성의 북동쪽을 차지한 양주현 누원점 인근의 선돌산, 산중턱의 상수리나무 군락지.

화사한 봄의 햇살조차 어딘지 기묘하게 일그러지는 느낌의 숲이다. 그리고 숲과 절벽이 마주하는 곳에 언뜻 봐서는 어떤 생명체도 드나든 흔적이 없는 동굴이 있다. 동굴 앞은 해를 거듭해 쌓인 마른 낙엽들만 수북하다.

재빨리 포졸들이 동굴을 둘러싼다. 육모방망이나 창을 틀어쥐고 허리에는 붉은 오라를 찼다. 이윽고 종사관 황희와 장 포교, 한기와 복희가 나타난다.

장 포교가 동굴로 두 발 다가서서 넓은 가슴을 폈다. 평소에도 우람한 덩치였지만, 두 배는 더 커 보였다. 그는 목구멍을 크게 연다.

"안에 후농리에 역병을 일으킨 장본인!"

그러고 나서 장 포교는 요괴를 입에 담는 것이 어색한지 잠시 어물대더니 목청을 돋운다.

"두억시니 풍이라는 놈이 있다면 썩 나오거라!"

쩌렁쩌렁 산천을 뒤흔드는 목소리다.

소리가 너무 커서일까. 소리가 멎자, 기이할 정도로 사방이 잠잠해진다. 포졸들은 육모방망이와 창을 쥔 손에 힘을 바짝 주며 침을 삼킨다.

"끄흐흐흐."

지옥에서나 날 법한 괴이한 소리가 동굴에서 흘러나왔다. 마치 날카로운 쇠끝으로 심장을 긁어내는 것 같았다.

동굴을 포위한 포졸들의 얼굴이 하얗게 변했다. 전염병을 일으키고 사람의 머리를 터뜨려 죽이는 잔혹한 요괴가 동굴 안에 도사리고 있다는 생각에 오금이 저릿저릿했다.

"끄흐흐흐."

동굴 안의 괴성은 갈수록 더 음산해졌다. 혼비백산한 포졸들의 팔이 상수리 잎처럼 떨렸다. 서로의 창끝이 부딪혀 금속성을 냈다.

문득 동굴에서 세 개의 붉은 강기(強氣)가 짧은 시차를 두고 느닷없이 날아왔다. 붉은 강기는 피할 새도 없이 세 포졸의 가슴을 강타했고, 그들은 10보가량 날아가 낙엽 더미에 파묻혔다. 동굴을 포위하고 있던 다른 포졸들이 까무러치며 뒤로 물러섰다.

저벅. 저벅. 저벅. 묵직한 발소리가 들리더니 이윽고 삿갓을 쓴 두억시니가 동굴 안에서 모습을 드러냈다. 희미한 햇살을 받으며 조각조각 드러나는 두억시니는 그야말로 지옥의 수문장과 같은 모습이다. 길고 튼튼한 다리와 팔, 그 끝에 달린 쇠갈고리 같은 손가락과 발가락, 삿갓 아래로는 강인한 검붉은 턱이 보였다. 죽음과 질병을 뿌리고 다니는 두억시니 풍은 강고한 불꽃 덩어리 같았다.

포졸들은 숨을 멈추고 손등이 하얘지도록 무기를 움켜쥔다.

"저기, 여러분. 두억시니는……."

"쳐라!"

한기가 말을 하려는 순간, 장 포교의 호령이 터졌다.

"으아아아."

공포에 질린 포졸들이 무턱대고 고함을 지르며 두억시니에게 달려들었다.

두억시니 풍은 가소롭다는 듯, 한 발을 내디디며 주먹을 내질렀다. 붉은 주먹이 엿가락처럼 길게 뻗어나가 한 무리의 포졸을 휩쓸고 지나갔다. 다시 두 번째 주먹을 찌르자, 또 한 무리의 포졸들이 바닥에 뒹굴었다.

"크크크."

삿갓 아래의 검붉은 입술이 인간을 조롱하듯 크게 찢어졌다.

"상대가 안 될 거라고 말하려 했는데……."

한기가 중얼거렸다.

"내가 나서야겠구나!"

장 포교가 전립을 벗어 옆의 포졸에서 건넸다.

"저기, 포도군관 아저씨, 위험해요."

한기가 말렸다.

"그건 요괴 놈한테 할 얘기다. 너, 엽괴라고 했겠다? 저 두억시니 놈에 대해 아는 게 있나?"

장 포교는 우락부락한 모습과는 달리 신중한 태도로 한기에게 물었다.

"육박전*을 즐기는 놈이에요. 무기는 사용하지 않죠. 대신 붉은 강기를 쏘아대요."

"맨몸으로 치고받는 걸 좋아한다?"

장 포교는 손에 쥔 칼마저 포졸에게 넘긴다.

"이봐, 두억시니. 이름이 풍이라고 했나? 나와 사내답게 한 번 어울려볼까?"

말끝에 장 포교는 성난 황소처럼 두억시니 풍에게 달려들었다.

---

* 적과 직접 맞붙어서 총검으로 치고받는 싸움

쿵! 맞부딪치는 순간 굉장한 소리가 울렸다. 장 포교는 두억시니 풍의 붉은 팔을 움켜쥐고 뽑아낼 듯 잡아당겼다. 퍽. 요괴는 잡힌 손의 팔꿈치로 장 포교의 얼굴을 때렸다. 장 포교의 얼굴이 일그러지면서 입에서 피가 쏟아졌다. 그러나 장 포교는 굴하지 않고 두억시니의 사타구니로 파고들어 요괴를 머리 뒤로 내동댕이쳤다.

인간과 요괴가 격렬한 싸움을 펼친다. 어느 쪽도 물러서지 않는다. 아니, 물러설 생각조차 없다. 그 생각의 틈으로 상대의 주먹이 파고들기 때문이다.

"굉장한 요괴군. 장 포교는 최고의 무인인 금군 교련관조차도 엄지를 치켜드는 자다. 그런 장 포교와 호각을 이루다니 과연 이름 높은 요괴야."

황희가 혀를 내두르자, 한기가 대꾸한다.

"굉장한 건 포교야. 이름을 가진 두억시니는 요괴 중의 요괴다. 그런 요괴를 엽괴도 아닌 일반 무사가 맨몸으로 겨루는 것부터가 말이 안 돼."

한기는 주먹다짐을 벌이는 두억시니와 장 포교를 보며 냉정하게 말을 잇는다.

"말려야 해. 저러다 장 포교 죽어. 기를 집중해야 하는데, 힘을 집중할 뿐이니까. 이름을 가진 요괴한테 통할 리 없다고.”

바로 그 순간이었다. 장 포교의 가슴에 두억시니 풍의
일격이 불덩이처럼 꽂혔다. 요괴는 시간을 주지 않고 불
길이 덮치듯 달려들어 연속적으로 장 포교의 얼굴과 가슴
에 붉은 주먹을 꽂아 넣는다. 장 포교는 본능적으로 몸을
웅크리고 팔로 얼굴을 감싼다. 뒤이어 두억시니 풍의 발이
장 포교의 정강이뼈에 박혔다. 쇠망치로 때리는 소리가 울
렸다. 장 포교의 다리 관절이 어긋나는 소리가 났다. 장 포
교는 이를 악물고 쓰러지지 않으려고 버텨냈다.

“물러설 줄 알고!”

장 포교가 폭발할 듯 소리치며 두억시니 풍에게 박치기
를 했다. 요괴는 단숨에 훌쩍 뒤로 날아서 물러섰다.

“이제 내 차례가 왔네.”

한기가 목을 풀면서 장 포교 앞을 막아섰다.

“물러서라. 저놈은 내 거다.”

장 포교가 씩씩 숨을 몰아쉬었다. 그는 온몸으로 분노
를 느꼈다. 그러나 한기는 냉정하다.

“여기까지입니다. 알잖아요?”

장 포교는 아무 대꾸를 못 한다. 승패는 이미 났다는 걸
스스로 알았다. 그의 얼굴은 피로 얼룩졌으며, 턱과 수염

이 으깨져 있었다.

이어서 두억시니와 한기는 30보 거리를 두고 서로 마주 섰다.

"애.송.이. 너.는. 누.구.냐."

두억시니는 붉은 숨을 토해냈다.

"한 번만 말할 테니 똑똑히 들어라. 최한기라고 해. 물론 너 따위가 기억할 이름은 아니야."

"어.린.놈.이. 죽.고. 싶.구.나."

"그건 두고 보면 알 일이랍니다."

말끝에 한기의 전신에 강고한 기운이 흘러내린다. 천진한 얼굴은 냉혹하고 무표정하게 변했다. 장난기 가득한 눈은 검게 빛났다. 이를 지켜본 복희가 속으로 뇌까렸다.

'사람이 달라졌어.'

한기는 약 2척(60센티미터) 길이의 목봉을 빼 들었다. 겉보기에는 평범한 검은 나무 봉이었다. 하지만 두억시니 풍의 붉은 눈알이 처음으로 흔들렸다. 봉의 기운이 그의 뼛속까지 침투해 왔기 때문이다.

"좋.은. 물.건.이.구.나."

"1200년이나 된 고대의 유물이지. 벼락 맞은 박달나무로 만든 거다."

한기는 검은 봉으로 툭툭 제 손바닥을 쳤다.

"정의봉이라고 이름을 붙였어. 바르고 옳게 만드는 몽둥이란 뜻이지."

삿갓을 쓴 두억시니 풍은 양팔을 펼쳤다. 그런 다음 삿갓 아래 드러난 입을 더 찢으며 사악하게 웃기 시작했다.

"끄하하하하하."

웃음소리는 점점 커지면서 공간을 뒤흔들었다. 상수리나무가 빨래처럼 펄럭이고, 바닥에 쌓인 낙엽들이 소용돌이치며 하늘로 올라갔다. 마치 숲을 감금하는 듯한 괴이한 웃음소리였다.

"윽. 고막이 터질 거 같아."

두억시니와 제일 가까이 선 포졸들이 귀를 막고 주저앉았다. 곧이어 다른 포졸들도 철실처럼 귓속을 파고드는 두억시니의 웃음소리에 고통을 호소했다.

"귀를 단단히 막아라!"

황급히 장 포교가 소리쳤다. 저마다 귀를 틀어막으며 상체를 구부렸다. 하지만 한기는 달랐다.

"귀는 왜 막아? 요괴의 입을 막아야지."

그 말과 함께 한기는 두억시니를 향해 걸어간다. 서두르지도 늑장 부리지도 않는 태연한 걸음이다.

두억시니 풍이 주먹을 내질렀다. 붉은 기운이 발생하고, 그 파동이 점점 커지면서 한기를 향해 날아간다. 거대한 붉은 강기는 한기와 정면충돌했다. 한기는 내장까지 뜨거운 불로 지져대는 느낌을 받았다.

그사이 두억시니 풍이 코앞에 다가와 있었다. 요괴의 주먹이 연달아 한기에게 쏟아진다. 무거울 뿐만 아니라 진짜로 불처럼 뜨거웠다. 한기는 몸을 틀면서 용케 치명타를 피했다. 두억시니의 발이 한기의 뱃구레를 걷어찼다. 한기는 붕 떠올라 한참을 허공에 정지해 있더니, 땅바닥에 처박히면서 쿵 하고 굉음을 냈다.

두억시니 풍은 우두둑 목뼈를 풀면서 한기를 굽어본다.

"최. 황. 기. 라. 고. 했. 나. 지. 옥. 문. 을. 열. 어. 주. 마."

바닥에 드러누운 한기는 죽은 것처럼 움직이지 않았다. 몸 안 곳곳에서 뜨거운 불길이 타오르는 듯했다. 허리와 척추에서 힘이 빠져나가는 것 같았다. 상대의 강함을 눈으로 읽듯이 느낄 수 있었다. 살짝 스쳤을 뿐이지만 왼쪽 눈 아래가 찢어져 피가 흘러내렸다.

복희가 두 손으로 입을 가린 채 한 걸음 앞으로 나섰다. 말려야 한다고 생각했다. 그때 황희가 팔을 뻗어 그녀의 앞을 막았다.

"저 녀석, 아직 진 거 아냐."

황희는 한기의 빛나는 눈을 보고 있었다.

이윽고 한기가 몸을 일으켜 세웠다. 장난스럽게 입을 벌려 턱을 좌우로 움직였다. 피투성이 얼굴로 미친 사람처럼 이를 드러내며 웃었다.

"최황기가 아니라 최한기다."

"굉장한 놈이구먼."

절뚝대는 다리로 서 있는 장 포교가 한기를 보며 감탄했다.

두억시니 풍의 손이 다시 뻗어 나왔다. 붉은 강기가 붉은 주먹으로 변해 연달아 한기를 노린다. 정면으로 받다가는 이번에는 뼈까지 불타서 녹아버릴지도 모른다고 사람들은 생각했다.

바로 그때 한기가 허리를 뒤로 한껏 젖히며 물고기처럼 하늘로 튀어 올랐다.

"가회방의 팔봉 씨가 추석날…… 떡메를 친다!"

그의 입에서 누구도 생각하지 못한 말이 터져 나왔다.

다들 희한하고 놀라서 입이 떡 벌어졌다. 무공 주문이라면 '천지멸화'나 '태백구검'이나 '빙백마장' 같은 정통적인 주문, 혹은 '붉은 용이 춤을 추니 천하의 암흑이 물러간다……' 어쩌고 하는 척 들어도 근사한 주문이어야 하는 게 아니던가. 가회방의 팔봉 씨가 추석날 떡메를 친다니? 세상에, 그런 것도 기법을 일으키는 주문이 된다는 건가?

사람들이 놀라는 사이 한기의 정의봉이 12척(3.6미터) 길이로 늘어났다. 마침내 한기의 모습에 겹쳐, 떡 방망이를 쥔 우람한 사내가 등장했다. 그는 한성부 가회방에 사는 팔봉 씨로 떡메치기의 일인자였다. 이윽고 날아오는 붉은 강권을 팔봉 씨가 떡을 메치듯 떡 방망이로 내리쳤다.

쿵! 쿵! 쿵! 팔봉 씨의 떡메에 두억시니의 붉은 강권들이 이지러지면서 흩어졌다.

"신기한 일입니다."

"기가 형체를 띤 것입니다."

황 종사관이 놀라워하자 장 포교가 설명했다.

뒤이어 거리를 좁힌 한기와 두억시니 풍이 새로이 맞붙었다. 한기는 정의봉으로, 요괴는 붉은 주먹으로 상대를 노린다. 눈에 보이지 않을 만큼 빠르게 공격과 수비가 교차한다. 주고받을수록 공수가 빨라져 한순간 두 사람이 정지한 듯 착각이 들기도 한다.

퍽. 한기의 복부에 두억시니의 주먹이 불덩이처럼 박혔다.

"아!"

복희가 비명을 지르며 얼굴을 돌렸다.

쿠당탕탕. 한기는 상수리나무에 처박혔다. 입술을 깨물었다. 눈알이 빠질 것 같았고, 배 속의 장기들이 불이 붙은 듯 뜨거웠다.

"진짜 강한 놈이네."

한기는 정의봉으로 땅을 짚고 일어섰다.

"후."

길게 숨을 뱉어내고는 곧장 풍에게 달려든다.

또 한 번의 근접전이 펼쳐졌다. 얼핏 상황이 조금 전과 닮은꼴로 흘러가더니 풍의 주먹이 다시 한기의 뱃구레를 파고들었다.

'아.'

복희가 손바닥으로 얼굴을 가린다.

하지만 이번엔 달랐다. 한기의 왼손이 풍의 주먹을 쳐옆으로 흘려보냈다.

"응?"

두억시니 풍의 붉고 음산한 눈동자가 흔들리며 자세가 흐트러졌다.

"이제 안다, 네놈의 싸움 형태는."

외침과 함께 한기의 정의봉이 아래에서 위로 풍의 얼굴을 후려쳤다. 삿갓이 허공으로 날아갔다.

두억시니 풍의 공포스러운 얼굴이 만천하에 드러났다. 불이 붙은 듯 시뻘건 얼굴과 머리카락, 크게 찢어진 눈과 초점 없는 검붉은 눈알, 귀까지 찢어진 큰 입과 그 안에 솟아오른 송곳 같은 이빨들……. 무시무시한 형상이었다.

뒤이어 한기의 입에서 두 번째 주문이 터졌다.

"구리현 순이 엄마가 능수능란 다듬이질을 한다!"

역시 이번에도 주문이라기에는 조금 민망하다.

한기에 겹쳐 아낙의 모습이 등장한다. 뺨이 홀쭉하고 피부가 까무잡잡한 중년 여인이다. 한양 남부 대평방 구리현계*에 사는 순이 엄마다.

순이 엄마는 천하에 둘도 없는 허풍쟁이 남편의 옷을 풀을 먹여 빳빳하게 펴듯이 다듬잇방망이로 요괴를 다스린다. 도드락 도드락 탁탁. 두억시니 풍의 뺨을 가격해 머리를 돌리고, 어깨를 찍어 자세를 낮추고, 허리를 때려 내려앉힌다. 요괴는 순이 엄마의 방망이질에 따라 꺾이고 접

---

*   지금의 을지로2가

히고 부러지고 주저앉는다. 도드락 도드락 탁탁. 굵은 핏줄이 선 가늘지만 단단한 순이 엄마의 팔뚝이 돋보인다.

"미. 미. 친. 놈. 이!"

가당찮은 주문과 공격에 분노한 두억시니가 고함을 지르며 몸을 일으킨다. 그러나 순이 엄마의 방망이질은 용서가 없다. 도드락 도드락 탁탁. 두억시니 풍은 말 없는 빨래처럼 짓이겨진다.

"누구더러 미친놈이래? 죄 없는 사람을 그리 많이 죽여 놓고선? 맛 좀 봐라! 가회방의 팔봉 씨가 아내와 싸우고 떡메를 친다!"

다시 떡 방망이를 든 팔봉 씨가 등장한다. 그는 동네에서 떡 칠 일이 있으면 도맡아 하는 떡메치기의 일인자다. 게다가 아내와 싸운 날이면 화가 더해져서 떡메질에 가회동 전체가 흔들린다.

쿵. 떡. 쿵. 떡. 쿵떡. 쿵떡. 쿵떡. 두억시니가 두 팔로 머리를 막지만, 내려치는 떡메질에 속수무책 무너진다. 이러다 땅속으로 사라질 것만 같다.

"말린 포에서 물기를 쥐어짜내는 것 같군요."

황희가 머리를 흔들었다.

"요괴를 똥걸레로 만드는군요."

장 포교가 말을 받았다.

두억시니 풍은 믿을 수 없었다. 그러나 불끈 팔다리에 힘을 주어도, 거칠게 분노를 터뜨려도 이 모진 떡메질에서 벗어날 수 없다는 걸 서서히 깨달아갔다. 그리고 그 사실을 깨닫는 순간, 극한의 공포를 느꼈다. 공포는 무력감으로 빠르게 변해간다.

"가루로 만들어주지."

한기가 속삭였다. 요괴의 눈에는 소년이 악마처럼 보였다.

"그. 만."

땅에 누운 두억시니 풍이 두 손을 세차게 흔들었다. 그러나 한기의 잔혹한 매질은 그치지 않는다.

"살. 려. 줘."

공포에 질린 두억시니가 눈물을 흘리며 호소했다. 요괴는 누런 침과 검붉은 피를 흘리며 흙바닥에서 비린 생선처럼 퍼덕거린다.

"차. 라. 리. 빨. 리. 죽. 여. 줘. 제. 발."

그제야 한기의 정의봉이 멈췄다. 떡 방망이를 든 팔봉씨의 형상도 씻은 듯이 사라진다.

한기는 품에서 《요괴화첩》을 꺼냈다. 화첩을 펼쳐 두억시니가 그려진 면을 찾는다.

"순순히 들어가자. 네가 영광스러운 1번이다."

"내. 게. 포. 로. 가. 되. 라. 는. 거. 냐?"

자존심이 상한 풍이 붉은 눈썹을 치켜올렸다.

"아주 무섭네. 그렇다면 빨래로 만들어서 강제로 넣어
주지."

말과 동시에 한기가 팔을 치켜든다.

"구리현 순이 엄마가……."

"알. 알. 았. 다."

"뭐라고? 안 들려."

"들. 어. 간. 다. 고!"

다 포기한 두억시니가 대자로 뻗으면서 울분을 터뜨렸
다. 그때 문득 한기가 겸연쩍은 미소를 지었다. 그는 정의
봉으로 두억시니의 배를 찍어 눌렀다.

"허벅지 좀 보자."

한기의 말에 두억시니 풍은 물론 복희와 포도청 사람들
까지 모두 제 귀를 의심했다.

"허벅지 좀 보자고. 세 번 말하게 하지 마."

포졸들이 수군거렸다.

"허벅지를 보자는 거 맞지?"

"요괴의 허벅지를 확인해서 어쩌려고?"

한기는 쓰러져 누운 두억시니 풍의 양쪽 다리를 발로 밀어 넓혔다. 그런 다음 호기심 가득한 눈으로 양다리 사이에 앉았다. 두억시니 풍은 기가 막혀서 아무런 말도 나오지 않았다.

"어린놈이 괴상한 취미를……."

가장 늙은 포졸이 중얼거렸다.

한기는 요괴의 치맛자락을 걷었다. 펄럭. 속곳 아래로 시뻘건 허벅지와 종아리가 드러나자 요괴는 질끈 눈을 감았다. 이토록 수치스러운 일을 겪은 적이 있던가?

"무. 무. 슨. 짓. 이. 냐?"

"없네. 북두칠성."

"그건 하늘에 있다."

잠자코 있던 장 포교가 대꾸했다.

한기가 돌아보며 히죽 웃었다.

"북두칠성 모양의 점 말이에요."

이제 한기는 《요괴화첩》을 두억시니 풍에게 들이밀었다. 눈 깜짝할 순간, 두억시니 풍은 한줄기 붉은 연기가 되어 《요괴화첩》 안으로 빨려 들어갔다. 뒤이어 《요괴화첩》 속 두억시니가 색을 입는다. 화첩의 먹빛 두억시니가 붉은

빛으로 변하면서 배경으로부터 도드라졌다.

　그때 상수리나무 숲에서 쥐어짜는 듯한 고함이 들려
왔다.

　"으아아! 두억시니 놈아! 우리 순례를 내놔라!"

　후농리 돌장승이 낫을 들고 숲에서 뛰쳐나왔다.

4. 열 가지 기법

한성요괴상점.

켜켜이 쌓인 어둠을 등잔 불빛으로 버텨내면서 한기가 웃통을 벗고 앉아 있다. 그는 상처를 치료하기 위해 생강 즙에 대황 가루를 개어 만든 장군고(將軍膏)를 바르고 있다.

'하마터면 원수도 못 갚고 끝날 뻔했어. 으윽.'

상처가 욱신거리고 따끔거렸다. 이제 붕대를 감을 차례였다. 탁자 위의 붕대를 보며 얼굴을 찌푸렸다. 그때 열린 문으로 얌전한 고양이처럼 복희가 들어왔다.

"안녕."

"뭐, 뭐냐?"

한기는 황급히 벗어둔 저고리로 가슴을 가렸다.

"많이 아프지?"

"아프긴 누가 아프다고 그래? 윽."

아무렇지 않은 듯 허리를 세우던 한기는 얼굴을 찌푸렸다. 온몸의 상처가 아우성을 쳤기 때문이다.

"붕대 감으려고? 혼자서는 쉽지 않아."

복희가 손을 내밀어 붕대를 집었다.

"뭐 하려고?"

"가만있어 봐."

복희는 한기가 가린 옷을 휘릭 걷어냈다.

"앗!"

한기는 두 손으로 가슴을 가렸다. 복희는 손으로 한기의 손등을 찰싹 때렸다. 한기가 우물쭈물 손을 내리자 붕대로 그의 가슴을 친친 동여매기 시작했다. 잠시 후, 복희는 제 솜씨에 만족하며 손바닥을 탁탁 털었다.

"자아, 끝났다. 그런데 이 정도로 되겠어?"

"벌써 거의 다 나았어."

"거짓말도 잘하네."

다정한 얼굴로 복희가 한기의 눈을 들여다봤다. 한기는 수줍은 듯 시선을 탁자에 떨어뜨렸다.

"그런데 너는 왜 혼자냐?"

한기가 부러 퉁명스럽게 물었다.

"할아버지와 동생이 잘 아는 역관을 따라 청나라 구경을 갔어."

"그, 그렇구나."

"그럼 내일 봐."

복희가 자리에서 일어섰다.

"저기, 조금만 더 있어도 돼."

한기가 우물거렸다.

순간, 복희에게 한기의 외로움이 와락 끼쳐 왔다. 부모가 실종되고, 요괴와 생사를 다툰 고작 열일곱 살의 소년이다.

"좋아. 할 일도 없으니 좀 더 있을까?"

복희는 빙그레 웃으며 도로 자리에 앉았다.

한기는 복희가 별처럼 스스로 빛을 내는 것 같다고 생각했다.

동틀 녘 한기는 마당에 가부좌를 틀고 앉았다. 그러고는 지상으로부터 약 한 자(약 30센티미터)가량 붕 떠올랐다. 고르게 숨을 들이마시고 내쉼을 반복하며 몸 안의 기운을 느끼고 그 기운을 따라갔다.

해 뜰 무렵과 해 질 녘, 하루 두 번 명상 호흡과 무예 수련을 했다. 일곱 살 때부터 10년간 이어온 습관이었다.

시간이 흘러 이윽고 한기는 천천히 땅으로 내려선다. 이제 정의봉을 빼 들었다. 1200년 동안 당대 최고의 엽괴들이 소유했던 무기다. 엽괴들은 사라졌지만, 정의봉은 그들의 특별한 기법을 기억하고 있었다. 한기는 그 기법 중지금까지 열 가지를 터득했다. 기법은 한기가 만들어낸 주문을 통해 발현된다.

가회방 팔봉 씨가 떡메를 친다, 장사타병(壯士打餅).
구리현 순이 엄마가 다듬이질을 한다, 여인격봉(女人擊棒).
밤섬 석봉이가 감을 딴다, 소년채집(小年採集).
마포 달복이가 공을 찬다, 청년축구(靑年蹴毬)
김해 장사 이징옥이 도끼로 친다, 장사부감(壯士斧砍)
대동계 황 처사가 단칼에 벤다, 정학속검(正學速劍).
전생서(典牲署)* 목동 철수가 가축을 몬다, 가축철수(家畜鐵獸).
인왕산 호랑이가 호통을 친다, 산군포효(山君咆哮).

약현마을 조 첨지가 시침을 뗀다, 첨지시침(僉知始針).

살판꾼(땅재주꾼) 판개가 재주를 넘는다, 광대곡예(廣大曲藝).

처음 여섯 개의 기법은 무기나 몸을 사용해 적을 제압하는 공격법이고, 다음 두 개는 마음의 힘으로 적을 상대하는 심법(心法), 마지막은 좁은 장소에서 변화무쌍한 움직임을 자랑하는 신법(身法)이다. 열 가지 기법의 이름이 다 우스꽝스러웠다.

'어쩔 수 없다고…….'

한기는 정의봉을 물끄러미 내려다보면서 생각했다.

'천지멸화', '용호상박', '천의무봉', '천상천하 유아독존' 등등 이름 따윈 얼마든지 지을 수 있었다. 하지만 그런 이름은 현실적으로 와 닿지 않았다. 예를 들어 '용호상박'이라고 하기에는 용과 호랑이가 얽혀 싸우는 걸 본 일도 없고, 추측조차 되지 않았다. 그러니 그런 이름을 지어봤자 제대로 발현될 리 만무하다. 차라리 이 땅을 살아가는 것

---

*   조선 시대 나라의 제사에 쓸 짐승을 기르는 일을 담당한 관청

들이 실제이기에 마음에 훨씬 더 와 닿았다.

가회방의 힘 좋은 떡메꾼 팔봉 씨, 다듬이질을 잘하는 구리현의 순이 엄마, 도끼질로는 일가견이 있는 김해의 장사 이징옥, 맹인 검객 황정학, 산양과 염소 같은 가축 몰이의 일인자 목동 철수, 발재간이 좋아 신출귀몰 공을 차는 달복이, 먹을 거라면 환장하는 밤섬의 소년 석봉이, 엉큼하고 뻔뻔한 약현마을 조 첨지, 산천을 벌벌 떨게 하는 인왕산 호랑이, 잔칫집 예약 일순위인 곡예 재주의 최고봉 광대 판개! 조선에서 하루하루 살아가는 그들을 통해 위대한 엽괴들의 기법이 현실로 드러나는 것이다.

끊임없는 수련이 먼저다. 수련이 깊어지면 기법에 이르고, 기법을 발동시키는 지점에 다다른다. 기법의 발동과 시전자가 조화를 이루게 되면 형상이 나타난다.

"휴."

가볍게 숨을 토한 한기는 몸을 틀어 하늘로 솟구친다.

"밤섬 석봉이가 마음껏 욕심을 부려 밤을 딴다!"

한기는 한성요괴상점 앞 의자에 앉아 생각에 잠겼다.

"뭘 그리 골똘하게 생각하고 있나?"

포도청 종사관 황희였다.

한기는 황희가 손에 쥔 비단 보자기를 발견하고 입이 벌어졌다.

"천재 종사관 나리께서 직접 납시다니, 사례는 백성을 소환해서 주시면 될 일을."

"또래끼리 그런 식으로 부르지 말자."

황희가 비단 보자기를 한기의 무릎에 올렸다.

한기는 보자기를 풀기 위해 손을 뻗다가 히죽 웃으며 도로 손을 치웠다. 눈앞에서 바로 확인하는 건 왠지 경박스러워 보였다.

"그런데 아무래도 이상한 점이 있단 말이야. 요괴가 그런 짓을 하다니."

한기는 머리를 휘저었다.

"두억시니 쪽? 무슨 소리야?"

황희의 눈빛이 진해졌다.

"전염병을 퍼뜨리고 사람의 머리를 깨서 죽이는 건 그럴 수 있어. 요괴니까. 하지만 돈을 벌기 위해 역병을 퍼뜨리는 건⋯⋯."

"돈을 벌기 위해 역병을 퍼뜨리는 건?"

"말도 안 돼! 요괴가? 돈을? 왜? 전혀 요괴답지 않아."

"전염병을 퍼뜨리고 돈을 요구하는 건 요괴답지 않다?"

"바로 그 말이야."

한기가 망설임 없이 대답했다.

"안 그래도 이상한 게 있어."

황희는 잠시 뜸을 들이고 말을 이었다.

"전라도 전주부에서도 후농리와 꼭 같은 일이 벌어졌는데 주민 전부가 머리가 터져 죽었어. 그리고 딱 한 사람 죽지 않았는데 행방불명이야."

"참 순례는 어떻게 됐어? 찾았어?"

"아니, 순례도 행방불명. 즉 전염병에 내성이 있는 자들을 어딘가로 데려간 거야. 그리고 이름은 풍인데 용 자 깃발을 올리고 다닌 건 또 뭘까?"

"의심스러운 점이 한두 가지가 아니네."

"그렇다면 누가 뒤에 있는 거네."

어느새 나타난 복희가 오복마음상담소 앞에 서서 말했다.

"나도 의심스러워."

황희가 가볍게 복희에게 손인사를 하며 대꾸했다.

"만약 배후가 따로 있다면 두억시니 풍보다 훨씬 더 무서운 자일 거다."

한기가 말했다. 강력한 두억시니를 조종할 만한 자라

면 당연했다. 그렇다면 부모님의 야반도주가 어쩌면 그자와 연관이 있을 수도 있었다.

그때 상점 앞으로 유랑민들이 주문을 외우며 지나갔다.

"천지현황 우주홍황, 천지현황 우주홍황, 천지현황 우주홍황……."

'이 조선에 무슨 일이 일어나려는 거지…….'

복희는 머리를 크게 흔들며 불길한 생각을 떨쳐냈다.

"그런데 그건 뭐야?"

복희는 한기의 무릎에 놓인 비단 보자기를 가리켰다.

"응. 두억시니를 물리쳤다고 포도청에서 사례로 가져왔다네."

한기는 자연스럽게 비단 보자기를 풀면서 대답했다. 그러고는 보자기 안에 든 것을 내려다보더니 못 믿겠다는 듯이 목을 쭉 뺐다.

"진짜 이게 뭐야?"

"진달래 화전이다."

황희가 대꾸했다. 나무 대접 안에 진달래 화전이 쌓여 있었다. 진달래 화전은 봄에 여인들이 진달래꽃을 따다가 찰떡에 지진 것이다. 여인들이 화전을 먹으면서 봄의 풍류를 즐기는 것을 화전놀이라고 한다.

"그러고 보니 곧 청명(淸明)*이네."

"응. 부지깽이를 꽂아도 싹이 난다는 절기지."

복희의 말에 황희가 머리를 끄덕였다.

"이, 이걸 왜?"

한기가 멀뚱멀뚱 황희를 바라봤다.

"고맙다고 포도청의 다모(茶母)**들이 화전을 부쳐줬다."

"고작 진달래 떡이라고? 말이 돼? 목숨 걸고 두억시니를 물리쳤는데?"

한기가 씩씩거리며 화를 냈다.

"포도청 사정이 그래, 이해해라."

"순 날도둑들! 백성의 고혈을 쥐어짜 사리사욕을 챙기면서 공을 세운 내게는 떡이나 먹으란 거냐?"

"어떻게 할 수가 없었다."

황희가 당당하게 받아쳤다.

"왜? 어째서? 무엇 때문에?"

"포도청에서 요괴를 잡았다고 포상을 하면 민심이 어떻

게 되겠냐? 이번 사건은 그냥 돌팔이 의사가 독초를 배양해 저지른 짓으로 덮었다."

한기는 하도 어이가 없어서 제대로 말이 나오지 않았다. 황희가 그 모습을 빤히 바라보며 놀리듯 말했다.

"한 곳에서 불만인 사람은 다른 곳에서도 행복하지 않대."

"누가 그랬어?"

복희가 천진하게 물었다.

"이솝이란 사람이."

"어디 이 씨인데?"

"외국 사람이야. 그리스라는 나라 사람이라던가?"

"그리스 이 씨였구나."

복희가 머리를 끄덕였다.

한기는 황희와 복희, 그리고 진달래 화전을 번갈아 보다가 결국 참지 못하고 분노를 터뜨렸다.

"으아아아!"

5. 조선 최고의 엽괴

입하(立夏)*의 이른 아침. 한기가 상점 문을 열고 나서는 순간 머리를 깎은 젊은 스님이 두 손바닥과 열 손가락을 바짝 붙인 합장 자세로 가볍게 웃고 있었다. 스님은 돌연 소리를 질렀다.

"불법을 향한 마음은 굳고 진실하니, 견실합장(堅實合掌)!"

순간, 강철 손이 뻗어 나와 한기를 덮쳤다.

---

* 5월 5일경

쿠콰쾅. 한기는 그대로 뒤로 나자빠졌다. 이어서 스님은 합장을 했다.

"나무석가모니불."

"너, 누구야?"

한기가 벌떡 일어나며 소리쳤다.

"소승 독고당이라 하오. 요괴상점 주인이 바뀌었다고 해서 들렀소이다."

"소승이고 대승이고 왜 아침부터 남의 상점에서 다짜고짜 행패야?"

독고당은 난데없이 배를 불룩 내밀고 웃음을 터뜨렸다.

"하하하. 새로운 요괴상점 주인장의 실력을 확인하고자 손 좀 풀었지."

"나 회복한 지 얼마 되지 않으니까, 그냥 가라."

"매화당께서 사라지셨다고 해서 정말인가 싶어 구월산 패엽사에서 내려왔다. 어찌된 일인가?"

"스님이 속세의 인연에 얽매여서야 되겠어?"

독고당은 눈매를 게슴츠레 좁혔다.

"나 스물이 넘었다. 너 나보다 어린 거 같은데 꼬박꼬박 반말이네."

"그러니까 스님이 속세의 나이에 얽매여서야 되겠어?"

한기가 혀를 찼다. 남의 점포에서 힘자랑이라니 자신보다 더 철이 없었다. 심지어 수도를 하는 승려가 아닌가.

"그런데 네가 정말 두억시니 풍을 잡았냐?"

독고당은 믿지 못하겠다는 듯이 물었다.

한기는 슬그머니 하늘을 올려다보며 자랑스레 말한다.

"아주 쉬웠지."

"아주 쉬웠다고?"

"팔을 몇 번 휘저으니까 끝이던데?"

한기가 으스대자 독고당이 발끈했다.

"이 독고당이라면 손 몇 번 휘저으면 끝이었다."

"말을 잘못했네. 손가락 하나 까닥했었지, 아마."

"내가 길게 한숨 한 번 뱉어내면 그런 요괴들은 남아나지 않지."

"생각해보니 눈을 몇 번 깜박였던 거 같네."

"내가 숨만 쉬어도 저절로 쓰러졌을 거야."

"아, 저 멀리서 나를 보더니 그냥 픽 쓰러지더라."

찌릿. 한기와 독고당이 서로를 노려봤다.

"어쨌든 매화당께 연락이 닿으면 안부나 전해."

'아니, 그런데 이 땡중이 왜 아버지가 아니라 어머니야?'

그날 오후.

"네가 이곳의 새 주인인가?"

비단옷을 입은 기생이 한성요괴상점 입구를 막아서고
물었다. 금은보석이 박힌 가체에다, 도화가 만발한 그림의
전모(氈帽)*를 썼다. 연회색 저고리는 가슴이 터질 듯 꽉 끼
고, 꽃분홍 치마는 넓고 풍성했다. 화장이며 차림새가 너
무 화려해 눈이 시릴 정도였다.

"엽괴군요."

"어머, 눈썰미가 좋네. 난 옥류야. 여기는 묵검."

그녀는 옆에 선 검은 옷에 죽립(竹笠)**을 눌러쓴 중년
무사를 보며 말했다. 수염이 멋대로 자라 있었고 유달리
짙은 눈동자에서는 아무런 기운이 느껴지지 않았다.

한기의 머릿속에 언젠가 아버지가 엽괴에 대해 했던 말
이 떠올랐다. 아마도 한 해가 시작하는 정월 초하루였을
것이다.

---

*　여자들이 나들이할 때 쓰던 모자
**　승려나 부녀가 쓰던 삿갓

"조선에는 스님, 무당, 은자, 거사 등 많은 이가 요괴를 잡는다고 하지만 전문적으로 요괴를 잡는 엽괴는 흔치 않다. 그중 이름 있는 자들을 말해주마. 평양에서 기생 일을 겸하고 있는 해어화(解語花)* 옥류가 있다. 호사스러운 옷차림에 요염한 여인으로 보기에는 20대 남짓이지만 사실 40줄의 퇴기다. 신비롭기로는 묵검이 있다. 그의 실력은 알려져 있지 않으나 맡은 의뢰는 틀림없이 해내는 자다. 최근 한창 떠오르는 자로는 승려 출신의 어린 엽괴 독고당이 있다. 술과 고기와 여자를 너무 좋아해 파계를 당했지만, 본성은 나쁘지 않은 녀석이다."

"아버지한테 평양에 유명한 기생 엽괴가 있다는 말을 들었어요. 평양에서 한양까지 먼 길을 행차하셨네요."

"한성요괴상점의 주인이 바뀌었다니 궁금해서 참을 수가 있어야지. 네가 두억시니 풍을 잡았다며?"

"그딴 녀석은 한 짝이 있어도 상관없어요."

한기가 큰소리 떵떵 쳤다.

---

* 말하는 꽃. 기생을 의미한다.

"매화당의 아들이 천하의 허풍쟁이였네. 하긴 그만한 배포가 없으면 이 일을 할 수 없지."

옥류가 말끝에 호호호 하며 가늘고 높은 웃음을 터뜨렸다. 실처럼 가는 미소를 도톰한 붉은 입가에 달고 있던 옥류가 작은 은종을 꺼내 흔들었다. 딸랑. 딸랑.

"그럼, 요괴상점 새 주인과 인사를 나눴으니 간만에 한양 운종가 구경이나 할까?"

딸랑. 딸랑. 청아한 종소리가 길게 퍼져나갔다.

그러자 곧 여섯 명의 가마꾼이 호화로운 가마를 들고 호들갑을 떨며 달려왔다. 지붕을 호랑이 가죽으로 씌우고, 처마의 귀퉁이마다 색깔이 다른 옥구슬을 늘어뜨린 육인교(六人轎)*였다.

"그럼, 네 어머니가 돌아오시면 평양의 옥류관을 한 번 찾아오시라 전해라. 극진히 모시겠다고 말이다. 호호홋."

'그런데 왜 독고당도 옥류도 아버지가 아니라 어머니를 거론하는 거지?'

"매화당께서 야반도주를 하셨을 리 없다."

---

* 여섯 사람이 메는 가마

묵검은 단호하게 말했다.

한기는 한숨을 고른 후 물었다.

"어째서요?"

"만일 누가 내게 이 세상에서 가장 무서운 사람이 누구냐고 묻는다면 나는 매화당 서 씨라 답하겠다."

한기는 아마 잘못 들은 거라고 생각했다. 어머니가 비록 엄한 부분이 있다지만, 다 큰 어른에게 무섭다는 말을 들을 만한 사람은 아니었다. 매사에 사려가 깊고 조신하고 인자하신 분이다.

"박물군자 최북. 우리 아버지를 잘못 말한 거죠?"

"아니, 매화당 서 씨. 너희 어머니."

"우리 엄마가 무섭다고요?"

묵검이 깊이 머리를 끄덕였다.

"말도 안 돼. 우리 어머니가 왜 제일 무서워요?"

"그분이야말로 조선 최고의 엽괴이자 지상 최고의 검객이니까."

"저기, 다시 묻겠는데, 우리 아버지 말이죠? 그렇죠? 한성요괴상점 주인 최북."

"삼절부인, 매화당 서 씨."

"우리 어머니?"

한기는 손바닥으로 제 가슴을 짚었다.

"그래, 네 어머니."

"조선 최고의 엽괴?"

"그래."

"지상 최고의 검객?"

"아마도."

"갑자기?"

"표정을 보니 너한테는 갑자기인 모양이구나."

"진짜예요? 어머니가 조선 최고의 엽괴라는 말."

"내가 실없는 말이나 하는 자로 보이냐?"

묵검이 콧방귀를 뀌었다.

"믿지는 않지만, 만약 내 어머니가 엽괴라면 그쪽과 비교해서 어느 정도예요?"

"용호상박. 비등비등. 막상막하. 일심동체(一心同體). 난형난제(難兄難弟). 백중지세(伯仲之勢)."

묵검이 또박또박 끊어 사자성어를 뱉어냈다.

"이상한 게 하나 껴 있는데요?"

"만약 매화당께서 야반도주한 게 사실이라면 그자는 이 땅에 풀이 돋아난 이래 가장 강력한 요괴이거나 신령일 것이다."

"북두칠성 모양의 점이 허벅지에 박혀 있대요."

한기가 이를 악물었다.

'이 땅이 생긴 이래 가장 강력한?'

별안간 머릿속으로 배후에서 두억시니 풍을 조종했을 누군가가 스치고 지나갔다.

다음 날 정오 무렵, 한기는 한성요괴상점 안에서 꾸벅꾸벅 졸고 있었다. 짹짹. 점점 달아오르는 길에서는 참새들이 양식을 찾아 빗줄기처럼 가는 발을 움직이는 중이다.

한순간 난데없는 일이 벌어졌다.

"네가 최북의 아들 한기가 맞느냐?"

"그런데요?"

백마를 끌고 마부가 나타났다. 검은 얼룩이 있는 백마는 덩치가 크고 네 다리가 가늘었으며 특히나 눈동자가 크고 예뻤다. 허리에는 붉은 술이 달린 화려한 검이 매달려 있다. 기골이 장대한 마부는 윗옷을 벗었는데 물속에 있는 듯 허벅지까지 바지를 걷어 올리고 있다.

"마부 오평산이다."

마부가 힐끔 눈알을 돌려 한기를 확인하고 자신을 소개했다.

"안녕하세요."

한기가 대답했다. 오평산은 윗옷을 벗고도 더운지 목줄기에 땀이 흘러내렸다.

'한여름도 아닌데……. 몸에 열이 많은 사람이네.'

히이이잉. 얼룩 백마가 굵은 목을 뻗대고 하늘을 향해 울었다. 그러자 안장 위에서 거구의 남자가 천천히 모습을 드러냈다.

구레나룻을 기른 중년의 사내는 체구가 무척 큰 호걸이다. 사각형의 얼굴과 넓적한 코와 성근 수염에, 처진 듯한 눈두덩이 아래의 눈알은 사람을 꿰뚫듯 무서웠다. 콧등과 볼에 붉은 홍조가 노을처럼 흘렀다.

호걸은 지금은 요괴지만 살아생전에는 무관이 분명했다. 차림새를 보아하니 아무래도 강변의 누각에서 망중한을 즐기다 온 듯하다. 꽃과 넝쿨이 그려진 갈색 비단 조끼를 입고, 머리에는 망건을 썼다. 손등에는 매가 앉아 날카로운 부리를 번쩍이고 예리한 눈알을 굴렸다. 매는 노란 발을 움직여 몸을 돌린다.

매는 점포 안의 한기를 보며 날카롭게 울었다. 끼에. 얼룩 백마 위의 호걸도 천천히 고개를 돌려 요괴상점 안의 한기를 노려본다.

"누구세요?"

한기가 허리를 세우고 물었다. 그래도 호걸은 노려볼 뿐이다. 한참의 시간이 흘렀다. 호걸이 입을 연다.

"네놈이 최북의 아들이냐?"

"우리 아버지를 아세요?"

"두억시니 풍을 잡았다고?"

"좀 애를 먹긴 했지만요. 그런데 누구세요?"

"석천(石泉) 전일상이다."

대답과 더불어 바람이 거세지더니 전일상의 옷차림이 바뀐다. 녹색 관복*에 사모(紗帽)**를 썼다. 관복에는 두 마리의 호랑이, 쌍호흉배(雙虎胸背)***가 붙어 있다.

"들어봤어요. 살아계실 때 유명한 무신이었잖아요. 〈석천한유도〉와 〈전일상 영정〉도 본 거 같아요."

끼에. 매가 날카롭게 울더니 전일상의 손등을 박차고 날아오른다. 매는 마포장터의 높은 허공을 한 바퀴 돌더니 한성요괴상점 안으로 날아 들어왔다.

---

* 관리의 옷
** 관복에 쓰는 모자
*** 한 쌍의 호랑이를 수놓은 흉배로 당상관 이상의 무관 공복에 붙였다.

"윽, 뭐야?"

매는 상점 안을 팽이처럼 빠르게 돌더니, 한기의 머리 위에 내려앉았다.

전일상의 거친 입술이 달싹거린다.

"내 매가 널 좋아하는구나."

"안 좋아해도 상관없어요."

한기가 시큰둥하게 대꾸했다. 순간, 한기를 둘러싼 풍경이 바뀐다. 어리둥절해서 주위를 둘러본다.

한여름이다!

맴맴맴. 매미가 자지러지게 울었다. 한기는 한성요괴 상점이 아니라 전일상과 함께 연못 옆의 누각에 앉아 있다.

늘어진 버드나무 가지가 지붕을 가렸다. 전일상의 손에 매가 앉아 있다. 기생 둘이 대금과 가야금을 연주하는 중이다. 또 다른 기생들이 술이 담긴 호리병과 과일을 들고 누각의 나무 계단을 오르고 있다. 누각 아래에서는 개 두 마리가 전일상과 한기를 올려다보고 짖는다. 연못에서는 마부 오평산이 얼룩 백마를 씻기는 중이다.

'그림, 〈석천한유도〉 속이다!'

한기는 자신이 그림 속에 있다는 사실을 깨달았다.

푸드득. 머리 위의 매가 날아올랐다.

한기는 한성요괴상점 안으로 돌아온다.

다각. 다각. 얼룩 백마가 멋진 몸을 틀었다. 전일상과 한기가 마주 본다.

"뭣 하느냐? 절을 하거라."

"나, 아저씨 잘 모르는데요?"

"석천 전일상이다."

"그건 조금 전에 말했고요."

"네 아버지가 최북이 아니더냐?"

"맞는데요?"

"난 석천 전일상이다."

"전 한성요괴상점 최한기예요. 반갑긴 하지만 그렇다고 여기서 절을 하라는 건⋯⋯."

한기는 입을 다물었다. 비로소 머릿속에 옛 기억이 떠올랐기 때문이다. 아버지는 엽괴들을 말하면서, 마지막으로 이런 말을 했다.

"또 가장 알아둬야 할 인물이 석천이다. 석천은 어릴 때부터 체구가 크고 힘이 셌으며 음식 역시 보통 사람의 몇 배를 먹는 장사였다. 그는 살아생전 무관으로 높은

116

관직에 이르렀으며 뭇 사람들이 호랑이와 같은 자라고 평가한 인물이다. 그의 곁에서 평생 같은 마을 출신의 오평산이라는 마부가 시중을 들었다."

"저기요, 아버지. 방금 살아생전이라고 했어요."

"그렇다, 지금은 죽어 요괴가 되었다."

"예?"

"그래, 엽괴 요괴다. 그는 몸에 뻗치는 장대한 무인의 기질을 두고 세상을 떠날 수 없어 요괴가 된 인물이다. 그리하여 다른 요괴를 잡으며 그 한을 푸는 자다."

"별 희한한 사람이, 아니 요괴가 다 있네요."

"성격이 괄괄하고 다혈질에다 한번 어긋나면 절대로 용서가 없으니 조심하도록 해라. 그러나 그런 자일수록 단순하고 호탕하니 사귀어두면 좋을 것이다."

"석천이란 분에 대해서는 유독 말씀이 깁니다."

"내 친구다. 그리고…… 내가 빚을 좀 졌다."

"빚이라면요?"

"어릴 때 그가 아끼던 그림책을 빌려 가서 잃어버렸다."

"화첩을요?"

"그래서 나를 볼 때마다 화를 내지."

"친구끼리 빌렸다가 잃어버릴 수도 있지 그걸 좀생이처

117

럼 기억해요?"

"겉모습은 대장부지만 속은 졸장부인 게지……."

한기는 자리에서 일어나 출입문으로 나아갔다. 석천 전일상에게 허리를 깊이 숙여 인사했다.

"안녕하십니까, 석천 어르신. 아버님께 말씀을 들었습니다."

"절을 하지 못할꼬?"

"여기는 한길이니 안으로 들어가시죠."

"싫다."

무뚝뚝하게 전일상이 잘랐다.

한기의 속이 부욱 끓었다.

'공손하게 잘 대하려고 하는데 이 요괴가 진짜…….'

"그럼 나도 싫은데요?"

"네 아비, 최북이 나한테 어떤 짓을 했는지 아느냐?"

"알아요."

"아는데도 이렇게 나오기냐?"

전일상의 뺨과 코에 흐르는 홍조가 더욱 붉어졌다.

"아니, 소년 시절 친구끼리 책을 돌려보다 잃어버릴 수도 있지, 그런 걸 지금까지 가슴에 담아둬요? 대장부답지 못하게."

한기는 콧방귀를 뀌었다.

"뭐라? 내 얼굴에 흐르는 붉은 띠가 보이지 않느냐?"

한기는 전일상의 얼굴을 재차 확인한다. 콧등과 뺨에 가로로 붉은 기운이 짙다. 붉은 노을이 흘러가는 듯하다.

"만날 술을 드시니까, 코랑 뺨에 홍조가 사라지지 않는 거죠."

"고작 열셋의 어린 나이였다."

전일상은 휘갈길 듯 눈알을 치켜세웠다.

"그 책은 내 아버님의 물건으로 워낙 귀한 화첩이라 당신도 꽁꽁 숨겨둔 것이었다. 그런데 최북이 통사정을 해서 몰래 빌려주었는데 잃어버렸다."

"애초부터 아저씨가 잘못했네. 아버지의 책을 훔쳤으니."

한기가 흥얼거렸다.

"이놈아! 그, 그건, 훔칠 수밖에 없었다!"

"네?"

"험, 험. 하여튼 네 아버지 최북이 그 책을 돌려주지 않아 내가 얼마나 곤혹스러웠는지 아느냐? 아버지, 어머니, 할아버지, 할머니, 형님 운상, 네 분의 삼촌과 세 분의 고모, 여러 사촌 형과 팔촌 형들께 각각 따로 불려가 야단을 맞았다."

"얼마나 귀한 책이기에……."

"동생 천상이와 집안의 하인들, 동네 사람들에게 그 소문이 자자해 어찌나 부끄럽던지……."

"잠시만요. 어쩐지 이상하네요. 그냥 우리 아버지가 잃어버렸다고 말하면 될걸 부끄러워하는 이유는 뭐예요?"

그 말에 백마 위의 전일상이 휘우뚱거렸다.

"험험, 하여튼 여기까지 와서 오랜 지기의 아들을 보았으니 흡족하구나. 절은 다음에 받도록 하마. 앞으로 내가 필요한 일이 생기면 설화지에 내 호와 이름을 적어 종이를 오른쪽부터 네 번 접어서 한강에 띄우도록 해라."

"뭐, 그러죠."

"그리고 네 어머님과 외할아버지께 안부를 전해라. 네 어머님은 조선 엽괴의 최고봉이시고, 네 외할아버지는 내가 평생 우리 아버님을 빼고, 존경한 유일한 분이시다."

"네? 정말 우리 아버님이 아니라 우리 엄마가 조선 엽괴 최고봉이라고요?"

"그래. 네 어머니는 조선 제일 무사다."

"후, 혼란스럽네. 여하튼 어머니는 행방불명이고, 외할아버지는 금강산에 들어가셔서 다시 안 와요.”

“그래도 전해라. 이 전일상의 명이다!”

다짜고짜 그리 말하더니 석천 전일상을 태운 검은 얼룩빼기 백마가 사라졌다. 채찍을 든 우락부락한 표정의 마부 오평산이 한기에게 헤죽거리며 다가왔다.

“춘화도첩(春畵圖帖)이야.”

“예?”

“남녀가 성교하는 모습을 그린 그림을 모은 책이라고.”

말이 끝나는 순간 오평산도 사라진다.

한기는 모두가 사라진 허공을 보며 뇌까린다.

“어린 나이에 얼마나 부끄러웠으면 얼굴의 홍조가 지워지지 않는 홍조남이 되었네. 아버지도 참 친구에게 너무하셨네. 잘 돌려줬으면 아무도 몰랐을 거 아냐…….”

6. 머리 없는 무사

망종(芒種)[*]의 밤.

말을 탄 흑립 흑포의 무사가 달빛이 스산하게 부서지는 밤의 고원을 달린다. 평안도의 끝을 지나 황해도로 들어선 단기필마(單騎匹馬)는 단숨에 예성강이 흐르는 평산도호부에 이르렀다.

히이이이잉. 드디어 무사는 차가운 달빛 아래에서 말 고삐를 당겼다.

---

*   6월 6일경

그런데 이게 무슨 일인가. 머리가 보이지 않는다. 흑립은 허전한 목 위에 둥실 떠 있을 뿐이다. 머리 없는 요괴, 무두귀(無頭鬼)다. 무두귀 극쾌를 태운 검은 말은 어둠을 파헤치며 풀을 뜯고 있다. 그 어떤 말보다 빠르다는 천리흑마(千里黑馬)다.

얼마 후, 또 다른 요괴가 나타난다. 약 300보 거리를 두고 극쾌와 대치하는 요괴의 이름은 칠보. 강철 투구를 덮어쓰고, 등에 일곱 자루의 검을 매달았다.

황해도에서 명성이 대단한 요괴 전사다. 길이가 서로 다른 일곱 자루의 검을 자유자재로 부리며 인간이건 요괴건 단숨에 제압하여 검귀(劍鬼), 즉 검의 귀신이라는 별칭을 얻었다.

검귀 칠보는 악기를 튕기듯 손가락 하나를 까닥 움직인다. 스릉. 일곱 검 중 길이가 가장 짧은 검이 등에 멘 검집을 빠져나와 강철 투구 앞에 멈췄다.

투구의 뚫린 입 구멍에서 까만 혓바닥이 빠져나온다. 뱀처럼 갈라진 혀끝이 검날을 핥는다. 사악. 혓바닥을 벤 검날에서 검은 피가 떨어진다.

"소문이 요란해서 어떤 간나인지 궁금했시다. 대갈빡이 없는 무두귀였시다. 식사는 했네?"

검귀 칠보가 물었다.

그러나 무두귀 극쾌는 대꾸가 없다.

"케케케. 귀꾸녕이 없으이 몬 알아듣나? 여튼 오늘 천리흑마는 내 꺼이 되지 않갔어?"

"……."

"내랑 붙어봤댔자 이기갔서? 심 쓸 거이 없시다. 고저 성님 하고 납작 엎드리면 내 용서하갔소."

"……."

"이거이 말로는 되지 않구먼. 기래서 멀재이(멍청이)는 골 아프다니."

무두귀는 대답 대신 양팔을 날개처럼 펼친다. 다각다각. 신호처럼 흑마의 다리가 움직이기 시작한다.

이 모습을 지켜보며 칠보는 픽 웃는다. 이윽고 그는 입을 열어 언(言)으로 검을 조종한다.

"칠검이 발(發)하고……."

차르르르릉. 칠보의 등에서 남은 여섯 개의 검이 무더기로 뽑혀 나온다. 투구 속의 눈이 시퍼렇게 날이 선다. 이어서 일곱 개의 검은 화살이 쏘아지듯 공기를 가르고 날아간다.

공기를 가르는 칠검은 무게와 재질, 길이에 따라 저마

다 다른 소리를 낸다. 쉬쉬쉬쉿, 어떤 검은 뱀의 소리 같고, 우우우우, 어떤 검은 황소의 울음을 닮았고, 꺼어어어, 어떤 검은 거위의 비명 같고, 아우우우, 어떤 검은 이리의 노래 같고, 구구구구, 어떤 검은 코끼리의 걸음 같고, 휘우이이, 어떤 검은 종달새의 날갯짓 같고, 크아아아, 어떤 검은 멧돼지의 울부짖음 같다.

"칠검이 무(無)하고……."

칠보의 외침과 동시에 무두귀를 향해 날던 일곱 개의 검이 감쪽같이 사라졌다.

두두두두두두. 두두두두두두. 무두귀를 태운 흑마가 칠보를 향해 150보가량 가까워지는 찰나였다.

"칠검이 유(有)하니."

칠보의 외침에 일곱 개의 검이 말을 타고 달리는 무두귀의 등 뒤에서 나타났다.

"칠검이 사(死)로다!"

일곱 개의 검이 빠른 속도로 무두귀의 등을 쫓는다. 말고삐를 당기거나 방향을 트는 순간 일곱 검에 무두귀 극쾌의 몸은 갈가리 찢겨나갈 것이다.

마침내 극쾌의 등에 칠검이 닿는 순간이었다. 검귀 칠보의 강철 투구에서 즐거운 듯 혓바닥이 쭉 빠져나와 날름거렸다.

그런데 믿을 수 없는 일이 펼쳐졌다. 극쾌를 태운 흑마가 연기처럼 사라진 것이다.

"메요?"

검귀 칠보의 눈에 안개처럼 의문이 피어올랐다. 도대체 무슨 일이 벌어진 거야?

슥. 칠보는 자신의 목이 잘려나가기 시작해서야 극쾌가 사라진 게 아니란 사실을 깨닫는다. 너무 빨리 달려와 자신의 칠검이 따라잡지 못하고, 자신의 눈알이 쫓아가지 못한 것이다. 이윽고 칠보의 목이 날아가고, 그의 자랑이었던 일곱 개의 검이 봄의 들판에 힘없이 떨어졌다.

다각 다각 다각. 극쾌를 태운 흑마가 칠보의 잘린 머리 앞에 섰다. 극쾌는 상체를 숙여 강철 투구를 쓴 칠보의 머리를 집는다.

그 머리를 자신의 목 위에 얹는다. 갸웃. 끄덕끄덕. 빙글빙글. 극쾌는 머리를 움직여본다.

"안 맞다."

퍽. 극쾌는 검으로 목 위에 얹은 머리를 찔렀다. 휙. 칠보의 머리통이 어둠 속으로 멀리 날아간다.

"천리흑마, 오늘도 내가 주인이다."

극쾌는 천리흑마의 갈기를 쓰다듬으며 무겁게 말했다.

단기필마. 머리 없는 귀신 무사는 홀로 말 한 필을 타고 달린다. 그 속도가 워낙 빨라, 오로지 검은빛 한줄기가 흐르는 것 같다.

극쾌를 태운 천리흑마는 함경도, 평안도를 지나 다시 황해도와 경기도와 충청도와 전라도로 내려와 8천여 호에 3만여 명이 땅에 발을 붙이고 사는 영암군에 이르렀다. 이 모든 시간의 합이 채 이틀이 걸리지 않았다. 극쾌는 그사이에 검귀 칠보를 합해 무려 인간 무사 셋과 요괴 여덟을 해치웠다.

뎅겅. 그들 모두 머리가 잘려 나갔다. 무두귀 극쾌는 제 목 위에 얹을 머리를 찾는 중이다.

주막거리에서 장국밥으로 든든히 배를 채운 후 일어서려는데 아침부터 퍼질러 앉아 술잔을 기울이는 보부상들의 대화에 귀가 솔깃했다.

패랭이에 목화솜을 단 보부상들은 늘 새로운 이야기를

보따리처럼 지니고 다녔다. 길과 길을 오가는 보부상은 조선팔도 소문의 전달자였다.

"전국의 유명 무사들이 목이 떨어져서 죽었다네."

"꼭 목을 잘라 죽이다니, 왜국이나 청나라의 자객일까?"

"사회 불안을 조성하려는 것일 수도 있지."

'꼭 목을 자른다?'

한기가 궁금증을 참지 못하고 묻는다.

"목이 어떻게 잘려나갔대요?"

"깨끗이! 아주 깨끗하게 싹둑 잘렸는데 신기하게도 잘린 목에서 피 한 방울 흐르지 않았다는구나."

"음."

"신기하지? 그래서 사람 짓이 아니라 요괴 짓이라는 소문도 돌아."

한기는 장터 골목에서 대로로 나서며 품 안의 《요괴화첩》을 꺼냈다.

검은 흑마에 올라탄 머리 없는 요괴 그림을 뚫어져라 내려다본다. 검은 도포에 장검을 비껴 찼다. 검은 갓이 얼굴 없는 목 위에 둥실 떠 있다.

복희와 한기는 나란히 평상에 앉았다. 복희는 차를 우
려낸 주전자에서 두 잔의 차를 잔에 따라 하나를 한기에게
내밀었다.

"마셔봐. 작설차(雀舌茶)야."

참새 작, 혀 설. 차의 어린잎이 참새의 혀 같다고 해서
붙은 이름이었다.

"차? 에이, 이 쓴 걸 뭐 하러 마셔? 음료라면 식혜나 수
정과지."

"입이 짧구나."

"입이 짧은 게 아냐. 조선 천지에 차 마시는 사람이 얼
마나 되겠어?"

"고려 때는 다들 마셨는데? 참 희한하지. 나라가 달라

지니 풍속도 달라졌어."

복희가 찻잔 안의 자색 차를 보며 말했다.

"그런데 복희야."

"왜?"

"한곳에 머물지 않는 요괴, 아니 그게 아니라 음…… 강과 내를 따라 온갖 산천을 떠돌아다녀서 아주 잡기 힘든 물고기가 있어. 한곳에 서식하지 않아서 종잡을 수가 없단 말이지. 그 물고기를 잡으려면 어떻게 하면 좋을까?"

"글쎄, 어떻게 할까?"

복희가 가느다란 미소를 지으며 되물었다.

"운에 맡겨야 하나?"

한기는 복희의 눈치를 본다. 그녀라면 아마도 답을 줄 것 같은 느낌이다.

"찾을 수 없으면 찾아오게 만들면 되잖아."

"오! 그렇지."

한기는 감탄하는 체하며 또 복희의 눈치를 살핀다.

"어떻게?"

"한강의 물고기들도 지렁이나 메뚜기, 거미, 민물새우처럼 저마다 좋아하는 먹이가 있잖아?"

"당연하지."

"까다로운 물고기라면 그만큼 특별히 좋아하는 미끼가 있지 않을까? 그 미끼를 준비하는 거야."

"너 진짜 똑똑하구나!"

잡귀 한 무리가 한성요괴상점 앞에 우르르 몰려왔다. 평범한 사람들에게 보이지 않는 잡귀들은 상점 안을 들여다보며 저희끼리 수군댄다.

오복마음상담소 앞에서 한기와 복희가 잡귀들을 물끄러미 바라본다.

"저건 지저분한 차림새를 보니 길에서 죽은 객귀, 저건 시집 못 가고 죽은 처녀 귀신 손각시, 그녀에게 맥을 못 추는 걸 보니 총각으로 죽은 몽달귀신, 이마에 뿔 하나 독각귀, 머리 양쪽에 뿔이 난 쌍각귀, 대가리가 말인 마면귀, 패랭이에 구레나룻이 덥수룩한 털보 도깨비, 먹음직스러운 달걀귀신, 응? 저 늙은 귀신은 정체가 뭐지?"

한기가 중얼거렸다.

"무사신(無嗣神) 같네."

복희가 대꾸했다.

"제사 지내줄 자손이 없어 한 맺힌 요괴? 욕심도 많네. 저만큼이나 살았으면 됐지······."

"어디 사람의 욕심이 끝이 있니?"

복희가 대답했다.

비로소 한기가 왈칵 놀라서 그녀를 돌아본다. 복희가 요괴를 본다는 사실을 깨달았기 때문이다.

두억시니와는 다르다. 두억시니는 사람의 일에 관여하니 그 모습을 볼 수 있었을 뿐이다. 인간사 상관없이 존재하는 요괴는 스스로 존재를 드러내기 전에는 그 형체를 볼 수 없는 법이다.

"너 요괴가 보이냐?"

"내가 재주가 원래 많아."

복희가 가볍게 대꾸했다.

"어이, 볼 일 없으면 돌아들 가시지? 거슬린다고."

잠시 잡귀들을 지켜보던 한기가 목청을 높였다.

푸르륵. 마면귀가 긴 주둥이를 털면서 한기를 힐끔 돌아보고 요괴상점 안으로 한 발을 들였다.

"이봐, 돌아가라고. 들어가라는 게 아니라."

"넌 누구냐? 푸르륵. 우리는 요괴상점 주인이 바뀌었다고 해서 구경 왔다."

"내가 그 주인이야."

"그래? 너로구나."

"최북 어른 아들이래."

"매화당 마님 아들이고."

"잘생겼네."

"나도 죽기 전에는 저만했어."

"어련하시려고."

"자자, 얼굴 확인했으면 돌아들 가시라고."

한기는 콧방귀를 뀌면서 손을 흔들었다.

"저기, 떡도 좀 돌리고 그래야 하는 거 아닌가?"

쌍각귀가 대뜸 소리쳤다.

"웬 귀신 씻나락 까먹는 소리야?"

"요괴상점 주인이 바뀌었으니 동네 요괴들한테 떡 좀
돌리란 거지."

"원래 여기 주인께서는 설이고 추석이고 또 큰일이 있
을 때마다 동네 요괴들을 챙겨주셨거든."

잡귀들은 그때 생각에 입안 가득 침이 고였다.

배고픔이나 추위, 성욕과 같은 본능은 요괴들의 헛된
바람이거나 살아생전의 습관일 뿐이다. 즉 거짓이다. 실제
로 먹는다고 해서 배가 부르거나 살이 찌지는 않는다. 다
만 마음이 흡족하니 배가 부르다고 착각하는 것이다. 그래
서 신령이나 정령이나 요괴들은 인간이 손수 가져다 바치

는 음식을 가장 좋아한다. 마음을 가장 잘 채워주기 때문이다. 그다음은 뺏어 먹기이고 훔쳐 먹기는 최하의 선택이다. 그래서 배고프다고 아무리 훔쳐 먹어봐야 배고픔의 욕망은 사라지지 않는다.

그러니 한기의 아버지가 직접 준비해주는 음식은 마포 잡귀들에게는 둘도 없는 기쁨이었다.

"우리 아버지, 공사다망하셨네. 떡은 좀 있어봐. 내가 지금은 자금 사정이 안 좋아서……."

"다들 만날 지금은 안 좋대."

"난 정말이야."

뒤따라 한기가 은근한 목소리로 물었다.

"그런데 이 근방에서 제일 강한 요괴가 누구야?"

"마포에서는 수사원귀(水死寃鬼) 존예가 아닐까? 손각시 현아도 한 싸움 하지."

"더 가면 용산의 독각귀 거봉이가 제일 세지."

"양화진의 흡혈귀 까까도 진짜 무서워."

잡귀들이 한마디씩 했다.

"마포의 존예, 손각시 현아, 용산 거봉이, 양화진 까까? 그놈들이 그렇게 세?"

"이름을 가진 거 보면 알잖아."

요괴란 원래 이름이 없다. 그래서 그 외모나 원한을 특징 삼아 달걀귀신, 객귀, 처녀 귀신 등으로 표현했다. 그런 요괴가 이름을 가진다는 건 그만큼 특별하다는 말이다. 보통 그 특별함이란 강함을 뜻했다.

한기의 눈알에 생기가 돈다.

"그놈들을 잡으면 전국에 소문이 날까?"

"당연하지."

"그런데, 만리재의 흑백 요괴가 제일 세지 않나?"

잠자코 있던 무사신이 느릿느릿 입을 열었다.

"맞다! 흑백 요괴가 있었구나."

"흑백 요괴가 진짜 강하다지?"

"흑백 요괴?"

"얼굴은 하얗고, 몸은 까매. 같은 요괴지만 종류를 몰라. 말도 하지 않고, 늘 혼자 있어. 한양 도성으로 통하는 만리재 고개에 밤마다 나타나. 이전의 요괴상점 주인께서도 매우 강한 요괴라고 하셨지."

"아버지가?"

한기의 눈에 호기심이 감돌았다.

'어쩌면 그놈이 부모님의 원수가 아닐까?'

다음 순간 한기의 입꼬리가 슬쩍 올라간다.

"어쨌든 이제부터 재미있겠는걸."

마포에서 한강의 물길을 따라 흘러가면 누에머리처럼 도드라진 잠두봉(蠶頭峯)이 나타난다. 절경으로 유명해서, 한양의 풍경 10선에 들고, 중국 사신의 연회가 베풀어지는 장소였다.

사경(四更) 반 각.*

버들이 우거진 잠두봉 아래의 강변에 한기가 하얀 얼굴의 젊은 요괴와 마주 섰다.

"무슨 일로 나를 찾아오셨소이까?"

새하얀 학창의(鶴氅衣)**를 입은 20대 청년의 얼굴을 한 요괴가 인자한 미소를 던진다. 홍조를 띤 밝은 얼굴과 정중한 태도에 품위가 철철 흘러넘친다. 그의 뒤로는 양화진 포구와 강촌 마을의 불빛이 깜박거린다.

"네가 까까야?"

최한기가 불쑥 묻는다.

---

*　새벽 두 시경
**　소매가 넓고 뒤 솔기가 갈라졌으며 가장자리를 검은 천으로 넓게 댄 흰색 웃옷

"예의가 없구려. 난데없이 나타나 밤 산책을 방해하지 않나, 이제는 대놓고 반말이라니."

"산책 좋아하시네. 피 빨러 다니는 모기 주제에."

"모, 모, 모기?"

"모기나 흡혈귀나."

흡혈귀 까까의 생기 넘치던 얼굴이 하얗게 변했다. 화가 머리 꼭대기까지 차오른 것이다.

파르륵. 까까가 소매 넓은 학창의를 흔들며 허공으로 날아올랐다. 돌연 날개 달린 새로 변한다. 부리의 길이가 몸의 절반에 이른다. 부리와 발가락과 꼬리는 검고 몸통은 하얀 거대 괴조다.

괴조는 밤하늘 위를 빙빙 떠돈다. 한순간 긴 부리가 짝 벌어지더니, 삼중 사중의 날카로운 이빨들이 드러난다. 괴조는 공기를 찢는 긴 울음을 뽑아내면서 낙하한다. 목표는 정의봉을 허리에서 뽑아 드는 한기다.

"흡혈괴조였네."

고개를 하늘로 꺾고 한기가 중얼거렸다.

괴조는 하늘에서 번개처럼 떨어지고 있었다. 부리로 상대를 물고 수십 개의 날카로운 이빨로 살과 피를 쪽 빨아 먹고 뼈만 내뱉는 요괴였다.

"뻔뻔한…… 조 첨지."

한기는 뻔뻔하기로 소문난 남대문 바깥, 약현마을의 첨지를 떠올렸다. 그런 다음 정의봉을 코앞에 딱 세우고 질끈 눈을 감는다.

약현마을의 조 첨지가 누구던가. 잘못을 하고서도 결코 인정하지 않고 모른 체 시침 뚝 떼기로 유명한 늙은이가 아니던가! 하인의 물건을 슬쩍하고도 시침 뚝. 잠자는 아내의 얼굴에 방귀를 뀌고도 시침 뚝. 친구들 옷자락에 담배 구멍을 내고도 시침 뚝. 물동이 진 아낙의 다리를 걸어 자빠뜨리고도 시침 뚝. 알면서도 시침 뚝. 일부러 하고서도 시침 뚝. 그야말로 음흉 음습한 늙은이가 아니던가.

"약현마을 조 첨지가 입 꾹 다물고 시치미를 뗀다!"

순간 한기에 겹쳐 감투를 쓴 염소수염의 늙은이가 나타난다. 조 첨지는 곰방대를 물고 눈을 쓰윽 감고는 어떤 비난과 공격에도 미동하지 않겠다고 입을 꾹 다문다. 순간 한기의 몸은 금강석처럼 단단해진다. 부리를 벌리고 아래로 떨어지던 괴조는 이윽고 조 첨지의 머리를 덥석 문다.

하지만 요지부동(搖之不動). 조 첨지는 일체의 미동조차 없다. 생명이 없는 바위와 같다. 와사삭. 그 뻔뻔한 강고함에 흡혈괴조의 이빨에 금이 가기 시작한다. 가가가각! 이

육고 수십 개의 이빨이 부서져나간 흡혈괴조가 축축한 강변 위로 나가떨어진다. 다시 사람 형상으로 변한 까까는 양손으로 입을 감싸고 괴로워한다. 입 안에서 옥수수 알갱이처럼 이빨이 우수수 떨어져 내린다.

조 첨지의 시침 떼기는 외부의 충격으로부터 정의봉의 주인을 보호하는 기법이었다. 어떤 공격도 통하지 않는 부동의 심법인 것이다.

"이번엔 봐줄게. 착하게 살아라."

한기가 말했다.

"으가가가."

까까는 제 손바닥 위 핏물에 젖은 깨진 이빨을 보면서 괴로워했다.

"저기, 학창의 좀 줘봐."

한기가 말했다. 흡혈괴조의 학창의는 백 살 노인의 얼굴도 20대 홍안으로 보이게 해주는 이물이었다.

까까는 왜 그러느냐는 듯 한기를 올려다봤다. 빡! 한기의 정의봉이 지체 없이 까까의 대가리에 작렬했다.

"꺽!"

까까가 머리통을 비비며 비명을 터뜨렸다.

'온몸이 이빨처럼 깨지는 거 같잖아!'

"학창의 내놓으라니까."

"아, 아라따."

그제야 까까는 허겁지겁 학창의를 벗어 던졌다.

"저기, 그리고…….."

"다르 거는 업따."

"바지 좀 벗어볼래."

"머어?"

"안 들려? 바지…….."

"바지느 왜?"

"확인할 게 좀…….."

"그래에도 바지느으…….."

한기는 말없이 정의봉을 세운다.

"버 버느은다아. 버서따아!"

까까는 잽싸게 바지를 쭉 내린다. 발목에 바지가 걸리
고, 맨다리를 훑으며 강바람이 지나간다. 휘이이잉.

"보자, 북두칠성이…….."

한기가 눈알을 반짝이며 까까의 허벅지에 얼굴을 가까
이 댄다.

며칠 후.

젖은 소복을 입은 물귀신 존예가 사지를 늘려 한기를 꽁꽁 감싸고 있다.

그 한순간 한기의 주문이 터져 나왔다.

"인왕산 호랑이가 호통을 쳐서 만악(萬惡)을 물리친다!"

존예의 눈앞에 안개에 덮인 바위산이 펼쳐진다. 불법을 수호하는 금강신 인왕의 이름을 가진 산이다. 그리고 그 안에서 산천의 제왕 호랑이가 안개를 뚫고 뛰쳐나온다. 눈빛은 벼락같고 자태는 폭풍 같다.

크앙! 인왕산 호랑이가 아가리를 벌리고 함성을 지른다. 그 어마어마한 기운에 한기를 자루처럼 꽁꽁 싸맸던 수사원귀 존예가 산산이 물방울이 되어 날아갔다.

컥! 이십여 보 거리에 종잇장처럼 떨어진 수사원귀 존예가 바닥에 무릎을 꿇고 각혈을 했다.

존예는 새파랗게 눈을 치켜뜨고, 자신 앞에 우뚝 선 한기를 올려다본다.

"이제 어쩔 테냐?"

"소문 못 들었나?"

"들, 들었다……. 꼭 해야 하는 거지?"

"나도 괴로워."

잠시 머뭇대던 존예는 자리에서 일어선다. 길고 검은

머릿결 속의 얼굴이 분노로 일그러진다. 그녀는 왼쪽으로 머리를 틀고 치마를 꼭 움켜쥔다. 그런 다음 한 번에 휙 들쳐 올렸다.

"됐어?"

"잘 안 보이는데 가까이 가서 봐도 될까?"

"이 자식이⋯⋯."

"미안해. 점이 허벅지 안쪽에 있어서 말이야⋯⋯."

봄이 무르익어가는 어느 밤, 극쾌와 천리흑마는 평안도 삭주도호부의 황무지에 이르렀다.

극쾌의 발밑에는 평안도의 유명한 스님 엽괴인 구보 대사의 머리통이 떨어져 있었다.

극쾌는 천천히 허리를 숙여 구보 대사의 머리를 집어든다. 자신의 목 위에 올려 맞춰본다. 끼릭, 끼릭, 끽, 끽.

"이 머리도 아니군."

극쾌는 가만히 서서 어두운 들판을 쓸며 불어오는 바람을 몸으로 맞는다.

머리 없는 요괴는 마지막 순간을 회상한다. 그가 사람

이었을 때다.

"왜 이런 짓을 하는가? 너는 인간이냐, 요괴냐?"

살아생전의 마지막 순간, 그는 사랑채 마당에 꿇어앉아 울부짖었다. 눈물로 흐려진 눈앞에는 아버지와 어머니, 아내와 여섯 아이의 머리가 뒹굴고 있었다.

"네놈의 넷째 아들 놈이 보지 말아야 할 것을 봤다니까."

"그것이 뭔가?"

"죽을 목숨이니 알려주지. 재배되는 요괴들."

음산한 목소리가 말했다.

극쾌는 그렇게 가족 중 마지막으로 머리가 잘렸다. 누가 이런 끔찍한 짓을 했던가? 모른다. 희미한 환영만 남아 있다. 푸른 눈에 작은 키…… 불덩어리를 안고 있었던 가? 인간인가? 요괴인가?

범인을 기억하지 못하는 건 목이 잘려나가서라고 극쾌는 생각한다. 자신의 몸에 맞는 머리를 찾으면 범인이 기억날 테고, 그를 찾아 복수할 수 있을 것이다. 그러니 먼저 머리를 찾아야 한다.

복수하지 않고는 이승을 떠날 수 없다. 이 원한을 풀지 않고서는 죽은 가족의 영혼을 찾아갈 수 없다.

"나는 얼마나 이러고 있는 것일까?"

무두귀 극쾌는 머리가 없지만 스산한 달을 올려다본다.

산속의 빈집.

운무에 둘러싸인 폐가. 뒤로는 낙락장송이 굽어보고, 담장이 허물어져 내린 마당에는 철쭉꽃이 만발하다.

이곳에 털보 도깨비, 태자귀(아이 귀신), 객귀, 아귀, 물귀신, 불귀신, 달걀귀신, 독각귀, 쌍각귀, 손각시, 몽달귀(총각 귀신), 해골 귀신은 물론 개, 고양이, 소, 돼지, 말, 당나귀 같은 수귀(獸鬼)들이 모여 있다. 개중에는 인간과 동물의 형상을 함께하는 수인귀도 몇 끼어 있다.

"최한기. 그 자식은 정말 극악무도해서 말이 안 나와."

쌍각귀 중 하나가 턱을 흔들며 말했다.

"제 부모는 얼마나 요괴들한테 잘했는데."

"요괴에 대한 존중이 없다니까!"

"요괴 중에서도 그런 미친놈은 없을걸."

"당연하지! 쓰러뜨린 뒤에 바지를 벗기다니……."

144

"난 상관없다고 보는데?"

해골 요괴가 딱딱 위턱과 아래턱을 부딪치며 말했다.

"넌 애초에 옷을 안 입고 다니니까 상관없지."

"옷을 입고 다니는 건 가리고 싶다는 뜻이잖아. 그렇다면 자존심 상하게 옷을 벗기는 건 아니라고 생각해."

"변태 새끼!"

"그런데 바지를 벗겨서 뭐 한대?"

조용하던 달걀귀신이 물었다.

"설마…… 요괴를……."

"아냐, 그런 거."

"허벅지의 점을 확인한대."

"뭘 찾나 봐."

"다 핑계야, 핑계."

사람 몸에 머리는 소인 우두귀(牛頭鬼)가 넓은 혓바닥을 휘둘러 콧등을 핥으며 말했다.

그러자 몽달귀가 되묻는다.

"허벅지 점을 찾는다는 게 거짓말이란 거야?"

"그럴 수도 있지. 음머."

"저기 그러면 여자 요괴는? 여자 요괴는 어떻게 하는 거래? 설마 여자 요괴의 치마나 바지를 벗기는 거야?"

"그럴 리는 없겠지?"

"그럼. 아무리 그래도 그렇지. 여자 요괴 치마를……."

"안 벗겨."

툇마루에 앉아 벽에 등을 기대고 있는 손각시 현아가 음산하게 뇌까렸다. 현아는 인근의 손각시들 중에서는 손에 꼽히는 실력자였다.

"엇? 현아가 있었네. 너무 조용해서 몰랐어. 현아, 너도 조심해. 이 동네에서 요기가 강하기로는 손에 꼽히잖아. 그 녀석이 찾아올 수도 있어."

아귀의 말에 현아의 새하얀 얼굴이 더욱 하얗게 변했다. 그녀는 파리한 입술을 질끈 깨문다.

"이미 왔어."

요괴들의 시선이 손각시 현아에게 집중된다. 아귀가 재차 묻는다.

"정말이야?"

"왔어. 그리고 안 벗겨."

"응?"

"치마 안 벗겨."

"그, 그래. 다행이네. 그건."

"그렇지! 여자 요괴들 치마를 벗기는 건……."

"들쳐."

요괴들이 조용히 입을 닫는다.

"흑흑흑……."

별안간 현아가 통한의 눈물을 흘린다.

그녀는 제자리에서 훌쩍 뛰어오른다. 허공에서 공중제비를 세 바퀴나 돌더니, 소나무 가지를 박찬다. 그런 다음다시 검은 하늘로 솟구치면서 울음을 뿌린다. 흑흑흑. 흑흑흑. 한 맺힌 울음소리가 여운을 끌다가 사라진다.

"쟤는 절대로 승천하지 못할 거야."

"원한을 풀기는커녕 갈수록 더 쌓여만 가니……."

7. 흑백 요괴

새로운 아침. 한기가 토정리의 들녘에서 요괴 한 마리를 때려잡고 돌아오는 길이었다. 최근 이름을 떨치고 있는 거포라는 이름의 수인귀였다.

때마침 오복마음상담소 출입문이 열렸다. 복희가 시루떡을 손에 쥐고 나타난다. 머리 위에 조그마한 묘묘가 앉아 있다.

"안녕, 복희야."

"안녕. 너 요즘 새벽마다 어딜 다녀오는 거야?"

복희가 묻고는 시루떡을 조금 뜯어 입안에 넣었다. 그러고는 머리 위의 묘묘에게도 조금 나눠준다. 야옹.

"유인 작전 중이야."

"응?"

"특별한 물고기를 잡으려면 미끼가 좋아야 한다며?"

"내가 그랬던가?"

"비슷해. 물고기를 잡는 건 아니지만."

"요괴를 잡으려는 거구나."

"응. 그놈은 강한 자만 물거든."

한기는 최근 마포나 용산, 서강, 양화진 인근을 오가면서 강한 요괴들과 싸우고 있었다. 인간이건 요괴건 전국의 이름난 강자를 꺾고 다니는 무두귀의 소문이 최한기에게 닿았듯, 최한기의 소문이 무두귀에게 닿는다면 굳이 찾아다닐 필요가 없는 것이다. 제 발로 찾아올 테니까.

"그래, 잘해봐."

"맛있어?"

"그럼. 시루떡인데."

"나도 좀……."

"그래, 잘해봐."

며칠 후. 한양 도성과 마포를 잇는 만리재 고개의 달밤.

만리재 고개 안쪽의 숲. 높고 큰 바위에 머리는 희고 몸통은 검은 요괴가 등을 구부리고 앉아 있다. 요괴는 저 멀리서 흘러가는 달빛에 잠긴 한강을 보고 있다.

요괴의 모습은 뭐랄까, 두루뭉술하다. 둥근 코와 작은 눈에 귀는 짧고 둥글다. 네 다리는 굵고 짧다. 얇은 입술은 다물면 피부에 파묻혀 거의 보이지 않았지만 벌리면 매우 컸다. 키는 성인 남자보다 한 배 반 더 크고, 덩치는 무려 두 배, 아니 세 배에 달했다.

부스럭, 부스럭.

자정이 지나 새벽이 깊어질 무렵, 높게 자란 풀을 헤치고 한기가 나타났다. 그는 꼿꼿이 서서 요괴의 등에 대고 소리친다.

"네놈이 흑백 요괴야?"

돌아앉은 흑백 요괴의 등이 살짝 움찔할 뿐이다.

"묻잖아, 흑백 요괴냐고?"

한기가 다시 소리쳤다. 그러나 여전히 흑백 요괴는 묵묵부답이다.

'색깔만 이상하지 뒷모습은 영락없는 곰이네.'

몸의 색깔이 갈색이나 회색, 검붉은색이었다면 흡사 곰이다. 하지만 이 요괴는 머리통은 희고 몸통은 검다.

"알고 싶은 게 있다."

한기는 허리에 찬 정의봉을 뽑아냈다. 정의봉은 한 장(丈)*까지 쭉 늘어났다.

"맞으면 죽을 듯이 아플 거다. 이래봬도 벼락 맞은 박달나무로 만들었거든. 요괴한테는 치명적이지."

"가요."

마침내 흑백 요괴가 느릿느릿한 목소리로 대답했다.

"지금 뭐라고 했어?"

"……."

"너 허벅지에 북두칠성 있지?"

"……."

"너 우리 아버지 알지?"

"몰라요."

한기는 정의봉을 쥔 손에서 슬슬 힘이 빠졌다.

'요괴 주제에 존댓말이야. 까다롭게.'

"허벅지 한 번 확인해보자. 일어나라. 비겁하게 뒤에서 공격했다는 소리는 듣고 싶지 않으니까."

"나랑 싸울 거예요?"

---

*   약 3미터

151

"네가 부모님의 원수일 수도 있거든."

흑백 요괴는 툭툭 엉덩이를 털며 일어섰다. 산이 솟구치는 느낌이었다. 키도 컸지만 육중한 체격이 타고난 싸움꾼이었다. 요괴는 천천히 한기에게로 몸을 돌렸다.

'뭐야, 저 눈알은? 좁쌀처럼 작아서 싹싹 문지르면 지워지겠네. 힘이 굉장하겠어. 그렇다면 빠르지는 않다는 소리겠군.'

한기가 내심 판단하고 있을 때였다. 뻑! 타격음이 한기의 귀에 들리면서 망치가 얼굴을 내려치는 느낌을 받았다.

'이렇게 아플 수가 있다고?'

의문과 함께 한기는 숲 바닥으로 넘어졌다.

"나 원수 아니에요. 사람하고 싸운 건 처음이에요."

흑백 요괴가 정신을 잃은 한기의 얼굴에다 우울한 목소리로 이어 뇌까린다.

"아, 잠자고 싶다."

짹짹짹. 새들이 지저귀는 소리와 함께 한기가 깨어났다. 따뜻한 봄의 아침햇살이 얼굴에 내려앉았다. 먹이를 찾아 분주하게 날아다니는 새들이 보였다.

'설마 반응도 못 하고 한 방에 나가떨어진 거야? 믿을

수 없어!'

한기는 풀숲에 누운 채, 푸른 하늘을 망연히 쳐다봤다.

'……비겁하게. 시작이라고 안 외쳤는데…….'

새로운 밤. 한기는 만리재 고개 인근의 숲을 다시 찾아 갔다. 그는 밤의 한강을 감상하는 흑백 요괴 뒤에 서서 소리친다.

"야! 어제는 방심했다. 오늘은 봐주지 않을 거야."

"나는 그쪽 아빠 몰라요. 북두칠성 없어요."

"그래도 싸워야 해."

한기가 대꾸했다.

"왜, 왜, 왜, 왜요?"

흑백 요괴가 고개를 180도 틀어 한기를 쳐다보며 몹시 당황해 말을 더듬었다.

"야! 머리만 돌리지 마. 이상하잖아!"

"어, 어, 어째서 싸워야 해요?"

"내가 요괴상점 주인인데 요괴한테 졌다는 소문이 나봐라. 누가 우리 상점을 찾아오겠냐?"

"말 안 할게요."

"잔말 말고 일어서. 누가 강한지 확실히 하자."

"그쪽이 해요. 강한 거."

검은콩처럼 작고 동그란 눈알이 반짝반짝 빛났다. 흑백 요괴의 머리가 다시 한강으로 돌아갔다.

한기가 발끈해서 목청을 높였다.

"정정당당하게 승부를 겨뤄서 우열을 가리자."

그러자 흑백 요괴가 또 고개를 180도 돌린다.

"우, 우, 우, 우열이 뭐죠?"

"누가 우수하고 누가 열등한지 가리자고! 대가리만 돌리지 말고 똑바로 돌아서서 얘기해!"

"가리면 뭐가 좋은데요? 흰배지빠귀가 와요?"

"난데없이 흰배지빠귀는 뭐야?"

"아, 아, 아, 아니에요……."

흑백 요괴는 몸에 비해 짧은 팔다리를 버둥거리며 머리를 제자리로 돌렸다. 한기는 그 뒷모습이 어딘가 천진하고 쓸쓸해 보인다고 생각했다.

"너, 당황하면 심하게 말을 더듬는 버릇이 있구나?"

"알, 알, 알, 알았어요?"

"넌 대체 무슨 요괴야? 너 같은 건 처음 봐."

"나도 나 같은 건 처음 봐요. 곰 요괴 비슷하대요."

"아니야. 사람 말을 하잖아. 웅귀(熊鬼)는 사람 말 못

해. 넌 사람이었거나 사람의 마을에서 발생했을 거야. 그러니 사람 말을 알지."

"나 되게 힘세요. 그쪽은 아무것도 아니에요."

"안다고. 이 몸을 쓰러뜨렸으니까. 덤벼!"

"싫다니까요."

한기는 긴 한숨을 내뱉었다.

"휴. 어때? 내 입에서 졌다는 소리가 나오면 소원 하나 들어주지. 앗!"

순간 최한기는 흑백 요괴의 전신에서 뿜어져 나오는 파도처럼 거대한 기운에 한 발 뒤로 물러섰다. 아니 물러서야만 했다.

스스스. 흑백 요괴가 몸을 일으켰다. 굳게 다물고 있어 보이지 않던 검은 입술이 옆으로 길게 벌어졌다.

"진, 진, 진, 진짜예요? 소, 소, 소원 들어줘요?"

"속고만 살았냐?"

한기가 콧방귀를 뀌었다.

'아무리 봐도 색깔만 다를 뿐 딱 곰처럼 보여.'

그 순간 한기는 몸이 굳었다. 흑백 요괴의 기운 때문이었다. 보이지 않는 밧줄로 꽁꽁 몸이 묶인 느낌이었다.

'두억시니 풍만큼 강한 건가?'

한기는 속으로 뇌까렸다. 하지만 강함의 질감은 완전히 달랐다. 풍에게서 공포와 잔혹함이 느껴졌다면, 눈앞의 요괴에게는 감정 없이 강하다는 느낌이 들 뿐이었다.

'한 번에 보낸다!'

일격필살(一擊必殺). 상대에게 기회를 주어선 안 된다고 한기의 본능이 말했다. 허리춤에서 정의봉을 빼냈다. "이야아아압!" 하는 외침과 더불어 공중으로 날았다. 더불어 정의봉이 저절로 길게 늘어난다.

"전생서 목동 철수가 요리조리 가축을 몬다!"

이어서 흑백 요괴의 정수리를 향해 늘어난 정의봉이 떨어진다. 그런데 다음 순간 한기의 눈동자에 의문이 차오른다. 가축 다루기로 천하제일인 목동 철수의 모습이 나타나지 않은 것이다.

그때 흑백 요괴의 손바닥이 한기의 얼굴을 덮었다. 한기는 얼굴이 일그러지면서 30보 이상 날아가 덤불에 처박혔다.

"졌죠?"

흑백 요괴가 최한기를 굽어보며 검은 입술을 벌렸다.

"아직이야……."

대답과 동시에 한기는 정신을 잃었다.

"아함. 자고 싶어."

흑백 요괴가 하품을 했다.

다음 날과 그다음 날, 또 다음 날과 그다음 날에도 한기
는 만리재 고개의 흑백 요괴를 찾아갔다.

길이 없는 풀숲을 헤치고 들어가 비탈에 앉은 요괴와
대결했다. 그때마다 새 기법을 펼쳤지만, 이상하게도 정의
봉의 기법이 한 번도 발현되지 않았다. 전적은 5전 5패. 치
욕스러운 결과였다.

5패를 안고 한성요괴상점으로 돌아온 아침, 한기는 삶
은 달걀로 멍든 눈자위를 문지르다 문득 뇌까렸다.

"정의봉의 기법이 발현되지 않는 이유가 뭐야?"

한기는 삶은 달걀을 입안에 던져 넣고 우적우적 씹어
꿀꺽 목구멍으로 넘겼다.

"흑백 요괴는 정의로워서 따로 혼낼 필요가 없다는 건
가?"

모든 곡물이 잠에서 깬다는 곡우(穀雨)*가 지척이었다.

단기필마의 무두귀 극쾌는 황해도 토산현에 있었다.

끼릭. 끼릭. 끼릭. 극쾌는 지금 붉은 황소의 머리를 목에 맞춰보는 중이다. 적우귀(赤牛鬼)의 붉고 흉측한 몸뚱어리는 논바닥에 넘어져 저 홀로 부들부들 떨고 있다. 마치 물 밖의 물고기처럼 애처롭다.

"맞지 않다."

극쾌는 음산하게 이어 말한다.

"마포의 최한기라고 했던가?"

극쾌는 검을 뉘어 언제나처럼 제 목에 얹힌 머리를 찌른다. 푹! 검은 피가 사방으로 튄다. 휙. 검을 휘두르자 적우귀의 대가리가 어둠에 물든 논두렁 멀리 떨어진다.

"마포로 가자."

단기필마가 달린다. 밤은 유달리 캄캄하다. 극쾌의 안에 가득한 어둠을 닮은 밤이다.

---

*   4월 20일

만리재의 숲에서 오늘도 흑백 요괴는 두툼한 다리를 끌어안고 앉아서 아침을 맞는다. 단추처럼 작고 동그란 눈은 흰배지빠귀를 보고 있다. 머리는 흑백, 등은 갈색, 배는 흰색인 새다.

쪼로, 쪼로, 쪼로로. 흰배지빠귀가 울자, 흑백 요괴의 입이 히죽 벌어진다.

"지빠귀야, 나한테 왔으면 좋겠어."

요괴가 혼잣말을 했다.

포로롱. 하지만 흰배지빠귀는 그 소리에 놀라서 작은 날개를 저어 날아가 버린다.

"응. 가버렸어."

이제 흑백 요괴는 저 멀리 흘러가는 아침의 한강을 쳐다본다. 살아 있는 듯 반짝이며 흘러가는 강물이 무척 아름다웠다. 불현듯 날마다 찾아오는 한기가 떠올랐다.

"멋있다."

흑백 요괴는 한기가 멋있다고 생각했다. 매일 져도 포기하지 않고 찾아오는 용기 있는 사람이었다.

"사, 사, 사, 사람이라서 그런가? 어디서 살까?"

흰배지빠귀가 눈에 보이지 않는 곳으로 날아가 어떻게 지내는지 궁금하듯 한기가 어떻게 사는지도 궁금했다.

"강하다."

이번에는 강하다고 생각했다. 처음에는 별로 힘들지 않았다.

얼마 전부터 정의봉을 들지 않고 맨손으로 싸웠다. 그런데 어제 새벽에는 공격을 피하더니, 오늘 새벽에는 한기의 발차기가 뺨을 직격했다. 지금도 얼얼했다. 흑백 요괴는 이렇게 빨리 강해지는 인간을 본 적이 없었다.

한기는 골격이나 힘에서 타고난 싸움꾼이 아니었다. 하지만 익히고 성장하는 속도가 믿을 수 없게 빨랐다. 그것이 한성요괴상점의 전전대 주인장인 외할아버지 때문이었다.

그의 외할아버지는 손자가 태어났을 때부터 영험한 이물을 아낌없이 먹였다. 백두설화, 세 발 까마귀의 눈물, 동해 용왕의 비늘 등 하나하나가 영약에 영물이었다. 한기의 몸 안에 녹아든 그것들의 효험은 시간이 지날수록, 또 수련이 거듭될수록 몇 곱절씩 더 크게 그를 성장시켜왔다.

그보다 더 중요한 것은 한기가 싸움을 즐긴다는 점이다. 목숨을 내놓고 벼랑의 외나무다리를 걸어갈 수 있는 마음가짐은 어떤 재능이나 어떤 이물보다 훌륭한 싸움꾼의 자산이었다.

흑백 요괴의 입이 히죽 길게 퍼졌다. 한기를 생각하니 즐거워졌다.

한 식경이 지났다. 흑백 요괴의 작은 눈이 말똥말똥하다. 요괴는 시무룩해져서 입을 연다.

"잠을 잘 수 있었으면 좋겠다."

자고 싶지만 잠이 오지 않았다. 아니 잠이 오지만 잠들지 못했다. 태어나서, 아니 발생해서 잠을 몇 번이나 잤던가? 두 번? 세 번? 세상에 나온 것은 14년 전이었다. 흑백 요괴는 숲이 우거진 산속에서 눈을 떴다. 그리고 14년 동안 늘 피곤한 눈을 뜨고 있었다. 잠이 왔지만 잠이 들 수 없었다. 도대체 왜 그런 걸까?

부스럭, 부스럭. 덤불 속에서 누군가가 다가오는 소리가 들렸다. 턱이 부은 한기였다.

흑백 요괴는 밤이 되어야 찾아오는 한기가 아침부터 온 것이 이상했다. 불과 두 시진(네 시간) 전에 싸움을 끝내고 돌아가지 않았던가.

한기는 터벅터벅 걸어와 요괴 옆에 앉는다.

"날마다 여기서 뭐 하는 거냐?"

"강을 보는데요?"

"강은 왜 보는데?"

"신기하잖아요."

"뭐가?"

"물이 저절로 흘러가요."

"높은 곳에서 낮은 곳으로 흐르는 것뿐이잖아."

흑백 요괴가 한기를 빤히 바라본다.

"몰랐어?"

"똑, 똑, 똑, 똑똑하네요. 이야, 물이 높은 곳에서 낮은 곳으로 흘러요. 그래도 신기해요."

한기도 아침 햇빛에 반짝이며 흘러가는 한강을 굽어본다. 꽤나 아름답다. 코앞에서 볼 때랑은 달랐다. 멀리서 보니 강물이 춤을 추는 듯하다. 무심코 복희에게도 보여주면 좋겠다는 생각을 했다. 그러자 얼굴이 새빨개졌다.

"너 소원이 뭔데? 사무치는 원한이 있냐?"

"아니에요."

"그럼?"

"지, 지, 지, 지도."

"응?"

"지도 가지고 싶어요. 예쁜 채색본 지도 좋아요."

목판으로 찍어낸 지도도 싸지는 않지만, 손수 색칠을 한 채색본 지도는 600냥, 즉 한양의 작은 기와집 두 채 값이었다.

"채색본 지도? 왜?"

"지도 속에는 뭐든 다 있잖아요. 산도 있고 강도 있고 마을도 있고 땅도 있고……. 예뻐요."

"지도를 좋아하는 요괴라……. 별나네, 별나. 어디서 살아?"

"예?"

"너, 어디 사냐고?"

"돌 위에서도 살고, 밭고랑에서도 살고, 조롱박숲에서도 살고, 만리재 고개에서도 살고, 정 참판의 산에서도 살고……."

"집 말이야."

"……없어요. 그런데 밤에는 여기 와요. 한강을 보면 좋거든요. 달빛에 강물이 자그락자그락해요."

"덩치에 어울리지 않게 감상적이긴……."

한기는 무심히 이어 말한다.

"생각해봤는데 너랑 싸우려고 새벽마다 여기까지 오는 거 귀찮아."

"네."

흑백 요괴는 크고 둥글고 하얀 머리를 아래위로 주억거

렸다. 한기는 돌멩이를 주워 멀리 던진다.

"나랑 살까?"

흑백 요괴는 놀라는 동시에 육중한 몸을 떨었다.

"정, 정, 정, 정말요?"

"울려는 표정이다?"

"찌잉해요. 가슴속이."

흑백 요괴는 제 가슴을 내려다봤다.

"외로웠구나."

"그게 뭔데요."

"누가 손을 내밀면 찌잉하는 마음. 나도 잘 알아. 복희가 붕대 감아줄 때 그랬거든."

한기가 한강으로 시선을 던진다.

요괴는 작고 동그란 눈알로 한기를 쳐다본다.

"저기요…….."

"왜? 싫어?"

"여기 와도 돼요?"

"만리재? 당연하지."

"하, 다행이다. 흰배지빠귀를 보고 싶거든요."

"우리 동네에도 있어."

"아, 아, 아, 아뇨. 여기 흰배지빠귀요."

"계속 봐서 정들었구나."

"네. 친구예요."

"친구?"

"아, 나만요. 흰배지빠귀는 나 몰라요."

"가자, 일어서."

최한기와 흑백 요괴는 숲의 덤불을 지나 오솔길에 도착했고, 산 아래로 내려가기 시작했다. 둘의 뒷모습이 다정하다.

뒤따라 날아오던 흰배지빠귀 하나가 솔가지에 앉아 흑백 요괴를 배웅한다. 쪼로, 쪼로로. 쪼로, 쪼로로.

"채, 채, 채, 채색본 지도도 줄 거예요?"

"지금은 돈이 없으니까, 돈 생기면. 그건 꽤 비싸니까."

"나, 나, 나, 나 사람들과 같이 살아도 될까요?"

"같이 어울려 살려면 사람으로 변신해야지."

"나, 나, 나, 나 변신은 못 하는 걸요?"

"……."

"미, 미, 미, 미안해요."

"걱정 마. 곰이라고 하면 돼. 곰하고 비슷해."

"곰하고는 다른데……."

"곰이라고 우기면 된다니까."

"말도 하는데요?"

"말하는 곰이라고 하면 되지."

"말하는 곰이 있어요?"

"세상에 없는 게 어디 있어."

"본 적 있어요?"

"지금 내 옆에서 걷고 있잖아."

"……."

"야, 너 나 못 믿어?"

"믿, 믿, 믿, 믿어요."

"더듬는데?"

"아, 아, 아, 아니에요."

"너무 걱정 마. 정 안 되면 복희한테 부탁하면 돼. 알아
서 해줄 거야."

"복희요?"

"그 애는 뭐든 척척 해내거든."

"와, 다행이다."

"그래, 걱정 마."

"나 많이 많이 강해요."

"알아."

"위험하면 말해요. 내가 다 물리쳐줄 테니까."

"그럴 일 없어. 엽괴가 요괴한테 도움받겠냐?"

"저기, 채, 채, 채, 채색본 지도 줄 거예요?"

"준다고 했잖아. 왜 또 물어?"

"복, 복, 복, 복희 씨한테 부탁해요."

"야! 내가 알아서 해, 지도는."

"그래도 정 안 되면……."

"뭐?"

"복, 복, 복, 복희 씨한테 부탁하죠."

"내가 알아서 한다니까!"

한기와 흑백 요괴가 오복마음상담소의 문턱을 넘어 들어갔다. 구들방에 앉아서 차를 마시며 책장을 넘기던 복희가 손을 멈춘다. 그녀는 흑백 요괴를 빤히 쳐다본 다음, 한기와 눈을 맞추고 다시 흑백 요괴를 바라봤다.

"아침부터 이분은 누구실까?"

복희가 멀뚱멀뚱 선 흑백 요괴를 보며 말했다.

"곰."

한기가 의자에 엉덩이를 놓으며 말한다.

"곰이 두 발로 걸어?"

우뚝 서 있던 흑백 요괴가 슬그머니 상체를 구부리더니

손이 앞발인 양 바닥을 짚는다.

"곰이 사람 말을 알아들어?"

"⋯⋯."

"일어나세요. 요괴란 거 다 아니까."

흑백 요괴는 벌떡 몸을 일으키고 복희의 시선을 피해 빈 벽을 바라본다.

"자, 인사해. 내가 말했지? 여긴 복희. 복희야, 여기 는⋯⋯ 요괴. 곰 같은 요괴. 머리는 하얗고 몸통은 까만 요괴."

"안, 안, 안, 안녕하세요."

흑백 요괴가 난처해하면서 인사했다.

"무슨 요괴니?"

복희가 한기에게 물었다.

"자기도 정체를 모른대."

"그런데 여기는 웬일이야?"

복희의 눈동자가 호기심에 흔들린다. 특별한 경우가 아니면 사람의 마을에 나타나는 요괴들은 정해져 있었다.

"앞으로 같이 살려고. 얘도 혼자고 나도 혼자고."

한기가 꾸밈없이 대답했다.

복희의 얼굴에 그늘이 진다.

"좋은 생각이 아니야. 모습도 드러내지 말고, 말도 하지 말아야 해. 그럴 바엔 산이나 숲에서 살아가는 게 더 편하지 않을까?"

"그래서 널 찾아왔어."

퍼드드드득. 후다다다닥. 집채에서 점포 안으로 들어오던 당당이와 묘묘가 화들짝 놀라서 한쪽 벽에 붙는다. 번개라도 눈앞에 떨어진 표정이다. 히이잉. 야옹.

"놀라지 마. 요괴야, 요괴."

히이이잉. 이야옹.

"괜찮아, 얘들아."

복희가 동생들을 안심시킨 후 한기에게 묻는다.

"날 찾아왔다니 무슨 소리야?"

"저 녀석, 어떻게 하면 모습을 드러내고 자연스럽게 여기서 살 수 있을까? 방법 좀 찾아봐줘."

"말도 안 돼!"

이야오오옹! 히잉, 히잉. 복희처럼 묘묘와 당당이도 가당치 않은 소리 하지 말라고 울었다.

"하하하. 셋이 죽이 잘 맞네."

한기가 겸연쩍게 웃었다. 그러자 흑백 요괴도 빙그레 따라 웃는다.

"둘 다 웃을 일이 아니야. 요괴가 어떻게 마포에서 사람들 틈에서 살아갈 수 있겠어? 둥글넓적한 커다란 머리랑 짧고 굵은 팔다리 좀 봐. 얼굴은 함지박만 한데 눈은 콩알 같고, 코는 둥글고, 귀는 짧고……. 정말 영락없는 곰이네. 하지만 이 요괴는 머리통이 희고 몸통은 검잖아. 이런 게 어떻게 사람들과 어울리면서……. 응?"

복희의 눈동자가 샛별처럼 빛났다. 그러고는 살짝 혀를 내밀며 흥미로워하는 표정을 지었다.

"어라? 이건?"

복희의 흥미로워하는 얼굴에다 대고 한기가 되묻는다.

"이건? 뭔데?"

"비슷한 걸 어디선가 봤어."

"정말? 어디서?"

"글쎄 그러니까……."

복희는 흑백 요괴를 뚫어져라 쳐다봤다. 언제였던가? 조선 땅은 아니다. 어릴 때, 엄마를 따라 청나라에 갔을 때다. 청나라 어디였을까? 어디서 저 흑백 요괴와 비슷한 걸 봤던가?

복희의 머릿속에 북적대는 중국 사천성 성도 거리가 떠올랐다. 주루 2층 난간 쪽에 앉아서 점심을 먹을 때였다.

어머니는 사천명주 수정방(水井坊)을 마시고 복희와 동생 복호는 마파두부와 단단면, 삼대포(인절미) 등을 먹었다.

때마침 주루 아래로 공연을 알리는 곡마단이 지나갔다. 깃대가 높이 서고 징과 북과 나발이 울렸다. 무희들이 춤을 추고 무예가들이 곡예를 했다. 이어서 원숭이를 태운 코끼리와 코뿔소가 지나가고 또······.

"그 동물이야!"

복희가 소리치며 의자를 박차고 일어섰다.

약 삼 각(45분)이 지났다.

"푸하하하."

흑백 요괴를 보며 한기는 배꼽을 틀어쥐고 자지러지게 웃었다. 히이이잉. 이야옹. 당당이와 묘묘도 즐거워한다. 흑백 요괴는 청나라제 손거울을 쥐고 어리둥절해했고, 족제비 꼬리털로 만든 붓을 든 복희는 의기양양한 표정이다.

"이게 뭐야? 장난해? 이런 우스꽝스러운 동물이 세상에 어디 있어? 푸하하."

"웃지 마. 귀한 송연(松烟)*으로 하얀 얼굴에 눈과 귀만 까맣게 얼룩을 만들었으니까. 그리고 있어. 이런 동물. 똑같지는 않지만 아주 닮았어."

"도대체 이렇게 귀엽고 우스운 동물이 뭐야?"

"슝마오(熊猫)."

"슝마오?"

"우리말로는 웅묘."

"곰고양이?"

"중국에서는 슝마오라고 불러. 곰의 일종인데 중국 사천성 곡마단에서 봤어. 하얀 털이 빽빽한 얼굴에 눈과 귀에는 검은 얼룩이 있어. 몸은 검은색과 흰색이 섞여 있지만 그건 별로 중요하지 않아. 슝마오는 얼굴이 매우 특징적이라 그것만 보이거든. 이 정도면 누가 봐도 슝마오야."

최한기는 흑백 요괴를 위에서 아래로 훑어 내렸다.

"슝마오?"

"응. 슝마오야, 슝마오. 보는 사람들마다 귀엽다고 난리도 아니었어. 사천에서 만난 구라파 사람들은 뭐라더라……."

"다르게 불러?"

"아, 그래. 생각났다. 판다! 판다라고 불러."

---

*   소나무를 태운 그을음

"판다?"

한기는 흑백 요괴를 물끄러미 바라봤다.

"판다."

복희가 검은색 안료 송연으로 눈과 귀에 얼룩을 만든 흑백 요괴의 얼굴은 영락없는 판다였다.

"말하는 건 어떻게 할까?"

"훗. 그날, 그러니까 내가 사천성 성도에서 판다를 본 날 말이야. 판다가 뭘 했는지 아니?"

"설마……."

"응. 말을 했어."

"진짜야? 판다가 요괴였어?"

"아냐, 아냐. 곡마단의 속임수란 걸 단박에 알았지. 하지만 사람들은 말이야……."

최한기가 끊고 들어갔다.

"속았구나?"

"완전. 저 귀엽고 특이한 판다곰이 사람 말을 익혔다고 철석같이 믿었다니까."

제 모습이 무안한 흑백 요괴는 까만 코를 손으로 만지작댔다.

"푸핫!" 하고 한기는 폭소를 터뜨렸다. 그런 다음 흑백 요괴를 보며 말했다.

"내가 다 알아서 해준다고 했지?"

"고마워요."

당당이와 묘묘가 용기를 내서 판다, 아니 흑백 요괴 앞으로 다가왔다.

"안, 안, 안, 안녕."

흑백 요괴가 머뭇거리며 인사를 건넸다.

히잉, 히잉. 당나귀 당당이가 큰 입을 벌리고 환영했다. 야옹. 묘묘가 폴짝 뛰어 흑백 요괴의 어깨에 올라탔다. 그러더니 앞발로 삭삭 둥근 얼굴을 긁었다.

"아아, 간지러워."

이야옹. 묘묘는 다시 뒷다리에 힘을 주고 흑백 요괴의 머리 위로 이동했다. 그리고 세상 편한 자세로 엎드렸다. 흑백 요괴는 흐뭇한 표정을 지었다.

잠시 후 흑백 요괴는 이제부터 살아갈 한기네 집 툇마루에 앉아 있었다. 따끈한 햇볕이 얼굴을 쓰다듬었다. 얼굴만이 아니라 마음도 따뜻해지는 느낌이다. 모든 게 평화

롭고 한가하다. 그런 한순간이었다. 흑백 요괴는 꾸벅 졸다가 번쩍 머리를 들었다. 흑백 요괴는 놀라서 콩알 같은 눈을 빠르게 깜박거렸다. 다시 꾸벅.

'어, 어, 어, 어?'

꾸벅. 꾸벅. 꾸벅. 어떻게 된 걸까? 잠이 몰려왔다. 14년 동안 두세 번밖에 찾아오지 않은 그 잠이. 흑백 요괴는 옆으로 슥 몸을 누였다. 따끈한 햇볕에 데워진 툇마루에 뺨을 댔다. 눈 깜짝할 사이 잠에 빠졌다.

점포에서 집채 마당으로 들어오던 한기는 자고 있는 흑백 요괴를 발견하고 어깨를 으쓱한다.

"이 녀석, 14년 동안 두 번밖에 안 잤다더니……. 너무 잘 자잖아."

한기는 흑백 요괴 옆에 앉아 판다를 닮은 얼굴을 내려다봤다.

"세상에는 참 다양한 것들이 있구나."

봄볕이 찬란했다. 봄볕과 따뜻한 바람이 세상 만물의 안을 가득 채워 기운을 불러일으킨다. 생(生)의 기운이다.

"잠이 오지 않은 게 아니라 못 자고 있었구나. 몸도 마음도 따뜻하니 마음 놓고 잠든 거네."

한기는 노래처럼 흥얼거렸다.

쉬익. 때마침 세찬 바람 소리가 멀리서 다가왔다. 히이잉! 지붕 위에서 말울음 소리가 들렸다. 한기는 툇마루에서 일어나 지붕을 올려다봤다. 천리흑마에 올라탄 무두귀 극쾌다.

"드디어 왔네, 극쾌."

한기가 뇌까렸다.

"일각(15분) 후. 서쪽 벌판."

"머리가 없는데 목소리가 흘러나오네?"

히이잉! 무두귀는 천리흑마를 몰아 상점들의 지붕을 밟고 사라졌다.

"예의범절이 없군. 남의 집 지붕을 밟고 다니다니."

한기는 단잠에 빠진 흑백 요괴를 힐끔 내려다보면서 퉁명스럽게 말한다.

"위험할 때 구해준다며? 일어나봐라. 나 위험해졌어."

꿀잠에 빠진 흑백 요괴는 대답이 없었다.

"천지현황 우주홍황 천지현황 우주홍황."

좋은 세상을 바라는 백성들의 주문 소리가 담을 넘어 귓전에 맴돌았다.

"어쩐지 자꾸만 귀에 거슬린단 말이야."

꧁

마포나루가 있고 마포장이 연일 서는 마포 강촌의 서쪽 벌판. 천지에 가득한 햇살 속에서 한기와 극쾌는 100보를 두고 마주 섰다. 두두두. 이윽고 천리흑마가 네 다리로 땅을 박차며 달려온다. 무두귀 극쾌가 장검을 뽑아 든다.

"뭐가 이렇게 빨라?"

한순간, 천리흑마와 극쾌가 한기의 눈에서 사라졌다. 사라졌다고 생각한 찰나 극쾌의 검이 눈앞으로 날아왔다. 그 짧디짧은 순간에 한기는 본능적으로 극쾌의 장검이 날아오는 방향을 찾아내 정의봉으로 막았다. 정의봉을 따라 극쾌의 강력함이 고스란히 한기의 몸으로 전달되었다. 한기는 뒤로 날아갔다. 극쾌가 말머리를 돌리고 쓰러진 한기를 굽어본다. 그의 몸통에서 못마땅한 소리가 흘러나온다.

"막았다?"

다각다각 다가각. 다다다. 두두두두. 천리흑마의 속도가 점점 빨라진다.

극쾌와 천리흑마가 한기의 눈앞에서 사라진다. 그리고 다시 한기의 눈앞에 극쾌의 장검이 날아온다. 한기는 또 한 번 정의봉을 세운다. 깡! 극쾌의 검과 한기의 봉이 부딪히면서 처음보다 더 큰 충격이 팔을 타고 한기의 전신으로 번져나갔다.

한기는 땅을 몇 바퀴나 구르다 오른발로 땅을 밟으며 균형을 잡고 멈춘다.

히이잉! 극쾌는 말을 세우고 완연히 놀란 목소리로 뇌까린다.

"이번에도 막았다?"

다다다. 다다다. 두두두. 투투투. 천리흑마는 정의봉을 짚고 몸을 일으키는 한기를 향해 쏘아진다.

세 번째도 한기의 정의봉이 극쾌의 장검을 막아낸다. 그리고 이제 한기는 날아가지도 구르지도 않는다. 뒤로 밀리지만 온몸으로 버틴다. 발아래에서 흙이 솟구쳐 오른다.

'갈수록 더 빠르고 강해지네.'

한기는 속으로 혀를 내둘렀다.

"또 막아?"

흑마 위의 극쾌가 꼭 얼굴이 있기라도 하듯 검을 들어 살피는 시늉을 했다. 공격은 매번 더 빠르고 강해졌지만, 오히려 쉽게 막히고 있었다.

'저 소년, 얼마나 더 검을 휘두르게 할 것인가?'

극쾌는 저도 모르게 속으로 생각했다.

"넌 정말 강한 요괴야."

한기는 굽은 등을 펴며 극쾌를 향해 싱긋 웃었다.

"얼마 전이라면 정말 고생했겠어. 하지만 지금은 달라."

두두두두두. 투투투투투. 극쾌가 다시 말을 몬다.

'여기서 끝낸다.'

극쾌의 장검이 깃대처럼 하늘을 찌른다. 그러나 몇 번의 부딪힘 끝에 한기의 얼굴에는 비로소 여유가 흐른다.

'천리흑마의 움직임이 보인다.'

입술에 슬쩍 미소가 걸렸다.

극쾌의 장검이 한기의 정수리로 떨어지는 순간이었다. 한기가 사라졌다. 빈 자리를 통과한 극쾌가 황급히 천리흑마의 고삐를 세차게 잡아당긴다. 히이잉. 한기가 보이지 않는다!

"살판꾼 판개가 요모조모 재주를 넘는다!"

바로 그때 천리흑마의 뱃구레에 찰싹 달라붙어 있던 한기가 곡예를 부리듯 말 위로 뛰어오른다. 그 모습에 땅재주를 부리는 조선 제일의 살판꾼 판개의 모습이 겹쳐 나타난다. 몸을 자유자재로 부리는 신법이다. 이어서 한기의 호통이 터진다.

"김해 장사 이징옥이 도끼로 산천을 가른다!"

이징옥은 김해의 천하장사로 열세 살 때 두 형제와 더불어 산도적 50명을 족치고, 커서는 살아 있는 호랑이의 목을 옆구리에 끼고 마을을 돌아다닌 인물로 유명하다.

정의봉을 든 한기와 겹쳐, 장사 이징옥의 환영이 나타난다. 은빛 찬란한 도끼날이 극쾌의 어깻죽지를 단숨에 찍는다. 도끼 공격법인 부법(斧法)이다.

땅에 내려선 한기가 무두귀에게 선웃음을 던진다.

"이제는 다르다니까. 매일 흑백 요괴를 상대한다고."

이징옥의 도끼는 어깻죽지에서 옆구리까지 극쾌를 갈랐다. 극쾌는 천리흑마 위에서 비틀거리다 굴러떨어졌다.

한기는 극쾌를 무시한 채 천리흑마에게 다가가 갈기를 쓰다듬었다. 하룻밤에 천 리(약 400킬로미터)를 갈 수 있는 이물이다.

"횡재했네."

헉, 헉, 헉. 무두귀 극쾌는 사지를 사방으로 쫙 펼치고 드러누워 가쁜 숨을 토해낸다.

"정말 강했어. 그러니 너무 섭섭해하지 마."

"하늘이 보이면 좋겠군."

극쾌가 말했다.

"살았을 때 본 것으로 다야. 욕심 부리지 마."

"욕심? 큭."

극쾌의 몸이 크게 들썩거렸다.

"욕심이라고 했나? 눈앞에서 부모와 아내와 여섯 자식의 목이 잘려나갔다. 그 원한을 갚으려는 것이 욕심인가?"

"무슨 잘못을 했는데?"

"요괴를 재배하는 걸 넷째가 봤다고 했다."

그 말에 한기는 잠시 침묵했다. 요괴를 채소처럼 키운다고? 그럴 수도 있나?

"누가 그런 짓을 한 건데?"

"정확한 기억은 잃었다. 그저 푸른 눈, 작은 키, 불덩어리만 떠오를 뿐."

"푸른 눈. 작은 키. 불덩어리. 조선인은 아니군."

기억하려는 듯 한기는 극쾌의 설명을 되짚었다.

짧은 시간이 흘렀다. 한기가 극쾌의 슬픔을 달래는 목소리로 권유한다.

"《요괴화첩》에 들어가 쉬어라. 복수는 내가 해줄 테니."

극쾌는 한참 동안 생각에 잠겼다가 이윽고 신음처럼 대답한다.

"……좋다."

극쾌는 무작정 헤매고 다녀봐야 방법이 없다는 걸 깨달았다. 아니 그보다는 누군가의 목을 자르는 것에 신물이 났다. 원한을 갚고자 너무 많은 이를 희생시켰다.

"먼저 한 가지만 확인하자."

난데없이 한기가 말했다.

"뭘……?"

"바지."

"바지는 왜?"

"벗어봐 줄래?"

히이잉. 천리흑마가 앞발을 높이 치켜들고 힘차게 울었다.

한기는 비틀대면서 한성요괴상점으로 들어섰다. 점포를 가로질러, 집채로 향했다. 온몸이 욱신거렸다. 툇마루에 흑백 요괴가 묘묘와 당당이와 함께 있다.

"잘 잤어?"

"어디 갔다 와요?"

"볼 일이 있었어."

"앗!"

"왜?"

"입에서 피가 나요."

"한바탕했거든."

"싸움을 정말 좋아하네요."

흑백 요괴의 놀라는 모습에 한기는 어쩐지 마음이 놓였다. 그 순간 거대한 해일처럼 피로가 몰려왔다. 어려운 상대였다. 자칫 목숨을 잃을 수도 있었다. 그러나 싸울 때 진다는 마음은 전혀 들지 않았다. 흑백 요괴 옆에 나란히 앉으며 《요괴화첩》을 꺼냈다. 무두귀가 그려진 면을 펼쳤다. 그림의 극쾌가 살아 있는 듯 선명해지고, 그의 칼이 은빛으로 물들었으며, 등 뒤로 떠오른 달이 노랗게 변했다.

"와아, 머리가 없어. 무섭게 생겼다아."

야옹. 히잉, 히잉. 흑백 요괴의 말에 묘묘와 당당이가 동의했다.

"너보다 약해."

한기가 싱긋 웃었다. 동시에 툭 머리를 아래로 꺾더니 잠들었다. 의식을 잃은 몸이 흑백 요괴의 다리에 쓰러졌다. 흑백 요괴는 제 무릎을 베고 누운 한기를 내려다보며 빙그레 웃었다.

흑백 요괴는 14년의 시간이 천천히 자신을 밀고 밀어 이곳에 이르게 했을지도 모른다고 생각했다. 최한기라는 인간 소년이 있는 곳에.

8. 판다 소동

　오복마음상담소. 복희와 한기, 황희가 나무 탁자를 두고 마주 앉았다. 복희가 찻잔에 쪼르르 차를 따른다.

　"마셔봐. 찻잎 빛깔이 자주색 죽순 같다고 해서 자순차(紫筍茶)야."

　"세금 같군."

　한기가 찻잔을 들며 힐끗 황희를 본다. 황희가 되물었다.

　"세금이라니?"

　"정기적으로 찾아온다고."

　"후후, 친구. 내가 없는 동안 복희를 잘 돌보고 있었겠

185

지?"

"내가 왜?"

"고맙다, 친구."

황희가 머리를 주억거리며 품에서 애체(안경) 집을 꺼낸
다. 애체를 쓰고, 고리 끈을 귀에 맨다.

"어때? 나쁘지 않지?"

"눈이 나빠졌어?"

복희가 걱정스럽게 물었다.

"눈이 나빠서 쓰는 게 아니야. 특별한 걸 볼 수 있는 애
체지. 명나라 때 물건으로 집안 대대로 내려오는 거야."

"요괴 애체로군."

한기가 한눈에 알아챘다.

"역시 요괴상점 주인이군."

"말 그대로 요괴를 볼 수 있는 애체야."

한기가 복희에게 설명했다.

"요괴를 보는 능력을 조금씩 잃어가는 엽괴들이 쓰는 물
건이지. 시력을 잃어가는 사람이 애체를 쓰듯이 말이야."

"그런데 요괴 애체는 왜 갑자기?"

홋. 황희가 짧게 웃은 다음 말한다.

"두 사람만 요괴를 보는 게 좀 배가 아파서."

황희는 애체를 벗어 탁자에 놓으며 대답했다.

"아무래도 좀 모자라."

한기가 퉁명스럽게 받았다.

"황희는 생각보다 빈틈이 많지."

복희가 맞장구를 치면서 찻잔을 들었다.

그때 흑백 요괴가 오복마음상담소로 들어선다. 머리 위에는 묘묘가 앉아서 자고 있다.

"오호, 저건 슝마오네."

황희가 반가워했다. 사신을 따라간 청나라 수도 연경 (베이징)의 황궁에서 본 기억이 있었다.

"안녕하세요."

흑백 요괴가 꾸벅 허리를 숙였다. 천진난만하고 귀엽기 짝이 없는 모습이다.

황희가 흑백 요괴를 가리키며 한기를 본다.

"저, 저, 저…… 짐승이 사람 말을……."

"보시다시피 말하는 판다야."

멀뚱멀뚱. 흑백 요괴가 웃는다.

"잠, 잠깐만."

황희는 손을 떨면서 탁자의 애체를 집어 얼굴에 쓴다. 흑백 요괴의 본모습, 즉 요괴의 모습이 고스란히 드러난다. 무섭거나 흉측하거나 기이하지는 않다. 그렇지만 틀림없이 요괴다. 그리고 요괴는 요괴다.

"이, 이건 요……."

황희의 의문을 복희가 낮고 단호한 목소리로 자른다.

"말하는 판다야. 승마오."

"보셨다시피."

한기가 눈을 부릅뜨며 덧붙여 말했다.

두 사람의 강압적인 분위기에 황희는 말을 바꾼다.

"그, 그래, 요, 요괴가 아니지……."

"응. 요괴 아냐."

"보시다시피."

"안녕하세요."

상점 문 앞의 흑백 요괴가 또 한 번 허리를 깊이 숙여 인사했다.

"그, 그래. 나, 나는 좌포도청 종사관 황희야."

"나는 지도를 좋아해요."

느닷없이 흑백 요괴가 자신의 취미를 말하고 황희에게 묻는다.

"황희 형은 뭘 좋아해요?"

황희가 한기를 보면서 묻는다.

"요괴가…… 아니 말하는 슝마오가 나한테 존댓말을 쓰는데?"

"당연하지. 저 녀석, 14년 전에 태어났거든."

"네. 갑자년에 눈을 이렇게 떴어요. 기억해요."

흑백 요괴가 콩알 눈을 동그랗게 떴다.

"우리는 열일곱이잖아. 저 녀석보다 세 살이나 많다고."

"요괴한테 나이가 소용이 있어?"

"사람과 섞여 살려면 사람의 질서를 따라야지."

한기가 당연한 소리라고 거듭 머리를 끄덕이면서 덧붙인다.

"참, 요괴 아니야. 말하는 판다라니까."

"아! 말하는 판다."

황희가 고개를 끄덕였다.

"황희 형은 뭘 좋아해요?"

흑백 요괴가 다시 물었다.

"이거 참 쑥스럽네. 내가 좋아하는 건……."

황희는 자연스레 머리를 돌려 복희를 본다.

"아, 여자를 좋아하는군요."

"그, 그게 아냐."

하하하. 한기와 복희가 웃음을 터뜨렸다.

"사람들과 함께 살려면 부를 수 있는 호칭이 필요하지 않을까? 꼭 이름이 아니라도 말이야."

복희가 말했다.

"판다?"

"슝마오?"

한기와 황희가 차례로 대답했다.

"그건 동물 자체를 지칭하는 거잖아. 고양이한테 고양이라고 부르면 안 되지. 묘묘도 따로 이름이 있잖아."

야옹! 복희의 말에 묘묘가 맞장구를 쳤다.

"왜 태어나서 자란 곳 이름을 부르잖아. 마포 할머니, 나주댁, 광통방 장 씨처럼."

황희가 의견을 내놓았다.

복희가 머리를 끄덕이면서 판다로 변장한 흑백 요괴에게 물었다.

"어디서 태어났어? 아니 발생했다고 해야 하나?"

"14년 전에 처음 눈을 떴을 때 산에 있었어요."

"산이라면 어느 산?"

"황해도 토산현이에요."

"토산현이면 경기도 바로 위네? 토산의 산에서 태어난

190

거라고? 산이 두 개나 있으니 꼭 산 자는 들어가야겠다. 산 이름은 몰라?"

"요괴들이 '옛 산'이라고 했어요."

그 말에 복희가 환하게 웃었다.

"옛날이라면 고 자를 쓰자. 옛 고(古), 그리고 산(山). 옛 산에서 태어났으니 고산에서 태어난 사람, '고산자(古山 子)'. 어때?"

"고, 고, 고, 고, 산, 자."

흑백 요괴가 되뇌었다. 기쁨으로 입이 옆으로 쭈욱 찢어지고 눈알이 까만 숯처럼 빛났다.

"좋아요!"

"하하하. 이제부터 너는 고산자다, 지도를 좋아하는 고산자야!"

"축하해, 고산자!"

한기와 황희가 말했다.

"히히. 고마워요, 고마워요."

"저기 복희야."

한기는 복희를 보며 묻는다.

"판다라는 말도 어쩐지 멋지지 않냐? 판다를, 특징을 나타내는 별호(別號)로 부르면 어떨까? 그래서 판다 고산자! 어때?"

"나쁘지 않아. 외모는 판다, 태어난 곳은 고산자. 판다 고산자."

"판다…… 고산자……."

따라 말하며 판다 고산자는 흐뭇하게 웃는다.

때마침 포목점 장 씨의 남매 포와 희가 오복마음상담소 안으로 살그머니 머리를 들이밀었다.

"포야, 희야. 왜 그러고 있어?"

한기가 물었다.

"저거요."

"희야도 저거 봤어요."

일곱 살 오빠 포와 여섯 살 동생 희는 고사리 같은 손으로 고산자를 가리켰다.

"신기하냐?"

"예. 저게 무슨 동물이에요?"

"중국 쓰촨성이라고 들어봤냐? 우리 말로는 사천성이라고 해."

"마파더후(마파두부)!"

남매가 중국어를 자랑하듯 소리쳤다.

"오호, 완전 현지 발음인데?"

"그 사천성에 사는 신비한 곰이야. 슝마오라고 해. 아무 데서나 절대로 볼 수 없어. 조선에는 이 곰 하나뿐이야. 구라파 사람들은 판다라고 부른단다."

복희가 설명했다.

"슝마오?"

"판다?"

"응. 이 판다의 이름은 고산자야. 지도를 좋아하는 판다 고산자."

"가까이 가서 봐도 돼요?"

한기는 빙긋 웃으며 들어오라고 손짓했다.

남매는 서로의 손을 꼭 쥐고 한 걸음 한 걸음 조심스럽게 상점 문턱을 넘어 들어와 고산자 앞에 섰다. 고산자는 무안해서인지 불안해서인지 눈알을 옆으로 돌렸다.

"만져봐도 돼요?"

동생 희가 용기를 내 물었다.

"직접 물어봐."

"예? 직접요?"

긴장한 희가 입술에 침을 바르더니 고산자를 보면서 입을 뗀다.

"귀엽고 예쁜 동물아, 지도를 좋아하는 판다 고산자야,

내가 만져도 괜찮니?"

"응."

고산자가 싱겁게 웃었다.

찰나의 순간 희와 포가 돌덩이처럼 굳었다. 희가 천천히, 아주 천천히 고개를 돌려 웃고 있는 복희를 본 다음 한기를, 그다음 황희를 확인했다.

"동물이 말해요."

황희는 머리를 아래위로 끄덕였다.

"전 세계에서 말하는 판다는 정말 드물어. 아마 중국 곡마단에 한 마리가 더 있던가 그렇지."

"정말 신통방통해요."

"사람들한테 자랑해도 돼요?"

두 아이가 들뜬 목소리로 말했다.

"신기한 건 사람들한테 널리 알려야지."

한기가 크게 머리를 주억거렸다.

그렇게 하루 사이에 말하는 슝마오, 판다 고산자는 마포의 명물이 되었다.

9. 요괴 재배

　　그야말로 큰 더위 대서(大暑).[*] 도성 안 남소문골 십자로. 한여름 해 질 녘이다. 세상은 낮 동안 차곡차곡 쌓인 볕이 무르익어 푹 삶아진 가마솥 같다.

　　"들었나? 탈바가지들이 어제는 묵정동에 나타났다네."

　　"대체 왜 그러는지 이유나 알았으면 좋겠구먼."

　　"이유가 따로 있겠나? 말세니까 그렇지. 이럴 때일수록 주문을 잊지 말자고."

---

[*]　7월 24일경

"아무렴. 우리도 행복한 세상에서 배부르고 등 따습게 살아봐야지."

동시에 두 남자가 입을 모아 주문을 외운다.

"천지현황 우주홍황 용의 자손이 오셔서 교화를 펴신다."

그늘에서 이를 지켜보는 황희의 낯빛이 어둡다.

'이제는 보다 구체적인 주문으로 변했다.'

'천지현황 우주홍황'의 주문에 언젠가부터 '용의 자손이 오셔서 교화를 펴신다'라는 문장이 더해졌다.

그런데 오늘, 황희의 모습이 예사롭지 않다. 맨상투 머리에 헐거운 바지저고리가 흙먼지로 더럽다. 꼭 시장통을 굴러다니는 시정잡배의 모습이다.

그때 커다란 덩치의 부랑자가 시비를 걸 태세로 황희에게 다가왔다. 챙이 깨져나간 갓을 쓰고, 허리의 술띠를 바닥에 질질 끌고 있다. 얼굴은 온통 진흙 범벅으로 청계천 변에서 몸싸움이라도 한바탕 한 듯 보였다.

그를 보자, 황희는 낡아빠진 부채를 탁 펼쳐 입을 가린다. 지척에 이른 부랑자에게 황희가 묻는다.

"암호."

부랑자가 씩 웃었다. 다름 아닌 장 포교다.

"쉑쉑부엉이. 우리끼리 암호는 뭐고, 행인도 없는데 입
은 또 뭣 하러 가리십니까?"

"기찰 중에는 항상 조심해야 하는 거 모르나?"

"하하. 네. 알겠습니다."

그들은 지금 도적을 잡기 위해 잠복근무 중이었다. 둘
다 쇠털을 댄 미투리를 신어 발소리를 숨기고, 소매 속에
는 쇠도리깨를 감춰놓았다. 포청의 군사들은 기찰을 할
때, 변언(變言)이라 하여 은어를 사용했고, 특별한 경우에
는 분장으로 모습을 감췄다.

종사관 황희가 직접 나선 것을 봐도 알 수 있듯이 지금
한성부는 난리가 난 상태다.

머리에 패랭이를 쓰고, 얼굴에는 탈을 쓴 도적들이 한
양 곳곳에 출현했다. 그런데 괴이하게도 한다는 짓이 돈이
나 재물을 강탈하거나 여인을 욕보이는 게 아니라, 다짜고
짜 사람들을 몽둥이로 두들겨 패는 것이다. 남녀와 노소를
가리지 않고, 이유를 불문하니 도대체 까닭을 모를 일이었
다. 좌우포도청에서 피해자들을 불러 연관성을 조사해봤
지만, 전혀 찾아내지 못했다.

"연기는 나는가?"

황희가 물었다. 수상한 낌새가 보이느냐는 뜻이다.

"아궁이에 불을 지피지 않았습니다."

의심스러운 정황은 보이지 않는다는 소리였다.

그때 벙거지를 쓴 남자가 빠른 걸음으로 다가온다. 그는 변복한 장 포교를 스치며 말한다.

"새벽녘입니다."

단서를 잡았다는 뜻이다. 멀리 골목에서 큰 소리가 터져 나온다.

"파리 떼다!"

범인들을 발견했다는 뜻. 뒤이어 파리 네 마리, 아니 네 명의 탈을 쓴 자들이 골목에서 뛰어나왔다.

장 포교가 냅다 달려가며 고함을 지른다.

"참새! 참새! 참새!"

이를 신호로 십자로 끝에서 포졸들이 강물처럼 쏟아져 나왔다.

패랭이에 몽둥이를 쥔 네 명의 범인은 뿔뿔이 다른 골목으로 흩어진다.

"참새는 흩어져 파리를 잡아라!"

장 포교는 호통을 치듯 명령하고는 한 놈을 쫓아 골목으로 달려 들어갔다.

도적은 굽이굽이 골목을 휘돌며 필사적으로 도망쳤다.

장 포교는 덩치가 크고 무거웠지만, 걸음이 시원하고 몸이 날렵해 도적을 놓치지 않았다. 도적이 막다른 골목으로 꺾어 들어가는 걸 발견하고 장 포교의 입꼬리가 쓱 올라간다.

"거기는 막다른 곳이다, 요놈아!"

장 포교는 곧장 골목을 꺾어져 따른다.

"어라? 뭐야?"

독 안에 든 쥐처럼 막다른 골목에 꼼짝없이 갇혀 있어야 할 도둑이 보이지 않는다. 장 포교는 골목 양쪽의 높은 담장을 재빨리 훑었다. 나는 새라면 모를까, 그 찰나에 담을 타 넘고 도망칠 수는 없다.

"어떻게 됐습니까?"

뒤이어 나타난 황희가 황급히 물었다.

"놓쳤습니다. 틀림없이 꽁지를 다 잡았는데……. 눈 뜨고 코 베인 기분입니다."

장 포교가 황망해하며 대답했다.

잠시 후, 다른 도적을 쫓던 포졸들이 하나같이 골목에서 놈들을 놓치고 빈손으로 십자로에 모였다.

"저희도 막다른 골목이었습니다. 숨을 데가 없었는데……."

"개구멍이 있긴 했습니다만, 꼬마들이나 겨우 들어갈

작은 구멍이었는데……."

"이쪽은 열린 대문으로 들어가서 따라갔는데 집 안에서 사라졌습니다."

포졸들은 이해할 수 없다는 얼굴로 혀를 내둘렀다. 결국 네 명의 탈바가지 중 하나도 잡지 못한 것이다.

"피해자는 어떤가?"

황희가 포졸들을 보며 물었다.

"근수와 창수라는 이름의 형제가 당했습니다. 그늘에 앉아 담배를 태우는데, 불쑥 다가와 몽둥이로 패더랍니다. 맞으면서 이유를 물어도 한마디도 하지 않더랍니다. 지금까지의 다른 피해자와 똑같습니다."

복희와 한기는 오복마음상담소 입구 평상에 나란히 앉았다. 둘은 나뭇가지로 흙바닥에 뭔가를 그리고 있는 고산자를 바라보고 있다.

왼손에 시루떡을 든 고산자는 마포나루를 동그랗게 그리고, 그 앞으로 긴 선을 그어 한강의 물길을 표현했다. 그리고 한강의 물길을 따라 양화진나루와 서강나루와 용산나루를 마포나루처럼 동그라미를 그려 표시했다.

그렇게 지도를 그리고 난 후에 고산자는 즐거워서 함박웃음을 짓는다. 옆에서 지켜보던 당당이와 묘묘도 히이잉, 야옹 하고 울었다.

"아주 지도에 미쳤구나."

한기는 기가 찼다.

"취미를 가지는 건 좋은 거야."

복희도 난감해하면서 대꾸했다.

고산자는 벌떡 몸을 세웠다.

"묘묘, 당당아. 이제 아침 운동 하러 가자. 내가 요즘 살이 좀 찐 거 같아."

"넌 처음 만났을 때부터 그 상태였어."

"히히, 그런가. 어쨌든 다녀올게요."

고산자가 엉덩이를 뒤뚱거리며 대로를 향해 달려간다. 이야옹. 히잉히잉. 묘묘와 당당이도 힘차게 따라나선다.

"요괴랑 고양이랑 당나귀가 아침 운동을 하는 게 말이 되나?"

한기가 복희를 보며 머리를 흔들었다.

"고산자에게 종이를 좀 사줘야겠어."

복희가 말했다.

"그림 그리라고?"

"응. 어쩌면 나중에는 정말로 우리 고산자가 우리나라 대동의 지도를 그릴 수도 있잖아."

복희는 미소를 지었다.

"별."

한기가 혀를 찼다. 그때 황희와 장 포교가 나타났다.

"오늘은 웬일이신가, 종사관 나리?"

"소문이 달라졌다."

한기에게 황희가 대꾸했다.

"알아. 느닷없이 용의 자손이 나타났어."

"두억시니 풍이 단 깃발 기억하지?"

"물론이야."

한기는 용이라는 글자가 새겨진 깃발을 떠올렸다.

한기와 복희, 황희와 장 포교는 오복마음상담소 안에 앉아서 장터에서 사 온 얼음물을 마시며 이야기를 나눈다.

"탈을 뒤집어쓰고 다니면서 범죄를 저지릅니다. 탈은 웃는 탈, 화난 탈, 슬픈 탈, 즐거운 탈입니다."

황희가 상점 앞의 포졸들 눈치를 살피며 복희에게 말을 높였다.

"희로애락(喜怒哀樂)이네요. 여하튼 큰일이네요. 아무리 나라가 혼란스럽다지만, 백주대낮에 도성 안에서 도적의 무리가……."

복희도 덩달아 말을 높인다.

"잘들 하세요."

한기가 눈앞에서 슬슬 부채질을 하며 콧방귀를 뀌었다. 포졸들만 보면 둘이서 소꿉놀이를 하듯 존대를 하니 볼 때마다 우스꽝스러웠다.

"어쩔 수 없잖아요. 우리 종사관님은 공은 공, 사는 사라고 하니까요. 게다가 남녀가 유별하니 친구처럼 말을 터놓을 수 없다는 거죠."

복희가 빙긋 웃었다. 그녀 자신도 기가 찬 것이다.

아랑곳없이 황희가 입을 연다.

"도적의 무리는 패랭이를 쓰고, 손에는 길고 단단한 몽둥이를 쥐고 있습니다. 보는 사람마다 까닭도 없이 아주 작살을 내버립니다. 돈이나 재물을 빼앗지도 않습니다."

"묘하긴 하네. 재물을 탐하지 않는다니. 그런데 여긴 왜 왔냐? 잡으면 될 것을."

한기가 부채질하며 대꾸했다. 부채에는 인왕산의 풍경이 수묵으로 그려져 있다.

"문제가 있다."

"무슨 문제?"

"나타났다 해도 잡을 수가 없어."

"왜?"

"잡으려고 쫓아가도 따라잡을 수 없으니까."

"달리기를 잘하는 모양이네요."

복희가 살며시 두 손바닥을 마주치며 말했다.

"그게 뭐랄까요……. 손에 쥔 모래 같다고 할까요? 아무리 애를 써도 쓰윽 빠져나가 버린다고요."

조용하던 장 포교가 머리를 설레설레 흔들었다.

"재물을 탐내지 않고, 사람을 두드려 패기만 하는 이 종 잡을 수 없는 자들을 잡을 방도가 있지 않을까 해서 들렀습니다."

황희가 말끝에 낮게 한숨을 내질렀다.

"딱히 떠오르는 방법이 없네요. 출몰하는 지역도 한 곳이 아니고, 재물을 빼앗지도 않는다니……."

복희는 아무리 되짚어도 요상하다고 생각했다.

"이틀 후에 목격자들에게 포청 출두를 명했습니다. 그때 와주실 수 있겠습니까?"

"그러도록 하죠. 요괴상점의 주인과 함께 가겠습니다."

204

복희가 살짝 고개를 젖히며 웃었다.

"야! 나는 왜?"

한기가 움찔 놀라 탁 부채를 접으며 따졌다.

"요괴일지도 모르잖아."

복희와 황희가 입을 맞췄다.

"포청 일은 다시 안 해! 나랏일이라고 출장비는커녕, 해결해도 땡전 한 푼 안 주잖아. 엄청 손해야."

이틀 후, 좌포도청, 종사관청 앞마당.

얼마 전 느닷없이 나타난 무뢰배들에게 피해를 입은 한양 각처의 인물 다섯이 멍석에 모여 앉았다.

턱이 깨진 자, 얼굴에 피멍이 든 자, 손이 꺾인 자, 심각하게 다리를 절룩이는 자, 갈빗대가 나간 자였다.

"말도 마십시오. 아니 장에서 땔나무를 사서 집으로 돌아가는데 무작정 달려오더니 개 패듯이 패는 게 아닙니까. 더욱 섬뜩한 것은 잔뜩 슬픈 얼굴의 탈을 쓰고 있었다는 것입니다."

"저는 하천에서 빨래하는데 막 뛰어와서는 다짜고짜 말

도 없이 몽둥이로 패더라니까요. 하도 맞다 보니 내가 빨래인지 빨래가 나인지…….”

“도대체 왜 이러냐고 물어도 대답 없이 몽둥이찜질만 하는데, 이유를 모르니 더욱 답답하지 않겠습니까.”

“내가 무슨 철천지원수라도 되는가 했습니다. 특히나 그 탈이 어찌나 무서운지……. 웃고 있는 탈을 쓰고 있으니 충격과 공포가 배가 되어서…….”

“맞아. 희로애락의 표정을 짓는 그 탈바가지들이 어찌나 괴이한지 오금이 저리더라니까.”

“다른 건 없었어요?”

복희가 물었다. 동시에 다섯 피해자의 표정을 세밀하게 살폈다. 그중 부엉이처럼 머리가 크고 목이 없는 중년 여자의 표정이 움찔했다. 복희는 그녀와 눈을 맞췄다.

“편하게 말씀하셔도 돼요.”

“이런 걸 말해도 될지는 모르겠습니다만…….”

부엉이 여자가 코를 훌쩍였다.

“편하게 말씀하세요.”

“내가 몽둥이에 맞으면서도 하도 억울해서 나중에 꼭 원수를 갚겠다고 그것들을 잘 살폈거든요.”

부엉이 여자는 빠드득 이를 갈았다.

"잘하셨어요."

"헛소리한다고 경을 칠까 봐 말을 안 했는데……."

"괜찮아요, 말해요."

"그게 몸에 희미하지만, 무늬가 있었어요."

"무늬? 그런 얘기는 없었는데, 아주 연한 무늬인 모양이네."

황희가 놀란다.

한기가 황희를 보며 말한다.

"시베리(시베리아)와 남방에 문신하는 야만인 무리가 있다더니 그들일까?"

황희는 일이 복잡하게 되었다고 생각하며 부엉이 여인에게 묻는다.

"그 무늬가 어땠소? 태양이나 달과 별 혹은 호랑이나 늑대의 문신이었소? 문신은 얼굴에 있었소, 아니면 목이나 팔에 있었소? 혹 가슴이나 등에 있었소?"

"그게 아닌데……. 문신이 아니라 무늬인데……."

부엉이 여인이 뚱하게 대꾸했다.

"아니, 무슨 소리요? 사람에게 무늬가 있다니?"

황희는 납득할 수 없어 되물었다.

"제가 보기에는 문신이 아니라 무늬처럼……."

207

순간, 한기의 입가에 미소가 떠올랐다. 한기는 부엉이 여인을 보며 입을 연다.

"나이테."

한기의 말에 부엉이 여인이 머리를 아주 크게 주억거렸다.

"나이테?"

복희와 황희가 동시에 한기를 쳐다본 후, 다시 부엉이 여인을 돌아봤다. 부엉이 여인은 그 시선을 무시하고 한기에게 말한다. 자신감이 붙었는지 목소리가 조금 커졌다.

"내가 보기에는 몸에 새긴 문신이 아니라 저절로 생긴 무늬 같았어요. 네, 나이테 같았어요. 얼굴에 쓴 탈에도 팔에도 다리에도 연하지만 나이테 무늬가 있었다니까."

그러자 귀에 사마귀 털이 난 남자가 호응한다.

"실은 지금까지 해괴한 소리를 한다고 경을 칠까 봐 말을 안 했습니다만, 나도 본 거 같습니다요. 왜 몸에 나무 무늬가 있나 이상했습죠."

한기와 황희와 복희는 종사관청의 방에 둘러앉았다. 탁자에는 다모가 준비한 시원한 수박이 놓였다. 복희가 수박 한 조각을 들면서 한기에게 묻는다.

"요괴지?"

"응."

"왜?"

황희가 너무 쉬운 결정이라 생각하면서 되물었다.

복희가 차분하게 입을 열어 생각을 말한다.

"몸에 나이테 무늬가 있다는 것도 그렇지만, 그보다 중요한 건 탈에도 나이테 무늬가 있다는 거야."

"응?"

"그 말은 웃고, 화내고, 슬프고, 기쁜 표정이 탈이 아니라 얼굴이라는 뜻이지."

"맞아."

놀라는 황희를 향해 한기가 머리를 끄덕였다.

"범인들은 인형처럼 희로애락 중 하나의 표정만 짓고 있어. 인간이 그럴 리는 없으니까! 바로, 요괴!"

복희가 시원하게 말하고 와삭 수박을 깨물었다.

"그런데 왜 그들은 조사할 때, 나이테 무늬에 대해서 말을 하지 않은 걸까?"

황희는 이해할 수 없었다.

"말하기 망설여졌겠지. 그 아주머니도 아저씨도 경을 칠까 두려웠다잖아."

복희가 대답했다.

"포청에서 사람들을 무섭게 다루니까 그런 거다. 잘못 말하면 인심과 풍속을 혼란케 한다고 곤장을 쳐대니 눈으로 직접 본 것이라도 미심쩍으면 봤다고 못 하는 거야."

한기가 호응했다.

"쩝. 그건 어쩔 수가 없다고. 모든 말에 휘둘리다 보면 몸이 열 개, 백 개라도 모자란단 말이야. 여하튼 요괴네, 요괴. 참, 다행이야."

황희가 즐거운 얼굴로 한기를 쳐다봤다. 까다로운 수사가 자신의 손에서 떠났기 때문이다.

"나 안 해."

한기는 단호하게 거부했다.

"체포하겠다."

황희가 한기에게 선언했다.

체포? 한기는 황희의 말이 하도 터무니없어서 대꾸조차 나오지 않았다.

"백성의 안위를 돌보지 않는 자라면 체포해야지."

황희가 제 말에 머리를 크게 끄덕였다.

"나는 관리가 아니라고."

"평소 눈에 보이지도 않고 실체도 없는 요괴를 잡는다

며 미욱한 백성들을 혼란스럽게 하여, 세상 인심을 어지럽히는 자네를 포도청 종사관인 내가 그냥 둘 수는 없다."

"어이, 이봐. 친구."

"알다시피 이 몸은 공과 사의 구분에 철저하지. 그렇지 않소, 낭자?"

황희가 복희를 보았다. 복희도 작은 머리를 끄덕인다.

"잘 알죠, 종사관님. 아주 오랜 친구인 제게도 남녀가 유별하니 공적인 자리에서는 꼭 존대를 하시는 아주 예의 바른 분이시죠."

"두 사람 그만해. 정말 안 할 거니까."

"이러기야?"

한기는 수박 한 조각을 움켜쥐듯 들어서 씹어 먹는다.

"할 필요가 없어."

"무슨 소리냐?"

"그것들 목인이야. 죽은 나무에서 자란 인간 형태의 요괴들이지."

"나무에 열매처럼 인간들이 달리는 거야?"

"그러면 무거워서 떨어지지. 죽은 나무 안에서 자라나."

"그런데 왜 잡을 필요가 없는 거야?"

복희가 되물었다.

"나무의 열매나 마찬가지니까. 한때 기승을 부리다가 철이 지나면 시들고 사라질 거야. 나무 열매가 그렇잖아. 그냥 두면 돼."

"하지만 사람 마을을 돌아다니면서 습격을 하잖아. 사과나 배라면 나무에서 떨어져 혼자 시들어가겠지만."

"그건 좀 이상해. 보통 목인들은 사납지 않아. 사람을 피해 다니거나 숨어 있다가 조용히 말라비틀어져 사라지지. 하물며 떼거리로 몰려다니면서 사람을 해치다니…….
아니, 애초에 목인이 여럿 나타난 게 더 이상한가?"

"응? 무슨 소리야?"

"목인에 대한 기록은 오래되었지만, 늘 단독으로 출현했다가 사라지거든. 무리 지어 다니다니 역시 좀 이상하네. 시들지 않고 오래 남아 있는 것도 그렇고."

"맞아! 이상해! 그러니까 잡아야 한다고."

"기다려봐. 사건이 발생한 지 꽤 시간이 지났으니까 아마 곧 저절로 썩어서 사라질 거야."

"그걸 말이라고 하냐?"

황희가 눈을 부라렸다.

"그럼 말이라고 타냐?"

"기다려보라니? 그러다 또 무고한 백성이 몽둥이찜질

212

이라도 당해야 네 마음이 편안하겠어?"

한기는 잠시 속셈했다. 하나가 아니라 여럿이 동시에 등장한 것도, 수줍어 숨지 않고 대낮에 사람들을 패고 다니는 것도, 첫 사건의 시기를 따지면 벌써 사라져야 하는데도 남아 있는 것까지 이상한 점이 한둘이 아니었다.

"쩝. 그렇다면, 백악산(북악산)과 타락산(낙산), 목멱산(남산), 인왕산 모두를 살펴봐야 할 거야."

"도성 안의 내사산*을 모두?"

"번거롭지만 어쩔 수 없어. 목인은 고사목에서 태어나니 최근 생긴 고사목을 찾아내야 해. 그것도 목인이 안에서 자랄 수 있을 만큼 큰 나무여야 하지."

"공조(工曹)의 산택사(山澤司)에 문의해야겠군. 산림에 관한 일을 취급하고 있으니."

"최근에 죽은 커다란 고사목에 대해 알아봐. 목인들은 아마 그 근처에 머물고 있을 거야. 그것이 자기들 집이자 고향이자 생명이니까."

---

* 한양을 동서남북으로 둘러싸고 있는 네 개의 산으로 서울 안쪽에 있어서 내사산이라고 한다.

황희가 황갈색 말을 타고 한성요괴상점 앞에 떡 버티고 선 것은 일주일 후 중천의 해가 서쪽으로 기울어질 무렵이었다. 한기는 복희가 준 얼음으로 오이냉국을 해 먹자고 결심한 참이었다. 황희는 말 등에 앉아 뙤약볕을 받으며 한기를 굽어봤다.

"네가 말한 대로 알아봤다, 목인."

"찾았어?"

한기는 되물으면서 속으로 이 땡볕에 왜 말 등에 올라저러고 있나, 궁금해했다.

"산택사의 벌목꾼 하나가 말해줬다. 지난 초여름의 태풍에 목멱산의 큰 소나무가 몇 그루 고사했다고."

"찾았군. 잘됐어."

"근데 그 고사목이 산에 없다."

"그럼?"

"벌목꾼이 땔감으로 팔았다고 한다. 도성 안의 나무는 채취가 금지되지만, 죽은 나무라서 허가를 받은 거지."

"이런. 땔감이라면 그 나무가 아니겠군. 혹 다른 고사목은 없었나?"

"없었다. 산림을 관리하는 공조 산택사만이 아니라, 산불 등 산림을 감시하는 한성부와 병조, 공조의 수성금화사

(修城禁火司), 사산참군(四山參軍) 등을 통해 샅샅이 알아봤다. 여름 태풍에 여러 나무가 고사했지만 목인이 들 만큼 큰 나무는 없었다."

"곤란하게 됐네. 그런데 넌 왜 말 위에 그러고 있어? 일부러 피부를 까맣게 태우는 거야? 요즘 유행이냐?"

한기는 콧등을 찡그렸다.

"만약 내 생각이 맞으면, 바로 널 태우고 달려가려고."

"어? 이러지 마. 난 오이냉국을 해먹을 거라고."

한기는 불안함을 느끼며 어색한 미소를 지었다.

"아침에 포도청 다모들이 시원한 수박으로 화채를 만들어 나눠주었다. 그 수박을 먹다가 목인이 과일과 같다는 네 말이 떠올랐다."

"그런데?"

"과일을 상하지 않게 오래 보관하려면 어떻게 해야 할까?"

불현듯 황희가 질문을 던졌다. 땡볕을 받아 이마에서 뺨을 타고 주르륵 땀이 흘러내렸다. 한기는 그런 황희가 약간 안쓰러워졌다.

"과일이야 햇볕이 들지 않고 바람이 잘 통해서 습하지 않은 곳에 두면 오래 먹을 수 있지."

한기가 가볍게 대답했다.

"네 입으로 듣고 보니 확실하네."

"무엇이?"

"목인들이 지금까지 남아 있는 이유가."

"바람 잘 통하고 습하지 않은 곳에 있다는 건가?"

"누군가에게 관리되고 있다는 거다."

황희가 눈에 힘을 줬다.

한기는 어리둥절하다. 아니 실은 속으로 엄청나게 놀란 상태다. 황희의 말은 누군가가 요괴인 목인을 과일처럼 길러내고 또 보관하고 있다는 소리였다.

"벌목꾼에 의하면 옥류동*에 사는 청목이라는 이름의 노인이 나무를 사 갔다고 한다. 이상하게도 나무를 자르지 않고, 구태여 그 무거운 고사목을 그대로 실어 날랐다고 한다."

"요괴를 과수처럼 재배했다고?"

"타라. 주소를 알아 왔다."

황희는 더위로 땀을 뻘뻘 흘리면서 말했다. 한기는 얼

---

* 현재의 종로구 옥인동

음 조각을 들고 훌쩍 뛰어 황희의 뒤에 올라탔다.

"아, 해봐."

한기의 말에 황희가 입을 벌렸다. 한기는 큰 얼음 조각을 황희의 입에 넣어주었다.

"수고했네, 좌포도청 종사관."

"이제는 네가 수고해야 한다. 요괴 사건이니까."

다각. 다각. 다각. 두 사람을 태운 황갈색 말이 마포장터 대로를 질주한다. 그때 황희 뒤의 한기가 외친다.

"그런데 방법만 알면 이번 목인이 사라져도 새로운 목인들을 생산할 수 있다는 뜻이잖아. 과일처럼 대량으로. 요괴를! 진짜라면 대사건이야!"

황희와 한기를 태운 황갈색 말은 옥류동 계곡의 높은 담장을 두른 초가집 앞에 당도했다.

"이 집이야. 청목이라는 노인의 집이."

황희가 말에서 내려서며 말했다.

따라 내린 한기가 훌쩍 바위에 올라섰다. 담장 안, 마당의 풍경이 보인다. 목인들이 거적때기를 깔고 마당에 앉아서 맨손으로 밥을 먹고 있다.

"네 놈이야. 식사 시간에 좀 미안하게 됐네."

한기가 여유롭게 머리를 한 번 끄덕였다. 그는 정의봉을 빼내 쥐고 대문 앞으로 다가갔다. 황희도 품에서 쇠도리깨를 꺼내 들었다.

"사이좋게 둘씩 맡자고."

황희가 말했다.

쾅. 그들은 대문을 함께 박차고 들어섰다.

밥을 먹던 네 목인이 그들을 물끄러미 쳐다보았다. 웃는 얼굴, 화난 얼굴, 슬픈 얼굴, 기쁜 얼굴이다. 다들 패랭이를 쓰고 허리에 몽둥이를 찼다. 목인들은 일어서며 몽둥이를 빼내 들었다.

황희가 도리깨를 쥐고 성큼 발을 내디딘다.

슬픈 얼굴의 목인이 달려든다.

탓. 황희는 팔을 사선으로 휘두르다 한순간 딱 멈춘다. 그러자 긴 자루에 달린 짧은 자루가 휙 넘어가 슬픈 얼굴 목인의 왼쪽 어깨를 작살냈다. 팔이 떨어져 나가며 목인이 주저앉는다. 이어 황희는 목인의 오른쪽 어깨를 내리쳤다.

도리깨를 사용하는 요령이다. 검처럼 끝까지 휘두르는 건 도리깨의 순간적인 충격을 제대로 활용하지 못하는 바보짓이다. 힘의 조절이 필요한 도리깨는 꽤 재능과 연습이 필요한 무기다.

그사이 한기의 정의봉도 화난 얼굴과 웃는 얼굴의 목인을 처리했다. 두 목인은 가슴과 배가 깨지면서 상체와 하체가 분리되었다.

황희는 마지막 목인인 기쁜 얼굴을 상대했다. 재빨리 아래로부터 도리깨를 쳐올렸다. 순간적으로 손을 멈춰, 그 반동으로 힘을 받은 짧은 자루가 목인의 턱을 깨부수었다. 얼굴이 날아간 마지막 목인이 바닥을 뒹굴었다.

"내 솜씨가 아직 녹슬지 않았군."

황희는 짧은 숨을 내뱉으며 말했다.

그때 황희가 쓰러뜨린 목인에게 요상한 일이 벌어지기 시작했다. 마치 가지가 자라듯 몸통에서 떨어져 나간 머리와 팔이 쑥 자란 것이다. 그러더니 아무 일도 없었던 듯 바닥에서 스르르 일어섰다.

"무슨 일이야?"

황희가 까무러칠 것처럼 놀라며 한기를 쳐다봤다.

"내가 말 안 해줬나? 목인은 몸통이나 두 다리를 부숴야 해. 머리와 팔은 나무의 가지일 뿐이니까, 금방 새로 자라지."

한기가 어깨를 으쓱했다.

"미리 말해줬어야지!"

황희는 벌컥 화를 냈다. 그는 달려드는 두 목인을 향해 도리깨를 휘둘렀다. 먼저 기쁜 얼굴의 가슴을 깨고, 몸을 낮춰 팽이처럼 회전하며 슬픈 얼굴의 두 다리를 한 번에 부숴버렸다. 멋진 솜씨였다. 기쁜 얼굴과 슬픈 얼굴의 목인은 그제야 움직임을 멈췄다.

"간단하군."

황희가 깨져서 흩어진 나뭇조각을 보면서 말했다.

"그렇지만은 않은 거 같은데?"

한기가 황희 뒤쪽의 땅에서 솟구치고 있는 수십 개의 패랭이에 눈을 부릅뜨며 말했다. 하나둘이 아니었다. 마당 곳곳에서 장마 뒤의 잡초가 자라나듯 목인이 땅에서 솟아오르고 있었다.

한순간, 희로애락의 표정을 가진 목인들이 마당을 메웠다. 한기와 황희의 앞뒤 양옆으로 한 팔 길이의 틈도 없이 목인들이 솟아올랐다. 그야말로 시루 속의 콩나물처럼 빽빽했다. 이제 목인들은 한기와 황희에게 몰려들며 몽둥이를 휘두르기 시작했다.

"으아!"

황희는 넋이 빠질 것 같았다. 도리깨를 휘두를 때마다 퍽, 퍽, 퍽, 목인의 일부가 깨지는 소리가 귓전을 때렸다.

상대하고 상대해도 끝이 없었다. 몸통이나 다리를 노릴 여유 따윈 없었다. 낮은 곳으로 밀려드는 물처럼 쉬지 않고 목인들이 다가왔기 때문이다.

한순간 오른쪽 허벅지에 둔중한 느낌이 왔다. 너무 흥분 상태라서 통증은 천천히 일어났다. 황희는 아파할 시간도 없이 짧은 숨을 내뱉으며 목인을 해치운다. 그러나 그때마다 목인은 다시 일어서서 빈자리를 메운다. 어느새 황희의 갓은 허공으로 날아갔고, 흘러내린 머리카락이 땀에 젖어 시야를 가렸다.

몇 번째일까? 슬픈 목인의 얼굴을 도리깨로 날린 황희는 그 뒤에서 싸우는 한기의 모습을 언뜻 봤다. 그는 공중으로 뛰어오르려다 몽둥이에 맞고 도로 바닥에 내려서고 있었다.

'기법을 쓸 틈도 없잖아.'

한기는 목인의 몽둥이에 맞아 땅에 내려서며 정의봉을 휘둘렀다. 몸통이나 다리를 부수지 않으면 되살아난다는 점도 까다로웠지만, 한정된 공간에서 잠시도 여유를 주지 않고 공격해오니 미칠 노릇이었다. 벌써 몇 군데나 몽둥이에 맞았다. 온몸이 욱신댔다. 최악은 희로애락의 얼굴이다. 아무런 목적도 이유도 없는 듯한 얼굴들이 계속 사방

에서 몰려들었다. 영원히 웃거나, 화내거나, 슬퍼하거나,
기뻐하는 얼굴은 어느 것이나 끔찍했다.

'틈을 만들어야 해.'

전후좌우 중 한 곳이라도 공간을 만들어야 했다. 그렇
게 여유가 생기면 정의봉을 늘여 더 넓은 공간을 만들 수
있었다. 그러면 기법을 발현할 시간을 마련할 수 있었다.

'담장까지 가는 거야.'

한기는 정의봉을 휘두르며 벽에 닿을 때까지 한 방향으
로 직진하기로 했다. 단순하고 어리석은 생각이었다. 하지
만 그것이 최선이었다.

한기는 빽빽하게 앞을 막아서는 목인들을 깨뜨리며 후
진했다. 대신 뒤나 옆의 목인들로부터 몽둥이찜질이 이어
졌다. 퍽. 퍽. 퍽. 퍽. 퍽. 어깨와 등에 목인들의 몽둥이가
작렬했다.

"제길."

비로소 벽에 등이 닿았다.

'벽은 벽인데 사람 벽이네.'

한기가 닿은 벽은 만신창이가 된 황희였다. 황희는 피
땀을 흘리면서도 손에 쥔 도리깨를 쉬지 않고 움직였다.

"괜찮아?"

한기가 제 뒤통수로 툭 황희의 뒤통수를 치며 물었다.

"나, 종사관 포도청이야."

황희도 제 뒤통수로 한기의 뒤통수를 받았다.

"포도청 종사관이겠지."

한기는 픽 웃었다.

둘은 등을 맞대고 뒤를 상대에게 맡겼다. 서로의 등이 믿음직했다. 다음 순간, 앞과 좌우의 목인을 재빨리 깨뜨린 한기는 정의봉을 4척(1.2미터)으로 늘였다.

정의봉이 목인들을 향해 나아간다. 셋을 한 번에 쓸었다. 목인들이 쓰러진 틈에 정의봉은 8척(2.4미터)으로 길어졌다. 그리고 다음 공격으로 목인 셋을 쓰러뜨리자 드디어 충분한 여유 공간이 마련되었다. 공간은 곧 시간으로 이어진다.

한기는 김해 장사 이징옥을 떠올렸다. 그의 입에서 호통이 터졌다.

"김해 장사 이징옥이 도끼로 친다!"

이징옥은 세종 때의 사람으로 김종서 장군을 따라 북방의 4군 6진을 개척하는 데 혁혁한 공을 세운 장수다. 호랑이와 관련된 일화가 여럿 있는데, 호랑이에게 남편을 잡아먹힌 여인을 위해 맨손으로 호랑이를 잡아 와 그 배를 가르고 소화가 되지 않은 남편의 시신을 꺼내준 일화도 있었다.

"장사부감!"

한기가 사라지면서 무신 이징옥이 나타났다. 이징옥은 두꺼운 허리를 낮추며 손에 쥔 거대한 강철 도끼를 휘두른다. 강철 도끼의 날은 은빛으로 발광하며 거대해진다.

이어서 이징옥은 도끼질 한 방으로 수십 명에 달하는 목인의 아랫도리를 깨뜨렸다. 팟. 팟. 팟. 마당에 자욱하게 나뭇조각이 튀어 오르고, 나무 먼지가 피어올랐다. 단 한 번의 공격으로 전세는 역전되었다.

"됐다."

한기는 안도하며 길게 한숨을 내뱉었다. 싸움에 자만은 금물이라는 걸 다시 한번 깨달았다. 고작 한 장(3미터)의 거리가 죽음을 삶으로 바꾸었다. 방심하다가는 목인 따위에게 목숨을 잃을 수 있었다. 여유가 생기자 비로소 한기의 눈이 집채로 돌아갔다.

"목인을 키운 악당 놈이 저 안에 있단 말이로군."

한기는 정의봉을 휘둘러 목인 몇 놈을 처리한 후 황희를 돌아본다.

"이들을 처리할 수 있겠어?"

"나, 포도청 종사관이야."

이제는 완전히 여유를 찾은 황희가 붉게 달아오른 뺨에 붙은 머리카락을 떼어내며 대꾸했다.

"좋아."

한기는 다가오는 기쁜 얼굴의 목인 머리통을 박차며 날아올랐다. 그는 곧장 초가집 툇마루에 서서 방문을 발로 깨부쉈다.

고작 10여 명밖에 남지 않은 목인이 고개를 돌려 한기를 쳐다봤다. 얼굴은 변함없지만, 행동은 놀란 반응이다.

"어딜 봐, 너희들은 여기라고."

황희가 도리깨를 놓고 검을 빼 들었다.

욱. 방 안으로 들어서던 한기는 토할 것처럼 입을 막았다. 요괴의 기가 너무 진했다. 틀림없이 목인들을 재배한 놈이었다. 하지만 모습은 보이지 않았다. 콰직. 콰직. 콰직. 문밖에서 나무 깨지는 소리가 연달아 울렸다.

개다리소반 위에 놓인 곰방대에서 흰 연기가 오르고 있다. 조금 전까지 있었다! 한기는 들창으로 다가서서 밖을 내다봤다. 커다란 공처럼 굴러가는 불덩어리가 허공에서 멀어지는 게 보인다.

"청목자(靑目子)로군."

박동량의 《기재잡기(寄齋雜記)》에 여주와 이천 근처에서 농사를 짓던 이순몽이 목격했다고 기록되어 있는 요괴다. 멀리서 보면 땅을 굴러다니는 둥근 불덩어리처럼 보이며, 가까이 다가가면 불덩어리 속에 금발 푸른 눈의 소인이 들어 있다고 한다. 매우 빠르고, 커다란 소리를 내며 움직이고, 눈빛이 초롱초롱 빛나고, 사방으로 굴리며 노려보는 눈동자가 인상적이다.

"도대체 목인을 재배해서 뭘 하려는 걸까? 요괴의 군대라도 만들 건가?"

그 순간 무두귀 극쾌의 목소리가 머릿속에 울렸다.

"요괴를 재배하는 걸 넷째가 봤다고 했다."
"정확한 기억은 잃었다. 그저 푸른 눈, 작은 키, 불덩어리만 떠오를 뿐."

"청목자……"

한기는 청목자가 사라진 허공을 보면서 뇌까렸다.

방을 나서자 황희가 부서진 나뭇조각들을 일렬로 세우고 기다리고 있었다. 한기의 눈동자가 놀라서 두 배는 더 커졌다. 나뭇조각에 똑같은 글자가 박혀 있었다.

龍(용)

"이거 뭔가 무서워지지 않아?"

황희가 낮게 목소리를 깔았다.

며칠 후. 한기와 황희는 마포 강변에 나와 흘러가는 강물을 바라보며 섰다.

"무두귀 극쾌는 자신과 가족이 머리를 잘려 죽었다고 했지. 그 원한 때문에 요괴가 되었고."

한기는 물고기가 은빛을 반짝이며 튀어 오르는 모습을 보고는 이어 말한다.

"그렇게 된 것이, 아들 중 하나가 요괴를 재배하는 걸 목격했기 때문이라고 했어."

"목인의 몸에는 용이라는 글자가 새겨져 있었어. 두억시니 풍도 용의 깃발을 달고 전염병을 퍼뜨려 돈을 벌었지."

"세간에는 용의 자손이 세상을 구한다는 소문이 떠들썩하지."

그때 여름 더위를 쫓기 위해 강물에 발을 담그고 앉은 한 무리의 아이들이 외우는 주문이 귀에 맴돈다.

천지현황 우주홍황.

해동용손은 살아계신 천자이시니,

하늘을 보좌하여 교화를 펴신다.

"주문이 더 정확해졌네."

"용손이 하늘의 아들? 청목자가 용손일까?"

"아니. 청목자가 강력한 요괴이기는 하지만 두억시니 풍을 다스릴 만큼은 아니야. 그 뒤에 누군가가 있다."

한기는 장담했다. 그리고 어쩌면 그자가 부모님의 원수일 확률이 높았다. 지금도 믿기진 않지만 조선 제일 무사인 어머님을 상대할 만한 자라면 최강이어야 할 테니까.

"이 땅에서 무슨 일이 일어나려는 걸까?"

황희가 어두운 얼굴로 뇌까렸다.

거대한 먹구름이 조선을 덮쳐오고 있었다.

10. 지옥견 귀구와 거괴

처서를 지나 백로(白露)[*]에 이르는 때다. 한낮의 볕은 따
갑지만, 아침저녁은 선선하다.

"안녕히 가십시오. 또 들르세요."

한기는 코주부 할머니에게 큰 소리로 배웅했다.

"예끼, 뭐 좋은 일이라고 들르라는겨? 다신 안 와."

요괴 퇴치 부적을 구매한 코주부 할머니는 머리를 절레
절레 흔들며 떠나갔다.

---

*   9월 8일경

"장사 잘되네."

"응. 고산자가 온 후부터 완전히 자리 잡았어. 복덩이야, 복덩이."

"쟤네들 요괴지?"

복희가 한성요괴상점 앞에 버티고 앉은 두 마리 개를 돌아보며 물었다.

이글이글 붉은 눈이 타오르는 두 마리 개. 한 마리는 검은 얼룩이고 한 마리는 붉은 얼룩이다. 강인한 골격과 무시무시한 표정이 꼭 지옥이라도 파수하는 것 같았다.

"응. 귀구(鬼狗)라는 요괴견이야."

한기가 대답했다.

《천예록》에 기록되어 있는 귀구는 섬기는 주인에게 절대적으로 복종하고, 주인의 명이 떨어지면 어떤 천재지변에도 자리를 사수하며, 한 번 노린 적은 땅 끝까지 쫓아가 숨통을 끊어놓는 녀석들이다.

지금 귀구들은 요괴상점 문 옆으로 나와 앉아 행인들을 구경하고 있었다. 붉은 얼룩 적구 옆에 묘묘가, 검은 얼룩 흑구 옆에는 당당이가 엉덩이를 내리고 따라 앉았다. 넷 모두 내기라도 하는 듯 꼼짝도 하지 않는다.

"어제 하당골에 사는 이 생원이란 사람이 찾아왔었어.

자기네 조상들 무덤 앞을 떡하니 차지하고 떠나지 않는 개가 있다고. 그런데 오직 자기 눈에만 보인다고 말이야."

"어떻게 된 일인데?"

"귀구들이 그 자리에서 기다리는 동안 주인이 하늘나라로 떠나버린 거야. 그래서 계속 그 자리에 앉아 있었던 거지. 새 주인을 찾을 때까지 요괴함에 넣어두려고."

"쟤네들 무서운 요괴야?"

복희가 상점 문 옆에 앉은 두 요괴와 두 동물의 뒷모습을 보며 물었다.

"끔찍하지."

한기가 혀를 내두르고는 말을 이었다.

"내가 절대로 싸우고 싶지 않은 종류의 요괴들이 있어."

"어떤?"

"예를 들면 사람의 여섯 배에 달하는 거인 요괴 거괴(巨怪)."

"크고 힘이 세서?"

"무지 세긴 하지. 신라 때 수천의 군사가 쇠뇌를 준비하고 방비했다고 전해지니까. 그런데 그보다 뭐랄까? 순수하달까?"

"요괴가?"

"사악하고 나쁜 마음을 가져 요괴가 된 게 아니라 그냥 순수하게 그렇게 발생해서 행동하는 것들이 있어. 거괴는 배가 고파서 사람이나 짐승이나 같은 요괴나 다 잡아먹고 다니거든. 그 배고픔을 거괴도 어쩔 수 없는 거야."

"무슨 말인지 알겠어. 그렇게 정해졌다는 거지?"

"응. 스스로도 어쩔 수 없는 거지. 귀구들도 마찬가지야. 주인의 명이 떨어지면 무조건 지키지. 그렇게 태어난 거야. 그런 것들은 힘도 순수해서 싸우다 보면 도리어 이쪽이 힘이 빠질 때가 많아."

"이겨도 오히려 잘못한 것 같은 느낌이 들고?"

"바로 그래. 개운하지 않아."

"저 애들 꽤나 무섭네."

"지금은 작지만 진짜 모습은 집채만 한 거대한 요괴견이야. 크고 위용이 넘치지. 그보다 중요한 건 상대를 가리지 않는다는 거야."

"무슨 뜻이야?"

"누구나 저보다 센 놈한테는 몸을 사리잖아."

"본능이지."

"쟤네들은 아니야. 뼈가 산산조각 나고 피가 다 빠져나가도 주인의 명이라면 저보다 강해도 멈추지 않고 덤벼들어."

"그런데 고산자는 안 보이네?"

"안채 마당에서 흙바닥에 또 그림을 그리고 있어. 오늘은 마포장터 지도."

"정말 언젠가 조선 팔도를 바쁘게 돌아다니면서 우리의 지도를 만들지도 모르겠네."

복희가 즐겁게 속삭였다.

"대동여지도?"

"그래."

쿵. 쿵. 쿵. 팔려는 상인과 사려는 손님, 오고 가는 배와 싣고 내리는 물건으로 정신없이 복잡한 마포에 요괴가 나타났다. 그것도 무려 사람 키의 여섯 배에 달하는 벌거숭이 요괴다.

긴 팔이 휘적휘적, 굽은 등이 굼실굼실, 입에서 천천히 떨어진 누런 침이 털이 숭숭 돋아난 발등을 적신다. 《삼국사기》에도 기록된 이 거괴는 거대한 체구에 톱과 같은 이빨과 갈고리 손톱을 가졌고 검은 털이 덥수룩하며 발가벗고 다닌다. 거괴는 꿈틀 입술을 뒤틀고 킁킁 콧구멍을 벌려 냄새를 맡는다.

"엽괴 먹는다."

거괴는 침을 질질 흘리며 느리게 말했다. 쿠르르. 고픈 배 속에서 물 끓는 소리가 났다. 산 채로 사람과 동물을 먹어봤지만 배고픔은 사라지지 않았다. 요괴를 잡는 엽괴를 잡아먹으면 배가 고프지 않을 거라고 어떤 요괴가 말해주었다. 이 나락 같은 배고픔에서 벗어날 수 있다면 하지 못할 게 없었다.

"배고프다."

쿵. 쿵. 쿵. 거괴는 엽괴의 냄새가 나는 한성요괴상점을 향해 다가가고 있다. 긴 팔을 휘적휘적, 굽은 등을 굼실굼실, 입에서 누런 침을 툭툭툭.

《삼국사기》에 의하면 신라인들은 산골짜기를 철문으로 봉쇄하고 수천의 군사들이 쇠뇌를 준비해 이 요괴를 대비했다고 한다. 거괴는 이윽고 한성요괴상점이 보이는 곳에 이르렀다.

"엽괴를 먹는다."

쿵. 쿵. 쿵. 거괴가 발을 디딜 때마다 땅 울림이 마포를 뒤흔든다.

"거괴다! 큰일 났다, 큰일 났어!"

"거괴는 깊은 산에서 잠만 자지 않나?"

"잠에서 깨어나면 짐승이고 인간이고 요괴고 무지막지하게 잡아먹는다고!"

"지금 어디로 가는 걸까?"

"방향을 보면 몰라? 한성요괴상점이다! 한기다!"

"요괴상점 주인을 잡아먹으려는 거구나!"

요괴들이 골목길에 숨어서 거괴를 지켜본다. 물귀신, 몽달귀신, 처녀 귀신, 아귀, 동자귀, 외뿔 도깨비, 쌍뿔 도깨비……. 동네의 요괴란 요괴는 다 모여 수군댄다.

"한기를 먹어치우면 우리는 무사할까?"

"그러면 좋겠다. 마음에 드는 걸 먹으면 다시 잠자러 간다던데."

"엇? 저기 독각귀 거봉이다."

"용산의 거봉이가 여긴 웬일이래?"

"쟤도 한기한테 복수하러 왔나?"

"사람보다 두 배가 큰 거봉이도 거괴한테는 아기처럼 보이네."

"앗! 거봉이가 바위를 빼서 거괴한테 던졌다."

"우왓! 거괴의 뺨에 맞았다."

"거괴 좀 봐. 바위를 맞는데 꿈쩍도 하지 않아."

"가렵나 봐. 뺨을 긁어."

"거괴가 팔을 휘둘렀어. 가래떡 같다."

"우와아아! 거봉이가 날아갔어."

"보, 보이지 않는다."

"거괴는 정말 세구나."

"한기한테도 이기겠다."

용산 거봉이를 마포에서 용산까지 날려버린 거괴가 한성요괴상점을 찾아냈다. 두 팔을 슬슬 흔들고 두 다리를 구부정하게 움직이며 다가간다.

상점 입구에 귀구들이 엉덩이를 내리고 앉아 있다. 요괴견들은 거괴가 다가오는 걸 알면서도 눈알도 꿈쩍하지 않고 하늘 끝만 바라본다.

쿵. 쿵. 쿵. 20장(60미터) 거리다. 거괴는 탁한 눈알로 요괴상점의 귀구들을 쳐다본다.

쿵. 쿵. 쿵. 10장(30미터) 거리.

귀구들은 여전히 미동도 없이 하늘을 올려다본다.

쿵. 쿵. 쿵. 드디어 거괴가 요괴상점에 도착했다. 한 발만 움직이면 요괴상점은 지붕째 폭삭 무너져 내릴 것이다.

하지만 귀구들은 꿈쩍도 하지 않는다.

꿀꺽. 뒤를 따르는 동네 잡귀들이 더 긴장했다.

쿵. 거괴가 요괴상점을 비껴서 발을 디딘다.

쿵. 쿵. 쿵. 거괴는 아무 말 없이, 아무런 행동도 없이 천천히 앞으로 걸어간다. 곧 거대 요괴는 산 쪽으로 사라진다.

휘잉. 잡귀들이 시원한 강바람을 맞으며 섰다.

"거괴, 어디 가는 거야?"

"싱겁게 이게 뭐야?"

"갑자기 배가 불렀나?"

마침 요괴상점에서 한기가 나타났다. 몰려든 잡귀를 보며 손을 젓는다.

"재수 없게 남의 장삿집 앞에서 뭣들 하는 거야? 어서 돌아가서 요괴답게 음흉하게 있으라고!"

"쟤는 볼 때마다 재수 없어."

"쟤 어머니, 아버지랑은 너무 달라."

"성격이 지랄 맞아서 벼락 맞을 거야."

동네 요괴들이 뿔뿔이 흩어지면서 너도나도 한마디씩 했다.

한기는 고개를 갸우뚱하더니 혼잣말로 뇌까린다.

"아주 강한 요괴의 기운이 느껴져서 나와봤는데…… 온 동네 잡귀들이 다 모여서 그런 건가?"

쿵. 쿵. 쿵. 거괴는 계속 산으로 들어간다. 숲을 부수며 일직선으로 걸어간다. 깊은 산골짜기에 이르렀다. 우뚝. 거괴는 그제야 멈춰 선다. 후우. 숨을 고른다. 그리고 짧은 침묵. 다시 긴 한숨. 후우. 느릿느릿 입을 연다.

"아휴 깜짝이야. 귀구는 무섭다."

11. 놀라서 죽다

한로(寒露).[*]

경기도 개성유수부. 500년 고려 왕조의 수도였던 개
성은 지금도 조선 수도 한양에 버금가는 융성함을 누리고
있다.

긴 성벽으로 둘러싸인 개성의 양은동은 그 옛날 강감찬
장군이 살았던 동네로 유명하다. 이 양은동에 코주부 청년
차동팔의 집이 있었다. 올해 서른이 되는 차동팔은 개성유

---

[*]   10월 8일경

수부의 말단 관리로, 힘이 세기로 유명했다.

"알딸딸하니 좋구나!"

차동팔은 대낮부터 얼큰히 취해서 한잠 자러 집으로 가는 중이었다. 미리 동료들에게 말을 해뒀으니 위에서 찾으면 연통해 올 것이다. 상부상조의 전통은 나쁜 일을 할 때 더 잘 지켜지는 법이 아니던가.

"허어, 볼 때마다 웅장하니 병풍을 펼친 것도 같고 날개를 펼친 것도 같군."

다른 사람보다 머리통 하나는 더 큰 차동팔은 멀리 고려 왕궁터인 만월대 뒤로 펼쳐진 송악산을 보며 감탄했다.

"내 사는 것이 정승판서가 부럽지 않구나."

차동팔은 마치 정승이나 된 듯 상체를 젖히고 헛기침을 한 번 했다.

골목 몇 개만 더 돌아가면 그가 마련한 큰 기와집이 있었다. 비록 말단 관리이지만 시장의 물가를 관장하는 평시서(平市署)에 근무했다. 그래서 송상(松商)들을 비롯한 상인들에게 받아먹는 뇌물이 짭짤했다.

차동팔은 돈 모으는 재주만 뛰어난 게 아니라 덩치에서 보듯 용기도 크고 힘도 센 호방한 남자였다. 사내다운 호방함을 타고난 데다 재물까지 넉넉하니 그야말로 두려울

게 없었다.

한순간, 차동팔의 걸음이 멈췄다. 꺾어진 골목에서 믿기지 않는 것이 슬며시 빠져나왔기 때문이었다. 차동팔은 상체를 앞으로 기울이고 다시 목을 쭉 앞으로 뺐다.

'저건 여인의…… 다리가 아닌가!'

차동팔은 아무래도 믿을 수 없어서 손으로 눈을 비비고 다시 확인했다. 골목 밖으로 빠져나온 길고 하얀 것은 버선을 신은 여인네의 다리가 틀림없었다. 여인은 금박이 박힌 스란치마를 허벅지까지 말아 올린 상태였다.

새하얀 버선이 작은 발을 감싸고 있고 그 위로 백설 같은 늘씬한 종아리가 뻗어 올라 부드럽고 탄탄한 허벅지로 이어졌다. 매끄러운 곡선이며 탐스러운 빛깔까지 완벽했다. 차동팔이 평생 안아보길 소원하는 개성 최고 기생 청화를 절로 떠올리게 했다.

"아니지, 아니지. 청화의 다리도 저보다는 못할 거야. 저것 좀 보게. 다리가 저토록 아름답다면 그 얼굴은 또 어떠하고 그 몸매는 또 어떠할까? 또한 자태는? 그야말로 월궁항아나 양귀비가 울고 갈 거야."

차동팔은 술기운이 순식간에 날아가 버렸다. 그는 본능적으로 주위를 한 번 둘러봤다. 행인은 보이지 않았다.

그는 다시 골목 밖으로 빠져나온 여인의 다리를 응시했다. 눈이 휘둥그레지면서 꼴깍 목구멍으로 침이 넘어갔다.

"한데 여인네가 왜 골목 밖으로 다리를 내놓고 치마를 걷어 올리고 있는 걸까?"

이어서 차동팔은 음흉한 웃음을 흘리며 속으로 자신을 나무란다.

'흐흐흐, 차동팔아, 차동팔아. 그걸 질문이라고 하는 거냐. 저 여인네가 저러는 것은 다 음기가 넘쳐서 양기를 받고 싶어서가 아니겠느냐, 응?'

때마침, 여인네의 다리가 골목 안으로 사라졌다. 차동팔이 아쉬워하며 얼굴을 찌푸렸다. 어쩌면 너무 술을 마셔 헛것을 본 게 아닌가 의심스러웠다.

그런데 이번엔 팔이 빠져나왔다. 연분홍 소맷자락 끝에서 길고 가느다란 다섯 손가락이 움직였다. 까닥. 까닥.

"응? 나?"

여인의 손이 아래위로 나비처럼 팔랑팔랑 흔들렸다.

"이, 이리 오라는 거냐?"

차동팔은 여인의 손을 보며 물었다. 그러자 손이 대답이라도 하듯 더 크게 아래위로 펄럭댔다.

"허어, 이거 참. 연약한 여인이 도움을 청하니 안 가볼 수도 없고.”

차동팔은 또 한 번 주위를 살피고는 여인을 향해 걸음을 뗀다.

“허어, 지아비를 잃은 과부인가? 아니면 나를 흠모하는 처녀인가? 이 사나이 중의 사나이 차동팔이가 힘깨나 쓴다는 소문이 자네 귀에도 들어간 모양이구나.”

차동팔이 가까워지자 여인의 가는 팔이 골목 안으로 사라졌다.

“허어, 부끄러워하기는…….”

차동팔은 마지막으로 앞뒤를 살핀 후 다급함을 이기지 못하고 잰걸음으로 골목을 꺾어져 들어갔다.

“끄아아아아아아악!”

곧이어 꺾어진 골목에서 차동팔의 비명이 폭발했다. 개성에서 알아주는 장사인 차동팔은 바로 그 자리에 쓰러져 숨이 끊어지고 말았다.

상강(霜降)*이 코앞이다. 쾌청한 날씨가 연이어지고, 밤에는 기온이 떨어져 찬 서리가 내린다.

늦가을의 찬 기운에 사람들은 장에서 누비옷이나 솜옷을 꺼내 입었다. 물론 가난한 백성은 홑겹 저고리와 바지를 겹쳐 입거나 단벌만으로 다가오는 겨울을 나야 했다.

한기와 복희는 오복마음상담소 안에 앉아 열린 문 앞을 지나가는 사람들을 구경하며 차를 마시는 중이었다.

"이것도 계속 얻어 마시다 보니 익숙해지네. 얼마 전까지만 해도 절대로 못 마셨을 맛인데."

한기가 빛깔 연한 도자기 잔 속의 황톳빛 물을 내려다보며 웅얼거렸다. 차에서는 한약방을 방문하면 훅 끼쳐오는 냄새가 났다.

"천궁의 뿌리로 만든 천궁차(川芎茶)야. 한약방에 가면 나는 특유의 냄새가 이 천궁의 냄새지."

복희가 말했다.

한기는 참으로 사람이란 길들기 나름이라고 생각했다.

마침 지게에 땔나무를 쌓아올린 땔감 장수가 상점 앞을 지나가면서 나지막하게 주문을 외운다.

"천지현황 우주홍황 해동용손은 살아계신 천자이시니,

---

* 10월 23일경

하늘을 보좌하여 교화를 펴신다. 천지현황 우주홍황 해동
용손은……."

한기의 표정이 딱딱해졌다.

"저 주문 들어봤지?"

"물론. 요즘 다들 외우고 다니잖아."

"목인을 제작한 청목자와 역병을 퍼뜨려 돈을 갈취한
두억시니 풍 뒤에 용손이 있을 거야."

한기가 말했다.

"그자가 구세주가 돼서 이 나라 백성을 구한다는 거네."

복희가 차분하게 받았다.

"소문도 그 자식이 내고 있는 게 틀림없어. 게다가 동네
잡귀들까지 저 주문을 외우고 다니다니 어이 없어서 원."

"무슨 소리야?"

"아니 인간세계는 그렇다 쳐. 역모를 꾀해서 성공할 수
도 있는 거니까. 하지만 요괴까지 다스린다는 건 천만의
말씀이라고."

"왜?"

복희가 천진난만한 목소리로 물었다.

"인간과 신령과 요괴는 이 땅에서 함께 살지만 자기만
의 질서를 가지고 있어. 특별한 계약이나 인연, 원한으로

얽히지 않으면 서로의 일에 관여하지 않는다고. 그런데 어떻게 인간과 요괴를 함께 다스린다는 거야. 말도 안 돼.”

“어쨌든 용손이 말 그대로 용의 후손이라면 골치 아프겠네. 백성들은 용이라면 아주 끔찍하게 모시거든. 고려의 기틀이 된 것 중 하나가 왕 씨가 용의 후손이라는 소문이었으니까.”

복희가 뇌까렸다.

고려 사람들은 고려 왕실이 용의 후손이라고 믿었다. 《고려사》를 보면 왕건의 할아버지 작제건은 서해 용왕을 괴롭히던 늙은 여우를 화살로 쏴 죽이고, 용왕의 맏딸 용녀과 결혼한다. 작제건과 용녀는 네 아들을 낳았는데, 그중 첫째가 왕건의 아버지 용건이라고 한다. 이후 왕 씨는 용신의 자손으로 반드시 몸에 비늘이 있다고 전해진다.

“아마 용손이 원수일 가능성이 높아.”

“매화당과 박물군자께서 몸을 피할 정도라면 현재로선 가장 가능성이 높은 인물이네. 그런데 난 아직도 안 믿겨. 아무리 적이 강하다 해도 겁을 먹고 도망치실 분들이 아닌데…….”

그 무렵 슬슬 부채를 흔들며 황희가 나타났다.

“일 안 해?”

또 무슨 사건이라도 가져왔나 싶어서 한기가 불안한 얼굴로 물었다.

"일만 하면 누가 과거 봐서 종사관 하겠는가?"

부채로 얼굴을 가린 황희가 점잔을 뺐다.

"지금 농민들 비하하는 거냐?"

"그, 그건 아니고. 지금은 민정 시찰 중이라고."

"몇 번이나 말씀 올린 거 같은데 이 마포는 종사관님의 좌포청 구역이 아닙니다요."

"허허허, 이보게, 나라를 지키고 백성의 안녕을 돌보는데, 내 일 네 일이 어디 있겠는가?"

"부채나 치워. 이제 상강이야. 추워죽겠구먼 부채질은."

한기의 핀잔에 황희가 계면쩍게 웃었다.

"개성부에서 심장이 멎어 사망한 자가 여섯이나 나왔다. 개성유수께서 급히 도움을 청하셨어."

"개성유수 아래 군관(장교)만 해도 수백일 텐데, 왜 포청에 도움을 청해?"

한기가 되물었다.

개성부를 다스리는 개성유수는 행정만이 아니라 병영인 관리영(管理營)까지 관할했다. 관리영에는 당상군관(고급

장교)만 50명에 군관이 250명이었다.

"전쟁을 치르거나 도적패를 잡는 게 아니니까."

황희가 당연하지 않냐는, 그리고 안타깝다는 눈길로 한기를 바라봤다.

"그 눈 뭐야?"

"아니야."

"사리 분별 못 한다고 생각하는 거지?"

"아니다."

"솔직히 말씀하시지?"

"아니라니까."

"심장이 멎어서 죽은 이유는 뭘까?"

티격태격하는 두 소년 옆에 조용히 앉아 있던 복희가 입술을 뗐다.

"의생에 따르면 놀라서 심장이 멎었대."

황희가 대답했다.

"아니 얼마나 놀랄 일을 당했다고 사람이 죽어?"

아무래도 한기는 이해할 수 없었다.

"외상도 없고 검시를 해도 아무것도 나오지 않아. 증상은 틀림없이 놀라서 심장이 멎어 죽은 거야."

이리 말한 후 황희는 한기를 노려봤다.

"그 눈 뭐야?"

"놀라서 죽었대."

"그런데?"

"사람이 사람 보고 놀라 죽지는 않지."

황희가 대답했다.

"요괴일 확률이 높은 거네."

복희가 덧붙였다.

"아무렴."

한기는 황희가 찾아온 까닭을 깨달았다. 개성의 사건에 요괴가 개입되어 있을 확률이 높았기 때문이다.

'아니, 틈만 나면 나한테 비벼?'

"나 무서운 거 진짜 무서워해. 왜? 무섭거든. 그리고 내가 포도청 하인이냐?"

한기가 황희를 노려보며 단호히 말했다.

"아니지."

"그런데 왜 틈만 나면 나 부려먹으려고 해?"

"너 군대 갈래?"

황희의 입꼬리가 슬그머니 올라간다.

"군대라니?"

한기의 눈빛이 흔들렸다.

"너, 노비 아니잖아. 조선은 기본적으로 노비 빼고는 16세 이상이면 누구나 군역을 해야 하는 거 몰랐냐?"

"너, 너, 너, 너, 넌?"

"고산자한테 배웠냐? 말 더듬는 거?"

"너, 너도 노비 아니잖아."

"난 현직 관리. 관리는 면제야."

황희의 입꼬리가 많이 올라간다.

"너 군역 하라고 명령 떨어졌어. 보따리나 잘 싸둬. 군대 가게."

황희가 덧붙였다.

"군포로 내면 되잖아."

군포는 현역 복무를 하지 않는 대신에 부담하는 세금이다. 보통 베, 즉 포(布)로 냈기 때문에 군포라고 불렀다.

"현역이 너무 부족해서 안 된대. 특히 넌."

"누가?"

"병조판서가!"

"아니 무슨 병조판서가 나를 걸고넘어져?"

"그러게나 말이다."

황희가 능청스럽게 말했다.

"안 되는데…… 이제 좀 요괴상점이 자리를 잡아가는

데……."

"뭐든 예외적인 경우가 있지."

"뭐, 뭔데? 예외적인 경우가?"

한기가 다급하게 물었다.

긴장한 한기를 보는 복희는 이제 거의 웃음을 터뜨릴 지경이다.

"군역만큼이나 중요한 나랏일을 정기적으로 돕는다면 당연히 포도대장 영감이 군역에서 빼주겠지."

"정, 정기적으로? 얼, 얼마나?"

"그야 딱 잘라 말할 수는 없겠다. 하지만 가끔 포도청의 종사관이 부탁하는 일을 도와준다면……."

한기가 참지 못하고 평상에서 벌떡 몸을 세웠다.

"가! 나 군대 가! 가면 되잖아! 나를 뭐로 보고 능구렁이 같은 종사관 놈!"

한기는 씩씩대더니 한성요괴상점으로 턱턱 걸어간다. 그의 등 뒤에서 황희가 소리를 높인다.

"눈발 날리는 차디찬 북방에서 돌 캐서 성 쌓는 것도 좋은 경험이 되겠다, 친구."

"하하하."

참다못한 복희의 흥겨운 웃음소리가 거리를 물들였다.

개성 남부 국화방.

조선에서 손꼽히는 큰 고을 개성에서도 남자답기로 손꼽히는 강용호는 마당의 물독에 얼굴을 박고 벌컥벌컥 물을 들이켰다. 밤새워 마신 술로 목이 타들어가는 듯했다.

"크하. 시원하니 좋구나!"

강용호는 젖은 수염을 손으로 털어내며 소리쳤다.

그는 오늘 개성 십자로에서 열리는 씨름판에 나설 생각에 잔뜩 흥분한 상태였다. 최근 그와 더불어 개성의 대표 씨름꾼이라고 할 수 있는 가배을구가 의문사하는 바람에 이번 씨름판의 우승은 따놓은 당상이었다.

"허허, 돼지가 한 마리 걸렸지? 팔아서 겨울옷 한 벌 사고 남은 돈은…… 응?"

그제야 강용호는 흙담장 너머에서 얼굴만 쏙 빼고 자신을 바라보는 여인을 발견했다.

살빛은 희고 광채가 나면서 흉터나 잡티가 일절 없었다. 검은 머리는 숱이 많았고, 붉은 입술에 적당한 살집이 붙은 얼굴이었다. 그야말로 신윤복의 〈미인도〉에서 튀어나온 듯한 미인이었다.

강용호는 어깨에 단단하게 힘을 주고 목을 빳빳하게 뽑아 올리며 그녀에게 묻는다.

"어디 사는 누구시오?"

"개성 두문동 출신입니다."

여인은 눈웃음을 치며 간드러지게 말했다.

강용호는 애간장이 녹아내리는 것 같았다. 흥분한 사내의 맥박이 빨라졌다.

"후후, 한데 어째서 담 밖에서 이녁을 훔쳐보고 있소?"

"아이, 참. 강 자 용 자 호 자를 쓰시는 어른이 담력이 세고 용기가 높다고 장안에 칭찬이 자자하더이다."

"그야 물론이지! 귀신도 나를 놀라게 할 수 없고, 송악산 호랑이도 나를 떨게 할 수는 없지."

강용호는 호기롭게 가슴을 펼쳤다.

"호호호. 역시 대단하세요. 그러한 담력과 용기라면 못 하시는 게 없겠네요?"

"아무렴. 내가 못 하는 게 있으면 그건 조선의 어떤 사내도 할 수 없지."

"너무나 대단하세요. 호호호."

여인은 흡족한 듯 더욱 간드러진 미소를 흘렸다.

"뭐 시간이 나면 이리 와서 이 강 자 용 자 호 자 어르신의 무용담을 들어보지 않겠나? 마침 마시다 남은 술도 몇 병 있고 말이야."

"호호호. 그럼 실례해도 되겠습니까?"

강용호는 상체가 들썩이도록 크게 고개를 끄덕였다. 그는 휙 돌아서서 사내다운 큰 걸음으로 방 안으로 들어간다. 그리고 방문 밖, 담장 위로 얼굴을 내민 아름다운 여인에게 뻥뻥 큰소리를 친다.

"내, 방 안에서 자네를 기다리고 있겠네."

탁. 강용호는 방문을 닫았다. 그런 다음 다급하게 구석으로 물린 술상을 방 가운데 놓고 더러워진 잔을 소매로 닦아냈다.

"어르신 들어가도 될까요?"

방문 밖에서 눈이 녹는 듯한 여인의 목소리가 흘러들어 왔다.

"물론이다."

강용호가 대꾸하자 부드럽게 방문이 열렸다. 마루에 놓인 여인이, 아니 여인의 머리통이 보였다. 몸통도 팔다리도 없는 머리통에서 눈이 깜빡, 입술이 호호 웃고 있다. 여인의 머리통이 데굴데굴 구르며 문턱을 넘어서 방 안으로 들어왔다.

"으아아아!"

강용호는 그 자리에서 까무러쳤다.

"흥, 순 거짓말이었군."

머리통은 다시 데굴데굴 굴러 방을 빠져나갔다.

한기와 황희를 태운 두 마리 갈색 말은 조선 제1의 길, 한양과 의주를 잇는 의주로를 달렸다. 말들은 늦가을 날씨에도 곧 허연 입김을 토해냈다. 한양과 개성의 중간 지점인 파주를 지나 개성유수부에 도착한 황희와 한기는 개성유수의 환대를 받을 틈도 없이 곧장 사건이 발생한 개성 남부 국화방으로 달려갔다.

죽은 지 두 시진(네 시간)도 되지 않은 강용호가 입을 벌린 채 동공을 치켜뜨고 쓰러져 있었다.

그 옆에는 술상이 놓여 있었는데 어찌나 오랫동안 많은 양을 마셨는지 방 안에 술 냄새가 가득했다.

"어찌 된 일인가?"

황희가 먼저 와 있던 율관과 오작사령에게 물었다. 그들은 황희를 향해 머리를 조아렸다.

"포청에서 오신다는 종사관님이시군요. 또 똑같은 죽음입니다."

법률을 담당하는 율관이 공손히 대답했다.

"심장마비란 말인가?"

"그러하옵니다. 심장마비로 인한 돌연사가 확실합니다."

오작사령이 더 깊이 머리를 조아리며 대답했다.

황희는 방바닥에 길게 드러누운 강용호를 내려다봤다. 머리가 크고 목이 굵고 장딴지가 튼실했다.

"말이 되는가? 이만한 장정이 갑자기 심장마비라니."

"저희도 참으로 이해가 되지 않습니다. 최근 계속 이런 일이 벌어지니……."

"죽은 자들이 하나같이 덩치가 좋고 힘깨나 쓰는 장정들입니다. 종사관님 말씀처럼 이렇게 멀쩡한 사내들이 심장마비라니 이해가 가지 않습니다요."

"미치고 팔짝 뛸 노릇이겠네요."

한기가 대꾸했다. 그는 죽은 강용호의 머리맡에 쪼그려 앉아 시체의 얼굴을 빤히 내려다보고 있었다.

"바로 그렇습니다. 한데 그쪽은 누구신지……."

"특별 검사관 최한기라고 해요. 뭐, 특검이라 부르면

돼요."

한기가 율관을 올려다보며 씩 웃었다.

"특검님이 보시기엔 어떻습니까요?"

대번에 굽신거리며 율관이 물었다.

"그거예요."

"네?"

한기가 알 수 없는 대답을 했다.

"그거요?"

"네. 그거예요, 그거."

한기가 역시 아리송한 말을 했다.

"그거라네요."

"네. 그거인 모양이에요."

그것이 뭔지도 모르면서 율관과 오작사령이 그래도 그것인가 보다 하고 멍청하게 머리를 끄덕였다.

"여러분도 건장한 사내들이 놀라서 죽어나가니 참 곤란했겠어요."

율관과 오작사령이 동시에 머리를 크게 주억거렸다.

"예. 특검님의 말씀처럼 정말 미치고 팔짝 뛸 노릇입니다."

"개성유수께서는 한시바삐 원인을 밝혀내라는데 놀라

죽은 게 원인인데 다른 원인이 어디 있겠습니까."

오작사령의 한탄에 율관이 난처한 자신들의 처지를 설명했다.

"이제 걱정 마요. 이 특검이 개성에 떴으니까. 은장도 좀 줘봐."

한기는 자신만만하게 황희에게 손을 내밀었다.

황희가 허리춤의 은장도를 건네자 한기는 느닷없이 시체의 옷고름을 잘랐다.

"이 윗도리 고름 좀 가져갈게요."

"앗! 증거물을 훼손하면 안 돼요."

오작사령이 아주 놀라서 소리쳤다.

"벌써 잘랐는데요? 게다가 심장마비라면서요? 이게 무슨 심장마비 증거예요."

한기가 옷고름을 오작사령 앞에 내밀어 흔들었다.

"그, 그래도 사건이 엄중한데……."

한기가 옷고름을 말아 쥐고 일어섰다.

"대신 골치 아픈 문제 해결해 줄게요."

"저기 그럼 원인은……."

"말했잖아요. 그거라고."

"아, 그거. 그런데 그게 뭐죠?"

율관이 되물었다.

"그렇다면 그거?"

황희가 물었다.

"맞아. 그거."

한기가 대답했다. 범인이 요괴라는 의미였다.

죽은 강용호의 집을 나서며 황희가 물었다.

"그런데 옷고름은 어디에 쓰려고?"

"냄새가 완전히 날아가기 전에 확인해야 해. 희미하게 남아 있지만, 그들이라면 충분해."

"그들이 누군데?"

"귀신 개. 귀구. 냄새는 원래 개 코가 잘 맡잖아."

"그런 요괴도 있었구나."

"응. 요괴상점에서 잘 주무시고들 계시지."

"사람을 놀라게 해서 죽이다니 대체 어떤 요괴야?"

"요괴가 인간 사회에 관여하는 이유는 대략 다섯 가지지. 존재, 갈망, 약속, 은혜, 원한이야. 존재 자체가 인간과 연관이 있거나, 간절히 원하는 게 있거나, 인간과의 약속이 있거나, 아니면 은혜를 갚으려 하거나 사무친 원한이 있거나. 이번 경우는 원한이 아니면 갈망이겠지."

한기가 설명했다.

"원한이네."

황희가 확신에 차서 말했다.

"단정 짓지 마."

개성을 둘러싼 나성 안의 십자로. 고려 때는 전국에서 가장 복작대는 장소였다. 말하자면 조선의 종루 운종가와 마찬가지. 비록 고려 시절에 미치지는 못했지만 지금도 많은 개성 사람이 십자로를 지나가고 있다.

십자로의 한 중간. 소년 둘과 두 마리의 개가 섰다. 한기, 요괴 애체를 쓴 황희, 붉은 점박이 귀신 개 적구와 검은 점박이 귀신 개 흑구였다.

한기는 죽은 강용호의 옷고름을 꺼내 내밀었다. 킁킁. 귀구들이 냄새를 맡았다.

— 큭, 찌든 땀 냄새, 살 냄새, 총각 냄새다.

— 술 냄새도 진하다. 윽. 코가 썩는다.

"아니, 그건 죽은 남자 냄새고. 그거 말고 요괴의 냄새가 남아 있을 거야."

한기가 설명했다.

킁킁 재차 냄새를 맡은 후 귀구들이 말했다.

– 여자 요괴다. 향기가 좋다.

– 냄새가 아프다.

"요괴를 찾아낼 수 있겠어?"

– 당연하다.

– 우리는 귀구다.

귀구들은 굵고 튼튼한 목을 세우고 동서남북으로 뻗어
나가는 길에서 불어오는 냄새를 맡기 시작했다.

약 일각(15분)이 흘렀다. 개성의 공기에 적응한 흑구와
적구가 남쪽으로 뻗은 길을 향해 동시에 킁킁 킁킁 빠르게
콧구멍을 움직였다.

– 찾았다.

– 여자 요괴의 냄새다.

"자, 그럼 가볼까?"

한기가 외치는 순간, 귀구들이 움직임을 멈췄다.

"왜 그래?"

– 이쪽에서도 냄새가 나.

흑구가 서쪽을 향해 콧구멍을 벌렸다.

– 이쪽에서도 냄새가 흘러와.

적구가 북쪽을 향해 킁킁거렸다.

"설마 요괴가 셋이었어?"

황희가 귀구들의 움직임을 보고는 한기에게 물었다.

"그럴 리가."

– 동쪽 길에서도 요괴의 냄새가 난다.

흑구와 적구가 동시에 외쳤다.

"뭐야? 동서남북 십자로의 모든 길에 요괴가 있다는 소리잖아."

"이럴 때가 아냐. 어물쩍대다가 놓치겠다. 나는 이 길로 가지."

등에는 활을 메고 허리의 띠돈*에는 환도를 찬 황희가 빠르게 남쪽 길로 걸음을 떼며 말했다.

"조심해. 요괴는 힘으로 싸우는 게 아냐. 기운이다."

한기가 주의를 줬다.

"걱정 마. 나도 기라면 만만치 않아."

황희가 힘껏 땅을 박차고 달렸다.

"위험하면 신호탄을 올려."

한기가 소리쳤다.

황희가 알겠다고 손을 높이 들고 흔들었다. 그는 어느

---

* 무기나 노리개 같은 장신구에서 자주 보이는 연결 도구이자 장식품

새 남쪽 길 끝으로 사라지고 있었다.

"자, 그럼 흑구는 동쪽 길로 가봐. 적구는 서쪽 길이야.
요괴가 나타나면 꽉 물어서 이곳으로 데려오면 돼."

– 알겠다, 최한기.

– 접수 완료.

흑구와 적구가 요괴 냄새를 쫓아 바람처럼 달려나갔다.

"좋아. 나는 이 길로 가볼까."

한기는 북쪽을 향해 움직였다.

가장 먼저 멈춰 선 것은 십자로의 동쪽 길을 달리던 흑
구였다. 흑구는 붉은 눈알을 빛내며 길 한쪽에 서 있는 달
구지로 걸어갔다.

달구지 안에서 옷고름에 묻은 요괴의 냄새가 진하게 흘
러나왔다. 흑구가 경계를 늦추지 않고 달구지 위로 얼굴을
내밀 때였다.

덜컹. 달구지가 흔들리면서 난데없이 팔 한 짝이 튀어
올랐다. 비단옷을 걸친 여인의 오른팔이었다. 하얀 손끝에
길고 예쁜 다섯 개의 손가락이 달려 있었다.

흑구는 전혀 놀라지 않고 눈앞에서 좌우로 흔들리는 오
른팔을 쳐다봤다. 오른팔은 마치 살아 있는 듯 다섯 손가

락을 쫙 펼쳤다가 숫자를 헤아리듯 한 개씩 접더니 다시 활짝 펼쳤다.

– 어쩌라고?

흑구가 시큰둥하게 반응했다. 그렇게 흑구가 무서워하지 않자, 오른팔은 허공으로 솟아올라 도망치기 시작했다.

– 어딜 감히.

흑구는 순식간에 수십 명의 사람을 태울 만큼 커다래졌다. 그러고는 하늘로 껑충 뛰어 도망가는 오른팔을 덥석 입안에 집어넣었다.

흑구의 입에 갇힌 여인의 오른팔은 도망치려고 입천장과 입안을 배회하다 흑구가 혓바닥으로 돌돌 말자 그제야 얌전해졌다.

서쪽 길의 적구는 왼쪽 팔다리를 만났다. 물론 적구도 이것들을 전혀 무서워하지 않았다.

비단신을 신은 왼쪽 다리는 탁탁탁 빠르게 길을 뛰어 도망치고, 왼팔은 덤불 속에 가만히 숨을 죽이고 숨어 있었다.

적구는 왼팔을 입에 물고, 앞다리로 왼쪽 다리를 힘껏 눌러 제압했다. 귀구의 괴력 앞에 왼쪽 다리는 삶은 나물처럼 풀이 죽었다.

"이, 이게 대체 뭐야?"

황희는 눈으로 본 광경을 믿을 수가 없었다.

참나무 위에서 툭 떨어진 것은 다름 아닌 쪽 찐 여인의 머리였다. 몸통도 팔다리도 없는 오직 머리통이었다. 그 머리통이 살아 있는 듯 눈을 껌벅거리고 입을 놀리고 코를 벌렁거렸다.

"안녕? 잘생긴 도련님."

심지어 말까지 했다. 그러더니 여인의 얼굴이 흙바닥을 공처럼 구르며 다가왔다. 데굴데굴. 데굴데굴.

"으아!"

황희는 혼비백산하여 도망치기 시작했다.

한기는 지붕을 타고 도망 다니는 오른 다리를 쫓고 있었다. 치맛자락을 펄럭거리며 달아나는 오른 다리는 아주 빠르고 영리했다. 만약 오른 다리를 행인들이 볼 수 있다면 틀림없이 그 자리에서 까무러쳤을 것이다.

한기가 기어코 오른 다리를 정의봉으로 쓰러뜨리고 손에 쥐었을 때는 황희가 백묵처럼 하얗게 질려서 남쪽 대로를 휩쓸며 달리는 중이었다.

황희 뒤에는 데굴데굴 여자의 머리통이 굴러간다. 게

265

다가 어느새 나타난 여인의 몸통이 통 통 통 흙바닥을 튀어 오르며 따라붙고 있었다. 비단 저고리에 배자(조끼)까지 잘 차려입었다.

'으아! 머리와 몸통이 따로 떨어져 쫓아오다니 너무 기 괴하구나! 차라리 두억시니 꿈이 낫다!'

황희가 속으로 비명을 지르던 바로 그때였다.

슉. 여인의 머리통과 몸통이 동시에 허공으로 솟아올 랐다. 그런 다음 허공에서 몸통 위에 머리통이 딱 달라붙 었다. 팔다리가 없는 여인이 허공에 떠서 황희를 내려다 봤다.

"으아!"

십자로 한가운데에 보자기처럼 엎어져 괴성을 지르는 황희를 보면서 한기가 코웃음을 쳤다.

"가지가지 해요."

개성 시내를 둘러싼 나성의 한적한 성벽 아래.

사지를 다 갖춘 여자 요괴가 공손히 절을 했다.

"귀인들을 뵈옵니다."

여자 요괴의 몸에서 절단 부위가 또렷하다.

여전히 두려움에 떨면서 황희가 한기에게 묻는다.

266

"저 요괴는 대체 뭐야?"

"홍만종이 쓴《명엽지해(蓂葉志諧)》에 기록된 요괴다. 몸이 여섯 조각으로 분리되어 각자 움직이지. 그러다 여섯 조각이 붙으면 완전한 하나의 여자가 되기도 한다. 물론 그것이 오래가지는 못한다. 여섯 조각의 여자 요괴라 하여 육편여요(六片女妖)라고 부른다."

"여섯 조각의 여자 요괴라니……. 그런데 왜 절은 하는 거야?"

"그 이유를 지금부터 들어보자."

한기가 육편여요와 눈을 맞췄다.

"귀인께 제 사정을 아룁니다."

육편여요가 울먹이면서 이야기를 시작했다.

"저는 평양의 양반집 아낙으로 10년 만에 개성에 계신 부모님을 뵈러 왔다가 살인을 당했습니다."

"누가 그랬는데?"

"황금빛의 돼지 얼굴 요괴였습니다."

"금저(金猪)!"

한기가 부르짖듯 말했다. 금저는《요괴화첩》에 실려 있는, 한기가 꼭 잡아 가둬야 할 요괴였다.

"돼지 얼굴 요괴가 무슨 이유로 멀쩡한 아낙을 토막 내

죽였단 말이오?"

황희가 용기를 내어 물었다.

"제가 희한한 광경을 보았기 때문입니다."

"어떤 것이오?"

"그 돼지 요괴가 수많은 시체를 되살리는 걸 우연히 보게 되었습니다."

"시체를 살린다고?"

황희가 부르르 몸을 떨었다.

"네. 저희 부모님이 개성 인근에 몇 개의 산을 소유하고 계십니다. 그중 특히 경관이 수려한 산이 있습니다. 어릴 적 동무들과 놀던 추억이 있어 옛 생각을 하며 찾아갔었습니다. 그런데 그곳에서 돼지 얼굴의 요괴가 수백 구의 시체를 땅에 널어두고 주문을 외우더니……."

"시체가 살아났다?"

한기가 말했다.

"네. 그러합니다. 손과 발이 검고 동작이 매우 부자연스러웠습니다."

"혹시 시체가 무슨 소리를 하지는 않았어요?"

한기가 물었다.

"네. 재차의(在此矣)라고 읊조리는 듯했습니다."

"재차의?"

황희가 한기를 돌아봤다.

"'여기 있다'는 뜻이다. 심재의 《송천필담(松泉筆談)》과 성현의 《용재총화(慵齋叢話)》에 기록된 흑수흑족이다. 자신의 죽음을 인정하지 못하고, 여기 살아 있다고 나를 알아 달라며 '재차의'라는 말을 읊고 다니는 요괴다."

"윽, 시체가 살아나서 돌아다니다니 생각만 해도 끔찍하군."

"문제는 그게 아니야."

한기가 심각한 얼굴로 말을 잇는다.

"흑수흑족은 이승에 미련이 많은 자가 요괴가 된 것이다. 하지만 육편여요가 본 것은 강제로 흑수흑족을 만들어 내는 것이었다."

"금저라는 요괴가?"

"그래. 황금 돼지 금저는 매우 까다로운 요괴지. 강한 데다 똑똑하거든."

"또 그곳에서 불덩어리를 타고 온 요괴도 보았습니다."

"청목자!"

한기와 황희가 동시에 외쳤다.

"요괴들은 용손의 나라가 지척에 이르렀다며 좋아했습

니다. 또한 그 소리를 내가 들었으니 살려둘 수 없다고 했습니다."

육편여요가 울먹이며 말했다.

한기와 황희는 서로의 얼굴을 보고 무겁게 머리를 끄덕였다. 무거운 침묵이 흘렀다.

"그런데 왜 남자들을 놀라게 해서 죽인 겁니까?"

황희는 이해할 수 없다는 듯 육편여요에게 물었다.

"죽이려고 한 것이 아닙니다. 그들 모두 대장부 중의 대장부라 소문이 났고, 그들 스스로도 자신들은 아무것도 무섭지 않은 사내 중의 사내라고 큰소리치던 자들입니다. 그래서 사지가 나뉜 저를 보고도 놀라지 않을 듯해서 살갑게 다가간 것인데……."

"말하는 것과 다르게 알고 보니 졸보들이었다는 거군."

"그렇습니다. 다만 저는 저의 소원을 들어달라고 부탁하고자 했는데……."

"내가 꼭 금저를 찾아서 복수해주지!"

한기가 큰소리를 쳤다.

"네. 그래 주면 더할 바 없이 감사할 것입니다. 하지만 제가 바라는 건 복수가 아닙니다."

"그럼?"

270

"그 황금 돼지 요괴가 자른 제 몸을 다시 붙여 장례를 치러주길 바랄 뿐입니다."

"아하! 몸이 어디 있는데?"

"제가 살해당한 산에 버려진 오래된 우물이 하나 있습니다. 그 안에 있습니다."

"내 꼭 그대의 몸을 찾아서 제대로 붙여 장례를 치르도록 가족에게 말하겠소. 그러니 너무 걱정 마시오."

황희가 애처로운 얼굴로 육편여요에게 약속했다.

"감사합니다, 귀인님들."

육편여요가 눈물을 닦고 다시 절을 했다.

한양으로 돌아오는 길.

"청목자가 재배한 목인과 금저가 생산한 흑수흑족은 용손을 위한 군대로군."

황희가 뇌까렸다.

"용손이 이 나라를 뒤엎는다는 소문은 점점 더 크게 번지고 있고 말이지."

한기가 덧붙였다.

"이제 모든 것이 확실해졌군."

황희가 굳은 얼굴로 말했다.

"용손이 조선을 접수하려는 거지."

한기가 대꾸했다.

12. 고려 보물의 출현

겨울의 시작, 입동(立冬).[*]

"정말 이 벼락 맞은 대추나무 조각만 있으면 꿈자리가 사납지 않을까?"

뺨에 큰 점이 박힌 중년 처사가 손에 쥔 벽조목을 내려다보면서 물었다.

"그럼요! 겨울이 오고 밤이 길어지니 요괴들이 슬슬 힘을 얻어 처사님을 괴롭히는 겁니다. 그 벽조목을 품고 다

---

[*] 11월 8일경

니면 요괴 따윈 범접하지 못할 거예요."

한기가 헤헤 웃으며 장사치답게 말했다.

"알겠네. 얼마라고 했나?"

"석 냥입니다."

"석 냥은 너무 비싸네. 손가락만 한 나뭇조각이."

"절대로 비싼 게 아니에요. 세상에 벼락 맞은 대추나무가 얼마나 있다고 그러세요."

"그래도 석 냥이면 국밥이 40그릇이 넘네."

중년 처사가 망설였다.

"아니, 그러면 관두세요. 돈 아끼다 명대로 못 살아도 난 몰라요."

한기가 손을 뻗어 벽조목을 도로 집으려 하자 중년 처사는 벽조목을 쥔 손을 얼른 말았다.

"알았네, 알았어. 거참, 어린놈이 성질은."

"귀한 물건은 제값을 쳐줘야 효과가 있어요."

중년 처사가 벽조목 값을 치르고 떠났다.

"한 냥으로 구입했으니, 두 냥 벌었네. 히히. 겨울이 오면서 장사가 꽤 쏠쏠하단 말이야."

한기는 뿌듯한 마음으로 상점 안을 둘러봤다. 이제 누가 뭐래도 어엿한 요괴상점이었다.

벽사의 효력이 있는 호랑이, 처용, 비형랑,* 달마, 관우 등의 그림과 벽조목, 천일염, 팥으로 만든 환약, 요괴함, 복숭아나무로 제작한 부채와 몽둥이 등 다채로운 물건들이 상점에 갖춰져 있었다.

'후후. 거기에다 요즘 최고의 인기를 끌고 있는 천주교 물품까지 있다고. 이만하면 제대로 된 요괴상점이 아니겠어?'

"그런데 이 녀석 또 나갔네."

한기는 상점 문을 열고 길 이쪽저쪽을 살피더니 못 말리겠다고 머리를 설레설레 흔들었다. 고산자가 아침을 먹자마자 사라진 것이다. 지도를 그리러 외출하는 것이다.

고산자의 발길이 닿는 곳은 마포만이 아니었다. 인근의 용산, 서강, 양화진부터 도성 안의 골목골목, 강 건너 노량진과 흑석진, 더 가서는 광주 송파까지 꼭 바람이라도 난 것처럼 싸돌아다녔다. 게다가 혼자가 아니었다. 앞집의 당나귀 당당이와 고양이 묘묘가 제법 훌륭한 길동무가 되어주었다.

---

* 　신라 진지왕의 혼령이 잉태시켰다는 아들

복희는 셋이 떠날 때마다 당당이의 등에 먹을거리를 싸서 달아주었다. 당당이는 당근, 묘묘는 말린 생선, 고산자는 주먹밥이었다. 셋은 한참을 돌아다니다 배가 고프면 아무 데나 퍼질러 앉아 복희가 싸준 음식을 먹으며 휴식을 취했다. 요괴와 당나귀와 고양이의 여행이었다.

"천지현황 우주홍황 북두칠성을 가진 해동용손은 살아 계신 천자이시니, 하늘을 보좌하여 교화를 펴신다."

마침 장 보러 온 아낙들이 주문을 외우며 지나갔다.

한기는 순간 온몸의 솜털이 곤두섰다. 간신히 침을 삼키며 주문에 귀를 기울였다.

"천지현황 우주홍황 북두칠성을 가진 해동용손은 살아 계신 천자이시니, 하늘을 보좌하여 교화를 펴신다."

'틀림없이 북두칠성을 가진 용손이라고 외우고 있어!'

그때 철물전 수레 밑의 어둠 속에서 처녀 귀신이 웅얼거리는 소리도 들려왔다.

"천지현황 우주홍황 북두칠성을 가진 해동용손은 살아 계신 천자이시니, 하늘을 보좌하여 교화를 펴신다."

한기는 대로로 달려 나갔다.

천지현황 우주홍황

북두칠성을 가진 해동용손은 살아계신 천자이시니,

하늘을 보좌하여 교화를 펴신다.

주문은 마치 공기처럼 장터 어디서나 끝없이 흘러 다니고 있었다.

며칠 후, 한기와 고산자는 주막의 가장 큰 객방인 봉놋방에 앉아 장국밥과 녹두전을 시켰다. 그때 문득 봉놋방 안쪽에 상을 편 행상들의 목소리가 귓속을 파고들었다.

"솔직히 우리야 누가 임금이든 뭔 상관이란 말인가?"

주걱턱 약초상이 낮게 부르짖었다.

"맞지."

들창코 방물장수가 동의했다.

"아니, 차라리 내가 임금이 되어 이 나라를 다스리면 지금보다 못할까?"

"자네 지금 무슨 헛소리인가?"

친구의 막말에 놀란 방물장수가 주변을 둘러보다 한기와 눈이 맞자 곤란한 표정을 지었다.

하지만 약초상은 상관없다는 듯 계속 말한다.

"솔직히 그렇지 않나? 고려 태조 왕건은 장사치의 아들이었고, 조선 태조 이성계는 심지어 동북 여진족이라는 소문이 있지 않은가? 내가…… 읍. 읍."

방물장수가 손을 뻗어 친구의 입을 틀어막았다.

"그만하게. 자네 술이 좀 됐네."

방물장수는 당황해서 다시 한번 주위를 둘러봤다. 관아로 이런 말이 흘러갔다가는 함께 있는 자신만이 아니라 일가친척 모두가 목이 잘려나갈 소리였다.

"하여튼 최근 떠도는 소문이 심상치 않은 것은 틀림없네. 정말 용손이란 자가 나타나 이 땅에 천국을 세운다고 믿는 자들이 갈수록 늘어나고 있으니……."

'나타나기만 해라, 용이건 용의 핏줄이건 간에.'

한기가 어금니를 꽉 다물었다.

우걱우걱. 이러든 저러든 고산자는 장국밥을 들이붓다시피 입에 집어넣고 있었다.

"하루 종일 어딜 싸돌아다녀?"

"히히. 지도 그리려고요. 복희 누나가 더 추워지면 못 돌아다닌데요."

"넌 상관없잖아?"

"당당이랑 묘묘가 춥대요."

"셋이서 팔자 좋다."

"예."

고산자는 히죽 찢어질 듯 입을 벌렸다.

"종이는 안 필요해? 복희가 준 종이 다 쓴 거 같던데?"

"복희 누나가 또 사줬어요."

"잘됐네. 그럼 난 족제비 꼬리털로 만든 황모필을 사줘?"

"진, 진, 진, 진짜요?"

"왜 좋으냐?"

한기가 기분 좋게 웃었다.

"족제비 꼬리털로 만든 붓이 최고예요!"

"묵호(墨壺)*도 사줄까?"

"와아!"

감탄하던 고산자가 문득 단추 눈알을 빠르게 감았다 뜬다.

"형."

"왜?"

---

*   휴대용 먹물통

고산자가 짧고 굵은 팔을 내밀어 한기의 손을 잡았다.

"별안간 왜 이래?"

"너무 걱정 마요."

"무슨 걱정?"

"내가 상점 잘 볼게요."

"무, 무슨 소리야?"

"군대 가는 거죠? 복희 누나도 잘 감시할게요."

"이, 이게 정말. 그, 그리고 복희는 왜 감시해!"

"사람들이 그러는데 시간은 결국 흘러가게 마련이래요. 군대에서는 아주 느리게 흐른다지만."

"그만해!"

한기가 고산자의 이마에 꽁 꿀밤을 먹였다.

"나 군대 안 가. 개성 사건까지 해결해줬는데 내가 왜 가?"

"아니면 갑자기 이렇게 친절해질 리가 없잖아요."

고산자가 다시 숟가락을 들고 장국밥에 쑤셔 넣으며 아무렇지 않게 대꾸했다.

"좋아서 그렇다. 됐냐?"

한기가 고산자를 보면서 투덜댔다. 고산자가 장국밥에 떨어뜨렸던 시선을 한기에게로 옮겼다.

"또 왜 그렇게 봐?"

"형은 고산자가 그림 그리는 거 좋아요?"

"그, 그, 그래. 동생 그림 그리는 게 뿌듯하다."

사랑 고백이라도 하듯 한기는 더듬댔다.

"히. 더 열심히 할게요."

"응. 필요한 거 있으면 말하고."

한기가 큼 하고 괜히 목청을 가다듬었다.

"동생 그림 그리는 게 뿌듯하다."

난데없이 고산자가 한기의 말을 따라 했다.

"왜 따라 해?"

"좋아서요. 동생 그림 그리는 게 뿌듯하다!"

고산자가 숟가락을 코앞에 세우고 흔들었다.

그때였다. 봉놋방 문이 열리더니 두꺼비처럼 생긴 남
자가 쑥 들어섰다. 눈알이 작고 뺨이 불룩하고 귀가 하나
없는 짝귀였다. 그는 한기를 보며 씨익 웃었다.

"앞집 미인께서 여기 가보라더니 족집게일세."

"짝귀 아저씨."

한기가 반갑게 대했다.

"주모, 여기 더덕구이에 탁배기 한 되 내오게. 신수가
훤하구먼. 뭐, 너는 어릴 때부터 생긴 건 서럽지 않았지."

짝귀가 머리를 주억댔다.

"한동안 안 보이더니 잘 지내셨어요?"

한기가 물었다.

"뭐 하루 잘 지내고 하루 못 지내고 했지. 그런데 이건가? 중국 사천에서 온 말하는 곰이라는 게?"

짝귀는 의미심장한 미소를 달고 고산자를 노려봤다.

"안, 안, 안, 안녕하세요. 판다 고산자입니다."

고산자가 둥근 머리를 푹 숙여 인사했다.

"아니, 왜 그러세요. 다 보이면서."

"하하하. 그래, 그래. 그런데 어쩌다 인간 마을에서 살게 되었나? 이런 게 인간과 함께 섞여 사는 건 못 본 거 같은데?"

"네?"

고산자가 놀라서 입술을 오므렸다.

"짝귀 아저씨도 엽괴야. 요괴를 볼 수 있다고."

"뭐 나는 엽괴 일보다는 엽괴들에게 정보를 팔거나 이물 수집을 주로 하지만."

"와아, 그럼 전국을 돌아다니겠어요?"

고산자가 크게 감탄하며 물었다.

"응? 그래. 어쩐지 부러워하는 거 같다?"

"네. 고산자 소원이 전국을 돌아다니는 거예요."

고산자가 들떠서 대답했다.

"요괴가 떠돌고 싶으면 떠돌면 되지. 망설일 거 있나?"

짝귀가 머리를 갸웃했다.

"아직 준비가 끝나지 않았어요."

고산자가 비장하게 작은 눈알을 부릅떴다.

"무슨 준비?"

"지도 만들 준비요."

"요괴가 지도를? 무슨 지도?"

"복희 누나가 우리나라 대동의 지도를 그려보랬어요."

"요상한 일이로다. 요괴가 지도라니……."

"형도 동생이 그림 그리는 게 뿌듯하대요."

고산자가 밝게 소리쳤다.

"그건 그렇고, 짝귀 아저씨는 지금까지 어디 계셨던 거예요?"

"그러고 보니 마포는 네가 상점을 맡은 달에 오고 처음이로구나. 어떠냐? 상점은 좀 나아졌고?"

"하하하. 내가 누구예요! 물건도 많이 갖추고 이제 어엿한 요괴상점이라고요."

"그거 잘됐구나."

"그 주문 아세요? 천지현황 우주홍황 북두칠성을 가진 해동용손은 살아계신 천자이시니, 하늘을 보좌하여 교화를 펴신다."

"왜 모르겠어. 조선이 그 주문에 덮여 있는데."

"요괴도 외우고 있어요."

한기가 낮게 속삭였다.

"그래 안다. 용손이 퍼뜨리고 있는 거지."

"그런데 용손, 그놈이 진짜 있어요?"

"있다."

짝귀의 얼굴이 비장해졌다.

"보셨어요?"

"나는 보지 못했고 봤다는 요괴들을 만났다. 은발을 허리까지 늘어뜨린 미남자의 모습이었다고 한다. 온몸에서 광채가 뿜어져 나온다고도 하고."

흥 하고 한기는 콧방귀를 뀌었다.

'광채 좋아하시네. 광기겠지.'

"최근 한 가지 소문이 있는데 알아?"

"무슨 소문요?"

"보물이 나타났다."

"네?"

"고려가 멸망하면서 사라진 왕실 창고 소부시(小府寺)의 보물이 서해의 섬에 있다는 소문이야. 대장경판, 청자, 불화, 금관……. 하나하나 그 값어치를 따질 수조차 없는 보물이다."

"정말요?"

"지금 조선의 모든 엽괴가 그 소문에 열광하고 있어."

"서해의 섬, 어디에 나타났대요?"

"강화와 연평도 사이에 위치한 말도(末島) 옆의 수중 섬."

"수중 섬이라고요?"

"평소에는 물에 잠겨 있다가 보름날에만 물 위로 떠오른다는구나."

"이번 보름에 난리가 나겠네요."

전국의 엽괴들이 몰려갈 것이 분명했다.

"그래. 떠들썩하겠지."

잠시 생각에 잠겼던 한기가 입술을 열었다.

"아마 미끼겠군요."

짝귀는 막걸리를 쭉 들이켜고 더덕구이를 한 점 먹었다. 그리고 다시 막걸리 한 잔을 마셨다.

"그래. 느닷없이 나타난 보물은 엽괴들을 꾀어내기 위한 누군가의 계획이겠지. 그 자는 아무래도 용손일 테고."

짝귀가 머리를 연신 주억거리더니 말을 이었다.

"하지만 막상 생각해보면 어떻게 할 방법이 있는 것도 아니다."

"네. 그렇죠."

한기가 대꾸했다.

먼저 고려 왕실 보물이라고 하면 신선이라도 욕심이 생길 터, 추측만으로 그걸 찾으려는 자들을 막을 수는 없었다. 의심이 가도 유혹이 너무 크기 때문이다. 게다가 혼자서 보물을 독차지하려는 자가 일부러 함정이라며 거짓 소문을 퍼뜨렸다고 여길 가능성도 컸다.

그러니 부귀영화를 누릴 보물이 나타났다는데 누가 이 소문에 귀를 닫고 눈을 감겠는가?

"엽괴들은 하나같이 스스로 최고라고 자부하는 자들이야. 설사 용손의 함정이라고 해도 결코 물러서지 않을 거야. 오히려 용손을 없애고 보물을 차지하겠다고 덤벼들겠지."

"함정이라고 해도 개의치 않을 거란 말이군요."

"너는 어떠냐?"

지금까지 평범했던 짝귀의 눈알에 광채가 돌았다. 그 역시 한 명의 엽괴이기 때문이다.

'피해야 한다.'

한기는 속셈했다. 그러나 피할 수 없었다.

"나는 보물이 목적이 아니에요. 용손, 그 자식 내 원수 거든요. 안 갈 수 없죠."

"방금 전에는 진짜 있냐고 물었지 않나?"

"뭐, 그렇게 됐어요."

깎아지른 바위산이 치솟아 있다. 면적은 넓지 않지만 그 높이는 끝이 없어, 중턱부터는 안개구름에 가려져 보이지 않는다. 몸 하나 의지할 공간 없이 가파르게 깎여 있으니, 길이 있을 리 없다.

그런데 이 바위산의 정상을 향해 올라가는 두 개의 형상이 있다.

하나의 형상은 둥근 불덩어리다. 불덩어리 속에 푸른 눈을 가진 금발의 소인(小人)이 보인다. 사방으로 굴리는 눈알이 초롱초롱 빛나고 양손에는 검은 곡도를 쥐고 있다. 그가 누구인가? 지난날, 희로애락의 얼굴을 가진 목인을 재배했던 푸른 눈의 청목자다. 크르르르르르르. 청목자는 매우 커다란 소리를 내며 불덩어리를 타고 끝없이 높은 바위산의 정상으로 솟아오른다.

다른 하나의 형상 역시 기이하다. 날개가 달려 하늘을 나는 새다. 하지만 처음 보는 새다. 박쥐의 날개에 돼지 얼굴과 돼지 꼬리를 가지고 있다. 더욱 희한한 것은 황금색이라는 것이다. 이 황금 새는 마치 물에 잠긴 물고기를 사냥하듯 하늘 위를 향해 일직선으로 날아 올라간다.

깎아지른 바위산의 정상. 산 밑은 구름에 잠겨 아무것도 보이지 않는다. 그런데 이 한가운데 세 칸짜리 초가집이 보인다. 이엉을 엮어 지붕을 올린 초가는 울타리나 담도 없이 고즈넉하다. 초가 앞에는 바람을 따라 검푸른 물결이 치는 못이 있다.

한 남자가 낚싯대를 드리우고 있다. 백발을 허리까지 늘어뜨린 이목구비가 눈부시게 아름다운 청년이다. 새하얀 피부에 구름처럼 부드러운 미소를 띤 그의 왼손은 단단하고 빛나는 비늘로 덮여 있다. 용의 비늘이다! 그 옆에는 보통의 말보다 세 배는 더 큰, 눈처럼 새하얀 백마가 한가로이 풀을 뜯고 있다.

청목자와 황금 새는 거의 동시에 바위산의 정상에 올라

섰다. 청목자는 불덩어리 속에서 걸어 나와 백발 청년 뒤에 섰다. 황금 새는 푸드덕 날개를 털더니 돼지 요괴로 변했다. 일반 돼지가 아니었다. 《용천담적기(龍泉談寂記)》와 《어우집(於于集)》에 힘과 지혜와 재주가 뛰어나며 술법까지 쓴다고 기록되어 있는 황금 돼지, 금저였다. 금저는 붉은 망토에 황금 활을 등에 메고 있다.

"용손을 뵙습니다."

청목자와 금저가 백발 청년의 등 뒤에서 허리를 숙여 예를 표했다. 백발 청년은 최근 조선 팔도에 하늘의 뜻을 받아 세상을 구원한다는 소문이 퍼지고 있는 용손이었다.

"어찌 되었는가?"

"흑수흑족, 목인 그리고 수중 섬까지 준비는 모두 끝났습니다."

"주군, 조선이 이제 곧 주군의 것입니다. 신령과 요괴는 인간사에 관여하지 않는 게 철칙입니다. 아니 관여한다 해도 주군이 나설 필요 없이 저희가 처리하겠습니다."

금저의 대답에 청목자가 음산한 목소리로 열을 냈다.

"그렇습니다. 조선 태조가 수호신으로 삼은 목멱대왕(木覓大王)*과 진국백(鎭國伯)** 말고는 다른 신령들이나 요괴는 결코 나서지 않을 것입니다."

"설사 어느 신령 놈이나 요괴 놈이 용손의 반대편에 선다고 해도 저희가 처리할 것입니다."

"그렇습니다. 그 누가 감히 용손의 세상을 막아서겠습니까?"

금저와 청목자가 목청을 높였다.

"엽괴 중 가장 까다로운 매화당과 박물군자는 행방이 묘연하고, 다음으로 까다로운 석천 전일상과 묵검은 수중 섬을 안배해뒀으니 이미 죽은 목숨입니다."

용손은 조용히 낚싯대 끝을 응시한다. 그는 뜸을 들여 붉은 입술을 연다.

"매화당과 박물군자는 역시 나타나지 않고 있는가?"

이게 무슨 말인가? 한기의 믿음처럼 용손이 부모를 야반도주하게 한 원수가 아니란 말인가?

"이번 수중 섬에 마련한 고려 보물의 덫에 걸려들지 않겠습니까?"

"설사 아니라고 해도 다른 이들을 처리하면 그들의 힘

---

*   남산
**   백악산

만으로는 용손께 위협이 될 수 없습니다. 아니, 지금 우리의 힘은 그들 전부를 합쳐도 능히 깨부술 수 있습니다."

"청목자의 말이 맞습니다. 다만 단 한 치의 빈틈도 없는 승리를 위해 애를 쓸 뿐."

금저가 확신에 차서 말했다.

낚싯대를 쥔 용손이 비릿한 미소를 지었다.

"나 역시 예상치 못한 일이었다. 조선 최고의 무사 매화당과 조선 최고의 지혜 박물군자가 모습을 감추다니."

"하여튼 희한한 것들입니다. 남편이 아니라 아내가 최고 무사라는 것부터가 종잡을 수 없는 것들입니다."

청목자는 음산한 목소리를 높였다.

"이번 목인 사태의 훼방꾼이 매화당과 박물군자의 아들이라고?"

용손이 물었다.

"네. 한성요괴상점의 애송이입니다. 물론 실험은 이미 성공한 터라 사실상 피해는 없었습니다."

"그놈이 두억시니 풍을 잡은 놈입니다."

청목자의 대답에 금저가 덧붙였다.

"그 부모의 그 아들이라는 건가?"

용손이 뺨으로 흘러내린 백발을 쓸어 넘겼다.

"신경이 쓰인다면 제가 바로 처리하겠습니다."

청목자는 푸른 눈을 번쩍이며 검은 혓바닥으로 입술을 핥았다.

"두어라. 어차피 수중 섬의 덫에 걸릴 게 아니냐. 처리를 하더라도 그때 하면 될 일."

용손의 입술이 희미하게 웃었다. 꼭 좋은 장난감을 찾은 기분이었다.

"주군, 그런데 한 가지 이해하지 못할 일이 있습니다."

"말해보라, 금저."

"어째서 압도적인 힘으로 곧장 한양으로 진군해 임금을 끌어내리지 않고, 조선 팔도를 떠들썩하게 만드시려는 겁니까?"

"힘보다 더 중요한 것이 명분이기 때문이다."

"명분······."

용손은 낚싯대를 거뒀다. 바늘과 실이 달리지 않은 빈 낚싯대다. 그는 천천히 돌쩌귀에서 몸을 일으켰다. 윗도리를 벗어던지고 다시 치마를 내렸다. 발가벗은 그의 조각 같은 몸이 햇살을 받아 빛난다.

용손은 천천히 못으로 걸음을 옮긴다. 그의 희고 탄탄한 허벅지에 박힌 일곱 개의 푸른 점이 눈에 띈다. 한기가 찾고 있는 북두칠성의 문양이다. 그의 몸이 어느덧 못 안으로 잠긴다. 금저와 청목자, 두 요괴는 그저 깊이 허리를 숙일 따름이다.

13. 작별의 마음

　　입동(立冬)*과 소설(小雪)** 사이. 기온은 훅 떨어졌지만 한기는 늘 그렇듯 새벽의 마당에 섰다. 손에는 정의봉이 들려 있었다.

　　최근 한기는 새로운 경지에 오르기 위해 맹연습 중이었다. 용손이 청목자와 금저를 수하에 두었다면 그 고강함은 이루 말할 수 없을 터. 지금보다 더 강해져야만 했다.

첫째는 기법과 기법을 자연스럽게 연계하는 것.

둘째는 각 기법의 정수를 터득하는 것이었다.

'내가 기법을 펼치는 게 아니라 기법이 나를 펼친다.'

한기는 강함의 요체를 다시 한번 속으로 되까렸다. 간단히 말해, '텅 빈 마음' 되기였다. 강해진다는 것은 가득 채워 단단해지는 게 아니라, 비워서 부드러워지는 것이다.

"나는 법의 도구일 뿐이다."

이윽고 한기는 자신의 열 가지 기법을 펼쳐나간다.

'장사타병!'

'여인격봉!'

'소년채집!'

'청년축구!'

'첨지시침!'

'가축철수!'

'광대곡예!'

'장사부감!'

'정학속검!'

'산군포효!'

한 차례 기법을 펼쳐내고, 고개를 흔들었다.

'아직 멀었다. 역시 완벽하지 않아.'

길게 숨을 들이켜고 길게 내뱉었다. 고개를 돌려 방문을 열어두고 그림 그리기에 열중하는 고산자를 보았다. 공처럼 둥그렇게 등을 구부리고 앉아서 하얀 백면지(白綿紙)에 한양 도성을 그리고 있었다.

"요괴도 저렇게 열심인데 나도 포기할 수는 없지."

한기는 정의봉을 세우고 눈을 감았다.

"아무것도 생각하지 말자. 생각하는 것도 생각하지 말자. 아니, 생각하는 것도 생각하지 말자는 그 생각도 하지 말자……."

휘리릭. 담장을 넘어 들어온 마른 낙엽 한 장이 뺨에 찰싹 달라붙었다.

"에이, 정말!"

한기는 낙엽을 손으로 떨쳐냈다.

아침 수련을 끝내고, 고산자와 주막거리에서 장국밥을 먹은 후, 늦게 상점 문을 열었다. 그런 다음 오복마음상점 문을 열고 입구에 멀거니 섰다.

구들장에 앉아 차를 마시면서 책을 읽던 복희가 부드러

운 음성으로 물었다.

"왜?"

"그냥."

"들어와서 앉아."

"아냐, 그냥 여기서 말할래."

"그래. 그런데 무슨 말?"

"나, 어릴 때 친구가 없었어."

"응?"

한기는 무안한 듯 천장을 보면서 이어 말했다.

"나만 요괴를 볼 수 있다고 전혀 생각하지 못했거든. 내가 요괴에 대해서 말하면 부모님을 빼고는 아무도 알아듣지 못했어. 나만 이상한 놈이 됐지."

"그랬겠네."

"복희, 너도 요괴 보잖아. 넌 안 그랬어?"

"나는 친구들이 요괴를 보지 못한다는 걸 알고, 조심했던 거 같아."

복희가 대답했다.

"역시. 똑똑했구나. 난 멍청해서 막 떠들고 다녔어. 그러다 어느 날 보니까, 내 주위에 친구가 없더라."

"힘들었겠네."

복희가 친구 없는 어린 한기를 상상하며 쓸쓸하게 웃었다.

"그때부터 유일한 재미가 밤마다 산천으로 요괴를 잡으러 다니는 거였어."

한기가 조용히 과거를 회상했다.

"친구가 없어서 요괴와 놀았다는 거네."

복희는 더 쓸쓸한 얼굴로 변했다.

"말하자면 그렇지. 그래서⋯⋯."

한기는 말을 멈췄다.

"그래서?"

복희가 되물었다.

"지금 행복해. 비록 부모님이 없지만."

"다행이다."

"황희 같은 잘난 친구도 생기고, 고산자 같은 동생도 생기고, 당당이와 묘묘랑도 친해졌고⋯⋯."

"응. 다들 소중해."

복희가 가볍게 머리를 끄덕였다.

"또 나처럼 요괴를 보고 요괴를 이해하는 네가 있어서."

한기는 그리 말하고는 부끄러운지 휙 몸을 돌렸다. 그러곤 성큼성큼 요괴상점으로 돌아갔다.

"안 어울리게 부끄러워하긴."

복희가 한기가 섰던 자리를 보며 꽃처럼 웃었다.

이번 겨울은 어떤 겨울보다 행복한 겨울이 될 것 같았다.

점심 무렵, 요괴상점 안으로 들어선 복희를 보고 한기는 절로 입이 딱 벌어졌다. 아름다웠다. 평소에도 예뻤지만, 꾸미고 보니 전혀 다르다. 피부를 뽀얗게 보이도록 하는 가벼운 화장을 했다. 고운 얼굴이 자연스레 두드러졌다. 청록색 치마에 연회색 짧은 저고리를 입고 조바위를 쓰고 당혜를 신었다. 저고리에는 사향을 넣은 향갑노리개와 귀주머니를 달았다. 허리에는 화려한 은장도를 꽂았다.

한기는 눈을 떼지 못하고 바라보다 얼굴이 빨개졌다는 걸 느끼고서야 시선을 벽 쪽으로 돌렸다. 한기 옆에 앉은 고산자, 당당이, 묘묘마저 입을 다물 줄 모른다.

"나 도성 안에 다녀올게."

복희가 말했다.

끄덕끄덕. 그녀의 말이 절대명령이라도 되는 듯 고산자와 당당이, 묘묘가 저절로 고개를 주억거렸다.

"그, 그걸 왜 나한테 말하냐?"

한기가 애써 두근대는 마음을 가라앉히며 되물었다.

"혹시 늦을 수도 있어. 묘묘와 당당이 좀 부탁해."

"애들이야 알아서 하잖아."

"아, 그렇구나!"

복희는 마치 그 사실을 깜박했다는 듯 놀라는 투로 대꾸했다.

"일부러 나한테 쓸데없는 부탁 하려고 찾아왔냐?"

"그러네. 그럼 간다?"

"으, 응. 조, 조심해서 다녀와."

'예쁘면 예쁘다고 하면 좋잖아.'

휙. 복희가 토라진 듯 잽싸게 몸을 돌린다.

복희가 떠나고 침묵이 흘렀다. 공기가 어색했다.

"예쁘…… 크험."

한기는 어쩐지 부끄러워서 말을 삼켰다.

"누나 예쁘다."

히이이잉!

야옹!

복희가 마포장을 가로지르는 동안 점포와 난전의 장사꾼들이 저마다 한마디씩 던진다.

"복희 아냐? 어이쿠, 어쩜 이리 예뻐졌냐?"

"할아버님은 청나라에서 아직 안 오신 거야?"

"절세가인일세, 우리 복희."

"저렇게 예쁜데 어떻게 시집보낼까? 나라면 못 해. 평생 끼고 살지."

"복희 데려갈 신랑은 복 받은 거야. 예쁘지, 똑똑하지, 친절하지."

장바닥에서 채소를 파는 코주부 할머니가 가는 세월이 자신이 아니라 복희에게 안타까워서 목청을 돋운다.

"복희야, 그 예쁜 모습 아깝지도 않냐? 어디 맘에 드는 도령한테 자랑이라도 하려무나!"

복희는 코주부 할머니를 돌아보며 방긋 웃었다.

"벌써 한 걸요."

묘시(卯時)* 정각.

골 골 골. 잠든 고산자의 코 고는 소리가 평소보다 낮았다. 한기는 동생의 잠든 모습을 정겹게 보면서 짐을 챙기기 시작했다.

---

*   오전 5시

멀지 않은 서해의 섬이니 많은 준비는 필요 없었다. 먹을거리는 미숫가루만 챙겨 넣었다. 강화에서 배를 빌리면서 함께 구하면 되기 때문이었다. 노숙을 대비해 여벌의 솜두루마기, 부싯돌을 비롯한 불 피울 도구도 챙겼다. 이동용 등화 기구인 제등(提燈)과 기름은 기본이었다. 별도로 한기의 봇짐에는 특별한 물건이 들어갔다. 요괴함이다.

"다 됐지?"

한기는 물건을 챙겨 넣은 봇짐을 툭툭 두드렸다. 몇 번 더 필요한 것이 없나 고민하다 솜버선을 하나 더 챙겼다.

고작 8개월밖에 지나지 않았지만 복희와 친해지고, 황희와 우정이 쌓였다. 정체불명의 요괴가 고산자라는 이름의 동생이 되고, 동물인 당당이와 묘묘와도 친구가 되었다. 이제 나름대로 상점도 견실해졌고, 마포의 요괴들과도 우호적인 관계가 되었다.

'이대로 살아도 좋겠다.'

한기는 문득 그리 생각했다. 그러나 그럴 수는 없었다.

'부모의 원수와 한 하늘을 이고 살 수는 없지.'

한기와 복희와 판다 고산자는 탁자에 둘러앉아 아침 식

사를 했다.

소고기를 얇게 저며 양념하여 구운 너비아니, 푹 삶은 돼지고기 수육, 노릇하게 구운 조기, 구수하고 얼큰한 된장국, 입에 착 달라붙는 김치전에 쌍화(채소 호빵)까지 탁자에 올랐다. 율무로 만든 응이죽도 보였다. 거기에 나물, 젓갈, 장아찌 등이 더해졌으니 임금님 수라상 부럽지 않았다.

당당이와 묘묘의 식사도 준비되었다. 당당이는 말린 콩대와 콩잎과 시금치, 묘묘는 고등어다.

식사하는 내내 그들은 화기애애했다. 복희도 고산자도 한기가 목숨을 건 위험한 길을 떠난다는 걸 알았지만, 전혀 모르는 척 행동했다.

마침내 식사가 끝났다. 한기는 만족해서 배를 두드리며 입을 열었다.

"잘 먹었다. 생일상도 이렇게 거창하게 받아본 적이 없어."

한기는 벙긋벙긋 웃었다.

"잘 먹었다니 기쁘네."

복희가 따뜻한 목소리로 대꾸했다. 그녀는 고산자의 도움을 받아 빈 그릇을 치우고 행주로 탁자를 훔쳐냈다. 일이 끝나자 다시 차를 끓여 한기에게 내놓았다.

"무슨 차야?"

"제일 흔한 녹차야."

한기의 질문에 복희가 대답했다.

흔한 일상이 계속되길 바라는 그녀의 마음을 읽은 듯, 한기가 지그시 찻잔 안을 들여다봤다. 새하얀 백자 잔에 담긴 연둣빛 찻물이 예쁘다.

"색깔이 예쁘네. 고마워."

한기가 진심을 담아 복희에게 감사했다.

그때 쭈뼛쭈뼛 고산자가 얇은 종이를 꺼냈다.

"형이 날 데려갈 것 같지 않아서 선물을 준비했어요. ……그런데 못 그렸어요."

"줘봐."

한기가 종이를 뺏다시피 해서 펼쳤다.

한기의 초상화였다.

"못, 못, 못, 못 그려서 죄송해요."

고산자가 울상을 지었다.

"무슨 소리야. 누가 봐도 딱 나잖아. 너무 잘 그려서 놀랐다야. 지도의 선이나 기호만 잘 그리는 게 아니었네. 그림도 잘 그리네. 김홍도 신윤복 저리 가라다."

누가 봐도 어린애 장난 같은 그림이었다. 그래도 한기

는 한껏 칭찬했다.

"진, 진짜요?"

"응. 내가 그렇지 않아도 그림쟁이 아저씨한테 초상화 한 점 그려서 상점에 붙여둘까 했는데 그럴 필요 없겠다. 이걸 우리 상점에 붙여야겠다."

"히. 다음에는 더 크게 그릴게요."

고산자가 즐거워서 입이 함지박이 되었다.

"그럴 필요까지는……."

약 한 식경 후, 삿갓을 쓰고 행전*을 찬 한기가 한성요괴상점을 나섰다.

배를 타고 강화까지 가서 거기서 말도로 향하는 배를 구할 참이었다. 문제의 수중 섬은 말도 인근에 있다고 했다. 내일이 보름이었다.

마포나루에 황희가 기다리고 있었다. 그는 배를 하나 빌려 아예 자리를 잡고 앉았다.

"강화까지 같이 가자."

---

* 　바지나 고의를 입을 때 정강이에 감아 무릎 아래 매는 물건

"됐어, 내려."

한기가 귀찮은 파리라도 쫓는 듯 말했다.

"나 강화에 사건 있다."

"거짓말인 거 다 아니까 내려."

"가게 해주라."

황희가 어금니를 깨물고 젖은 눈으로 한기를 노려봤다.

"나 참, 귀찮게."

한기가 배에 올라탔다. 두 소년을 태운 배가 하염없는 물결을 타고 서해로 빠져나가기 시작했다.

"조정은 어때?"

"말도 마. 대로한 주상께서 소문의 진원지를 파악해 엄벌에 처하라고 하셨으나 사실상 손을 놓았다."

황희가 고개를 젓고는 이어 말했다.

"관청의 힘으로는 한계야. 그저 소문을 떠벌리고 다니는 사람 몇을 잡아 물고를 냈을 뿐······."

용손. 두억시니 풍에게 역병을 퍼뜨리게 하여 돈을 거둬들이고, 청목자와 금저를 이용해 목인을 채소처럼 재배하고 죽은 자들을 흑수흑족으로 되살려낸 악당. 그러나 백성들 사이에서는 이 세상을 구할 구세주.

"그리고 나의 원수······."

한기는 뇌까렸다.

"때려잡아서 확 바지를 벗기고 확인까지 딱 해."

"물론이지."

"그리고 꼭 돌아와!"

황희가 푸른 강물을 향해 소리쳤다.

14. 수중 섬의 격전

말도는 강화부에서 수로로 90리(35킬로미터) 떨어진 서해의 섬이다. 섬에서는 열세 가구의 백성이 나라의 양을 기르고 고기잡이를 하며 생계를 꾸려가고 있었다.

일 년 내내 인기척이 없는 말도의 서쪽 해안이 시끌벅적했다. 어젯밤부터 갑자기 들이닥친 심상치 않은 자들 때문이었다. 그들은 색동옷에 방울을 든 무당, 화려한 기생, 까까머리 스님, 살벌한 눈빛의 무사, 장님 점쟁이, 허리 굽은 노파에 8척(2.4미터) 거구의 사내까지 하나같이 요란한 행색이었다. 그렇게 하나둘 모여든 자들이 무려 100명에 달했다. 그들의 정체는 요괴를 퇴치하거나 이물을 찾아 먹고사는 엽괴들이었다.

엽괴들은 지금 해안에 늘어서서 바다 쪽을 바라보고 있었다.

"떠오른다!"

시간이 얼마나 지났을까? 엽괴들 중 누군가가 소리쳤다.

그르르르르. 마치 약속처럼 수평선에서 바위섬이 떠오르기 시작했다. 섬은 하나의 거대한 산과 다름없다.

"인공 섬이다."

누군가가 뇌까렸다. 그 말의 뜻은 명백했다. 함정이라는 것이다.

"고려 왕실의 보물이 있다."

다른 누군가가 말했다.

엽괴들의 눈빛이 빛났다. 아무도 물러설 생각이 없었다. 비록 위험하나 평생, 아니 대대손손 호의호식할 수 있는 길이 열린 것이다.

가장 먼저 움직인 것은 경상도 상주 출신의 형제 엽괴 상주삼도였다. 푸른 중치막*을 휘날리며 세 엽괴는 수평선 위를 미끄러지듯 날아갔다. 이를 신호로 엽괴들은 앞다투어 바다 위를 걷거나 뛰거나 날아서 인공 섬으로 출발했다.

심드렁하게 모래밭에 누워 있던 한기도 마침내 해안선

으로 나섰다. 달빛 아래 파도가 노랗게 부서지고 있었다.

"제길, 왜 저 섬에 보물이 아니라 함정이 있을 확률이 더 높다는 걸 모르는 거야."

한기의 옆에 엽괴승 독고당이 서며 투덜댔다.

"그래서 넌 안 갈 거야?"

한기가 독고당을 힐끔 쳐다봤다.

"당연히…… 가야지."

독고당이 훌쩍 승복 자락을 휘날리며 날아올랐다. 그는 발로 파도를 차며 섬을 향해 빠르게 쏘아졌다. 그 뒤를 따라 기생 엽괴 옥류가 바다 위를 한 장 정도 떠서 날아가는 모습이 눈에 들어왔다.

그때 묵검이 나타났다. 늘 그렇듯 죽립에 흑의를 입은 그는 지긋한 눈으로 한기를 보며 물었다.

"뭘 망설이고 있나?"

한기는 묵검에게 눈인사를 하고 수평선의 인공 섬을 돌아봤다.

---

*   벼슬하지 아니한 선비가 소창옷 위에 덧입던 웃옷. 넓은 소매에 길이는 길고 앞은 두 자락, 뒤는 한 자락이며 옆은 무가 없이 터져 있다.

"미끼잖아요. 고민하는 건 당연하다고요."

"가장 위험한 곳에 가장 큰 보물이 숨겨져 있는 법."

다음 순간, 묵검이 평소와 다를 바 없이 걸음을 뗐다. 한 발, 두 발, 세 발……. 그는 물결치는 바다를 마른 땅처럼 걸어가기 시작했다.

"하긴 저 함정 섬의 중앙에 가장 위험한 놈이 도사리고 있겠네."

인공 섬의 화강암 동굴은 표면이 매끄럽고 높고 넓었다.

"말이라도 타고 갈 수 있겠군."

동굴 바닥은 물기가 남아 있었지만 대체로 깨끗했다. 군데군데 물풀이 자라고 있었다.

"이건 대놓고 유혹하는 거네."

한기는 제등에 기름을 채우고 심지에 불을 붙였다. 깊이 숨을 들이켜고 동굴 안으로 입장했다.

약 한 식경이 흘렀다. 동굴은 마치 섬의 내부를 다 휘돌아다니는 듯 끝없이 이어졌다. 마치 구불구불 몸을 말고 잠든 뱀의 내장 같았다. 그래도 인공 섬이라 천장이 높고 좌우가 넓은 길이 일정하게 유지되고 있었다.

한기는 드디어 첫 번째 갈림길을 만났다. 길은 세 갈래로 나뉘었다.

"어느 쪽으로 가야 할까?"

"으아아아."

괴성이 오른쪽 길 어둠 속에서 들려왔다. 한기는 빠르게 그곳을 향해 달려갔다.

갈고리를 쓰는 난쟁이 엽괴 철마달을 비롯한 세 명의 엽괴가 이목구비에서 붉은 피를 쏟아내며 고통스러워하고 있었다. 그들 주위로 붉은 연기가 떠돌아다녔다.

'독무다.'

한기는 잽싸게 면보를 꺼내 코와 입을 막고 그들을 향해 움직였다. 그러나 그사이 엽괴들은 바닥에 쓰러져 부들부들 몸을 떨고 흰 거품을 물더니, 숨을 거뒀다.

다시 어둠 안쪽에서 병장기 부딪치는 소리와 사람들의 괴성, 요괴들이 울부짖는 소리가 들려왔다. 한기는 지체 없이 안쪽으로 달려갔다.

넓은 공터에 엽괴 다섯이 죽어 있었다. 그 주위로 목인들의 부서진 파편들이 흩어져 있었다.

"이놈들! 다 부숴주마!"

수염을 배꼽까지 기른 8척 거인 엽괴 거붕주가 무거운 철퇴를 휘두르며 수십 명의 목인에게 둘러싸여 고군분투

중이었다.

"가축철수!"

한기의 입에서 기법이 발동되었다. 정의봉을 든 한기에 겹쳐 전생서의 목동 철수가 나타났다.

철수는 능수능란하게 채찍을 휘둘러 목인의 가슴과 두 다리를 깨뜨려나갔다. 목인이 부서지는 소리가 동굴 안에 크게 울렸다.

"대체 이것들은 뭐냐!"

거붕주가 뻘뻘 땀을 흘리며 한기에게 고함을 질렀다. 쓰러뜨리는 만큼 땅에서 다시 솟아오르는 목인은 끔찍한 요괴였다.

"가슴과 다리를 노려요!"

채찍을 휘두르는 철수의 입에서 한기의 목소리가 터져 나왔다.

거붕주는 덩치와 달리 빠르게 반응했다. 사람 머리만 한 그의 주먹이 목인의 가슴을 부숴나가기 시작했다.

"호오! 바로 이거로군."

그제야 거붕주의 얼굴에 화색이 돌았다.

한기는 기운을 차린 거붕주에게 목인들을 맡기고 더 안쪽을 향해 뛰었다. 이 동굴의 끝에 틀림없이 용손이 있을 것이다.

한 식경이 더 흘렀다.

끝을 알 수 없는 고요가 동굴 안을 무겁게 채우고 있었다. 이윽고 하나의 석실이 눈앞에 나타났다. 전신을 짓누르는 기운이 흘러나오고 있었다.

'여기로군.'

한기의 입에 미소가 피어올랐다. 열려 있는 문 안으로 주저 없이 들어섰다.

'참혹하구나.'

눈 뜨고 볼 수 없는 풍경이 석실 안에 펼쳐져 있었다. 10여 명의 엽괴들이 피를 흘리며 죽어 있었다. 죽은 모습 또한 저마다 달랐다. 어떤 이는 배가 갈리고, 어떤 이는 목이 잘리고, 어떤 이는 불에 타서 바닥에 쓰러져 있었다.

엽괴승 독고당은 양팔이 부러져 화강암 벽에 등을 기대고 훅훅 숨을 몰아쉬는 중이었다. 기생 엽괴 옥류는 머리를 풀어헤치고 입술 사이로 핏물을 흘리고 있었다. 그녀의 전모는 반으로 깨져 나뒹굴었다.

석실 중앙. 두 남자가 마주 보고 서 있었다. 묵검과 용손이었다. 묵검은 자신의 애검을 빼들고 용손을 노려본다.

깊고 진한 눈에 아름다운 용모를 가진 용의 후손은 백발을 허리까지 늘어뜨린 채 부드러운 미소를 흘리고 있다.

"네가 용손이야?"

한기는 용손을 향해 소리쳤다.

용손이 한기에게로 시선을 옮겼다.

"누구냐?"

"질문은 내가 한다. 하나 묻겠다. 너 허벅지에 북두칠성 있냐?"

"아하. 한성요괴상점 꼬마로군."

용손의 입이 즐거운 듯 더 벌어졌다.

"있냐고 물었다."

한기의 눈알에 새파랗게 날이 섰다.

"이리 와서 확인하면 되겠군."

용손이 비릿하게 웃었다.

"오냐."

"내가 먼저다."

한기가 나서는데, 묵검이 버럭 소리쳤다.

"이봐요, 묵검. 저 녀석은 내 원수라고요."

한기도 절대 양보할 수 없다고 맞섰다. 그러자 키득키득 용손의 웃음소리가 동굴 안을 맴돌았다.

"으하하하하."

용손이 광오(狂傲)한 웃음을 터뜨렸다.

한기와 묵검은 동시에 귀를 막았다. 기가 실린 그 웃음은 듣는 이의 살을 뒤흔들고, 피를 거꾸로 치솟게 만들고, 뼈를 조여왔다. 벽에 기댄 독고당의 몸이 힘없이 꿈틀거렸다. 옥류는 울컥 핏덩어리를 토해내며 질끈 눈을 감았다.

"네놈들이 용의 후손에게 상대가 되리라 여기느냐!"

용손의 왼팔에 용의 비늘이 돋아났다.

묵검은 말이 없었다. 그는 천천히 바닥에서 떠올랐다. 3척(90센티미터)가량 떠오르더니 허공에 정지했다. 그리고 용손을 향해 검을 내밀었다.

이윽고 그는 검에서 손을 뗐다.

"광검(光劍)!"

허공에 뜬 묵검의 검이 하얗게 변하면서 스스로 빛을 발했다. 뒤이어 찬란한 빛에 휩싸인 검은 용손을 향해 쏘아졌다. 이 수법이야말로 지금까지 한 번도 펼쳐진 적이 없는 묵검 최고의 절기였다.

용손은 가볍게 왼손을 내밀었다. 여유가 넘치는 태도였다. 그는 천천히 손으로 둥근 원을 그렸다. 그러자 세찬 물회오리가 허공에 발생했다. 어떤 공격도 물의 힘으로 감아서 무산시키는 용의 방패였다.

묵검의 검이 그 방패에 닿아 물회오리에 휘말리려는 순간이었다. 여유로운 미소를 띠고 있던 용손의 입술이 딱딱해졌다. 처음으로 용손의 얼굴이 긴장감으로 팽팽해졌다.

묵검의 검이 변화를 일으켰다. 검은 한 줄기 빛으로 바뀌었다. 물질이 기(氣)로 변환된 것이다.

검은 바닷물을 뚫고 스며드는 태양빛처럼 물회오리를 통과했다. 다음 순간 빛은 단단한 검으로 돌아왔다.

묵검의 광검은 용손의 가슴을 단번에 꿰뚫었다. 용손은 머리를 뒤로 꺾고 입을 크게 벌리며 소리 없는 비명을 질렀다. 경직된 자세로 주먹을 움켜쥐었고, 눈알에 핏대가 섰다. 이윽고 넋이 빠진 얼굴에 아무런 표정이 떠오르지 않았다.

"빛을 따라 어둠에 떨어져라."

묵검이 용손에게 종말을 고했다. 그런데 다음 순간 용손의 얼굴이 거짓말처럼 평정을 되찾았다.

"어, 어떻게 된 일인가?"

묵검의 눈에 의문의 그림자가 일렁였다. 그는 입술을 깨물며 용손을 뚫어져라 쳐다보았다.

용손의 입가에 다시 미소가 피어올랐다. 그는 자신의

317

가슴에 박힌 묵검의 검을 뽑아냈다. 아무런 피해가 없는 듯했다. 다만 길고 아름다운 은발이 조금 흐트러졌을 뿐이다.

"많이 아프군. 훌륭했다."

용손은 묵검을 치하했다. 동시에 왼손을 뻗었다. 푸른 빛을 띤 투명한 화살이 나타났다. 물의 화살이었다.

쐐액. 물의 화살이 묵검의 가슴에 적중했다. 묵검은 그대로 석실 바닥으로 무너져 내렸다. 바닥에 무릎을 꿇은 묵검의 눈동자가 심하게 흔들렸다.

"대체 어떻게……."

묵검은 쓰러지지 않고 간신히 버텨냈다. 그는 자신이 연마한, 그토록 자신 있었던 마지막 수법을 떠올렸다.

광검. 빛의 검이었다. 막아서는 모든 것을 통과해 상대에게 빛의 끝인 영원한 어둠, 즉 죽음을 선사하는 검이었다. 묵검의 모든 것이 결집된 최후의 절기였다. 그 누구도 막을 수 없다고 자신했다.

"무서운 검법이었다. 하지만 내게는 안 통한다."

용손이 비웃었다. 묵검이 허탈하게 웃었다.

용손의 오른손에 불꽃이 일었다. 뒤이어 불덩어리가 오른손을 감쌌다. 이번엔 불의 기운이 담긴 공격이다.

묵검은 차라리 눈을 감았다. 그에게 반격할 힘은 한 푼도 남아 있지 않았다.

"멈춰!"

그 순간, 한기는 용손을 향해 달리고 있었다.

용손의 오른손에서 불꽃 덩어리가 활활 타오르며 한기에게 날아들기 시작했다.

"광대곡예!"

한기의 모습이 조선 제일의 살판꾼 판개로 변했다. 판개는 자유자재의 현란한 몸놀림으로 용손이 던지는 불덩어리를 피하며 앞으로 나아간다.

손 짚고 앞으로 뒤로 공중회전을 하고, 손발로 땅을 짚고 몸 전체를 들어 뒤집어 가고, 외팔이나 두 팔로 거꾸로 서서 걷고, 외팔로 짚거나 껑충껑충 뛰다가 공중회전을 하는 등 살판의 열두 가지 기예가 모두 펼쳐졌다. 그렇게 용손에게 다가간 판개의 입에서 새로운 말이 흘러나왔다.

"김해 장사 이징옥이 도끼로 어둠을 벤다!"

장사부감의 수법이었다. 한기는 살판꾼 판개에서 호랑이를 잡아 옆구리에 끼고 다녔던 조선 제일의 장사 이징옥으로 변했다.

부드러운 변화, 그 자체였다. 그에 따라 살판꾼이 들고 있던 접시였던 정의봉도 크고 빛나는 도끼로 바뀌었다.

도끼는 어둠을 물리치듯 번쩍 광채를 발하며 용손의 반듯한 이마를 향해 떨어졌다. 빠르고 강력한 한 방이었다.

'끝이다!'

한기가 쾌재를 불렀다.

하지만 다음 순간, 용손은 마치 흐르는 물처럼 유연하게 한기의 도끼를 비껴 섰다.

휘청. 한기가 중심을 잃고 흔들릴 때, 옆구리에 화염을 발하는 용손의 오른손이 적중했다.

순식간에 한기는 허리가 용암처럼 뜨거워지면서 나뭇잎처럼 날아가 화강암 벽에 처박혔다. 내장이 뒤틀리고 갈비뼈가 으스러지는 듯한 충격을 느꼈다. 속이 타는 것처럼 뜨겁기도 하고, 반대로 얼음처럼 차갑기도 했다.

"으으. 이놈이."

한기는 겨우 몸을 일으켜 세웠다. 죽는 한이 있더라도 물러설 수는 없었다.

"가상하다."

용손은 마치 임금이라도 된 듯 한기를 보며 뇌까렸다.

"하지만 너의 움직임에 대한 파악은 끝났다."

한기가 용손을 향해 희미하게 웃었다. 눈을 감았다. 그리고 최후의 수를 떠올리며 마음을 비웠다.

"따악. 따악. 따악."

한기가 혀로 입천장을 차기 시작했다. 뒤이어 장님 무사 황정학으로 변했다.

"대동계 황 처사가 어둠을 한 칼에 벤다!"

정학속검의 기법. 하지만 이는 지금까지와는 달랐다. 빠른 검이 아니라 느린 검. 쾌속의 검을 추구하는 정학속검이 죽어가는 묵검과 옥류와 독고당의 눈에는 무척 느리게 보였다. 사실 정학속검이 느려진 것은 아니었다. 한기의 텅 빈 마음이 만들어낸 착각이었다.

빠름이란 무엇인가? 상대적인 것이다. 토끼는 빠른가 느린가? 토끼는 거북보다 빠르고, 매는 토끼보다 빠르다. 토끼는 사실 빠르지도 느리지도 않다. 빠름과 느림은 관계의 비교에서 나올 뿐이다.

한기가 도달한 정학속검 최고의 수법은 번개와 같은 쾌검이 아니었다. 바로 세상을 느리게 만드는 것이었다. 느림 속에 든 세상에서 검이 움직인다. 속검보다 더욱더 빠르고 번개보다도 더 완전한 속검이다.

느릿느릿 흘러가는 처사 황정학의 검이 용손의 잘생긴 얼굴을 천천히 베어나가기 시작했다.

다음 순간 다른 엽괴들이 경악했다. 콧등을 기준으로 용손의 얼굴 절반이 달라졌기 때문이다. 왼쪽 얼굴은 인간의 얼굴 그대로였지만, 오른쪽 얼굴은 용으로 변했다.

황 처사의 검은 용의 피부에 박혔다. 그러나 단단한 용의 비늘을 뚫어낼 수는 없었다.

다음 순간 용손이 입을 벌렸다. 그 입안에서 파도가 덮쳐왔다. 망망대해, 심해의 파도다. 황 처사의 얼굴은 검은 파도에 삼켜졌다. 황 처사는 검을 놓치고 바닥에 뒹굴면서 한기로 변했다.

"으, 으, 으."

한기는 바닥에서 등을 말고 부들부들 떨었다. 공포와 고통이 그를 지배했다. 몸 안에 태양처럼 뜨거운 불과 심해의 어둠을 품은 차가운 물, 그 이질적인 두 가지 기운이 뿌리를 내리고 있었다.

용손은 덜덜 떠는 한기에게 이미 흥미를 잃은 상태였다. 그는 느릿느릿 석실 안을 둘러봤다. 그리고 아직 숨이 붙어 있는 묵검과 독고당과 옥류에게 차례로 시선을 옮겼다.

"내 너희들을 위해 이 무덤을 준비했다. 천천히 죽음을 즐기도록."

용손은 그 말을 남기고 석실을 빠져나갔다.

"서!"

한기가 일어서서 비틀대는 걸음으로 용손을 쫓아갔다. 하지만 이미 기력을 소진해 몇 발자국 나아가지 못했다.

그르르르르. 석실 문이 닫혔다.

한기는 힘을 쥐어짜내, 석실 문을 향해 정의봉을 휘둘렀다. 그러나 석실문은 끄떡없었다.

"두꺼운 천연 화강암이다. 지금 힘으로는 힘들다."

묵검이 가까스로 몸을 일으키며 뇌까렸다.

"절반의 힘만 있었더라도……."

독고당도 벽을 짚고 일어서며 한탄했다.

"방법을 찾아야 해."

가부좌를 틀고 호흡을 가다듬으며 기생 엽괴 옥류가 대꾸했다.

"이 섬은 아침이 오면 물밑으로 가라앉는다."

독고당이 말했다.

"제길!"

한기가 이를 갈았다. 그때 문득 석실 문에 달린 동그란 쇠고리가 눈에 들어왔다. 한기는 의아해하며 다가가 그 고리를 잡았다.

"잠깐!"

묵검과 옥류가 동시에 부르짖었다. 오랜 경험이 그들에게 께름칙하다고 말하고 있었기 때문이다. 하지만 이미 한기가 고리를 잡고 당긴 후였다.

그르르르르. 석실 문이 웅장한 소리를 내며 도로 열리기 시작했다.

"괜찮은데요?"

한기가 고개를 돌려 엽괴들에게 말했다.

"독무다!"

옥류가 문밖에서 흘러들어오는 독무를 보며 소리쳤다.

"석실 밖이 독무로 가득 찼다!"

독고당이 말했다.

"호흡을 멈춰라."

묵검이 다급히 말했다. 그 말은 그들을 제외한 동굴 안의 모든 엽괴가 사망했다는 뜻과 같았다. 모두 절망했다. 제아무리 빠른 경신법을 가지고 있어도 숨을 참은 채 길고 긴 동굴을 벗어날 수는 없었다.

절망과 분노와 허탈감. 하나같이 죽음을 마주한 얼굴이었다.

용손은 주도면밀하고 잔혹한 살인마였다. 물밑으로 가라앉는 수중 섬, 인공 동굴, 흑수흑족과 목인, 독무까지 완벽한 안배를 해둔 것이다.

살아남기 위해서는 숨을 쉬지 않고 독무를 뚫고 나가 기나긴 동굴 입구에 도달해야만 한다. 가망 없는 난제였다.

묵검이 동굴 천장을 향해 얼굴을 쳐들고 울분을 삼키다 쓰러졌다. 겨우 일어섰던 독고당이 다시 차가운 화강암 바닥에 주저앉았다. 옥류는 조용히 눈을 감고 입술을 닫았다.

그때였다. 어둠 속에서 한기가 비칠대며 움직이기 시작했다. 한기는 요괴함을 열었다.

다음 순간, 잘생긴 검은 말이 검은 불꽃 같은 갈기를 휘날리며 서 있었다. 천리흑마였다.

히이이잉! 천리흑마가 앞발을 치켜들고 울었다.

'사람은 평소 준비성이 좋아야 한다니까.'

한기는 가물가물 꺼져가는 의식 속에서 중얼거렸다.

그때, 화르르 용암과 같은 뜨거운 불의 기운과 쏴아아 대해의 차디찬 물이 기운이 몸 안에서 크게 솟구쳤다.

한기는 비틀비틀 다가오는 엽괴들을 보며 그대로 정신을 잃었다.

15. 용손의 게임

높이가 약 2천 300자(685미터)에 달하는 철령(鐵嶺)은 관북, 관서, 관동을 나누는 경계가 되는 고개다. 교통과 군사상의 요지로 특히 서울과 관북 지방을 잇는 길이다.

높고 가파른 산들이 첩첩이 쌓인 철령 인근에서도 유달리 험한 바위산이 있다. 이름조차 없는 깎아지른 이 절벽산의 중턱은 사시사철 구름과 안개에 싸여, 그 위를 가늠할 수 없다. 언제부터 이 높은 바위 절벽 산의 정상에 사람이 살기 시작했는지는 아무도 모른다.

둘레가 고작 100여 장(300미터)에 달하는 좁은 산정. 북쪽에는 울타리도 없는 세 칸짜리 초가집이 있고, 중앙에 작은 연못이 놓였다. 남쪽의 텃밭은 몇 달 전부터 작물을 키우지 않아 흙더미만 보인다. 산 아래의 지상에서 찬바람이 불기 전부터 이곳은 겨울이기 때문이다. 연못은 꽝꽝 얼어붙었고, 사방은 하얀 눈의 나라다.

언 연못의 한가운데, 백발의 아름다운 청년이 앉아 있다. 용손이다. 금발에 푸른 눈의 요괴 청목자와 붉은 망토에 황금 활을 멘 요괴 금저도 착석했다.

"마지막 안배가 완성되었다."

용손이 말했다.

"오오, 주군 드디어 완성하셨군요."

"감축드립니다!"

용손은 양팔을 날개처럼 펼쳤다. 얼어붙은 텃밭에서 직사각형의 나무 관(棺) 여덟 개가 떠올랐다. 용손이 오른 팔을 들어 올렸다. 그러자 관이 허공에서 벌떡 섰다. 다시 왼팔을 크게 한 번 휘저었다. 탁. 탁. 탁. 탁. 탁. 탁. 탁. 탁. 관 뚜껑이 차례로 열렸다.

관마다 검은 강철 인형들이 잠들어 있었다. 단단한 강철 가슴팍에 일(一)에서 팔(八)까지 숫자가 적혀 있다.

뒤이어 검은 강철 인형들이 번쩍 눈을 떴다. 그리고 관에서 걸어 나와 허공에 멈춰 섰다.

"천사(天使)라고 이름 붙였다."

용손이 말했다.

"하늘의 사자, 멋진 이름입니다."

"독에 감염되지 않는 자들로 만든 것이로군요."

"그렇다. 최강의 전투력을 가지고 있다."

"이제 조선은 용손의 발아래 엎드릴 것입니다."

"감축드립니다. 용의 자손이시여!"

다음 순간, 북쪽 초가집 부엌문이 저절로 탁 열렸다. 뒤이어 하얀 도자기 술병과 안주가 차려진 소반이 붕 떠서 날아왔다. 소반은 허공을 가로질러 셋의 가운데 안착했다. 안주는 육전에 표고버섯과 도라지, 취나물, 시금치였다.

"산 아래 주막에서 가져왔다. 기념주는 한잔 해야지."

용손이 말했다.

"배려 감사합니다."

"감읍하옵니다, 주군."

"술잔을 들라."

금저와 청목자가 소반 위에 놓인 도자기 잔을 들었다. 그러자 하얀 술병이 저절로 떠올랐다. 술병은 살아 있는 듯 스스로 입구를 기울여 요괴들의 잔에 소주를 따랐다.

"내일부터 시작이다."

"네, 주군."

두 요괴는 동시에 머리를 숙였다.

"위로부터는 금저가, 아래에서는 청목자가 소란을 일으킨다."

"받들겠습니다."

그날 저녁, 청목자는 둥근 불덩어리를 타고, 금저는 돼지코의 황금 새로 변해 겨울 산정을 떠나갔다.

군영개는 제주 대정현(서귀포) 소속의 여러 포구 중 하나다. 오늘 군영개 선창에 정박한 전선(戰船)에서는 수군 병졸들이 대청소를 하고 있었다.

상갑판과 하갑판에 새롭게 기름칠을 하고 화포와 노를 닦고 배 아래 창고와 선실을 정리하느라 너나없이 바빴다.

그때 뱃머리에서 물통을 들고 나르던 수군 하나가 물통을 떨어뜨렸다. 수군은 입을 쩍 벌리고 갑판 위로 오르기 시작한 괴이한 인간들을 쳐다봤다.

"웃, 웃고 있다!"

패랭이를 쓰고 웃고 있는 남자였다.

"울, 울고 있다. 저 남자는 화난 얼굴……."

그것들은 인간이 아니었다. 피부에 나이테가 뚜렷하고

저마다 한 가지 표정을 짓고 있는 나무 요괴였다.

수백 두의 목인들은 빠르게 전선 위로 올라섰다. 그런 다음 무자비하게 수군들을 공격하기 시작했다.

조선 수군은 병자호란 이후 180년 동안 큰 전쟁이 없었기 때문에 훈련과 기강이 해이한 상태였다. 게다가 기습이었다. 하물며 요괴의 기습이었다. 그러니 정신을 차릴 틈이 없었다.

목인들이 조선 주력 함선, 판옥선을 점령하는 데는 채 한 식경이 소요되지 않았다.

그렇게 목인들이 판옥선을 점령하고 나서야 불덩어리 하나가 북쪽에서 그르르르 큰 소리를 울리며 날아왔다. 불덩어리는 판옥선 상갑판 위에서 멈췄다.

청목자였다. 양손에 갈고리를 쥔 푸른 눈알의 늙은 요괴는 만족한 듯 배 안을 훑어보았다.

"크크크크. 잘했다, 목인들아. 이제 대정현 읍치로 가서 현령의 목을 뽑고 관아를 약탈하자."

그 말과 동시에 목인들은 마치 연기가 스며들듯이 배 밑으로 천천히 사라지기 시작했다.

조선 최북단 경흥도호부. 북으로 두만강까지는 고작

35리(9킬로미터)이지만, 수도 한양까지는 무려 2천 205리 (866킬로미터)나 떨어진 곳이다. 세종대왕 때, 두만강 하류를 따라 설치된 6진 중 하나로 나라의 최전선을 방어하는 요충지였다.

이곳은 눈과 얼음의 나라였다. 백성들은 나막신이나 설피를 신고 가죽 털옷에 도롱이를 입고 다녔다.

그런데 도호부사가 머무는 경흥의 읍치가 한순간 아수라장이 되었다. 관아는 물론 성안 곳곳이 불길에 휩싸였고, 백성들은 괴성을 지르며 이리저리 도망치기 바빴다.

'재차의', 즉 '나 여기 있다'라는 주문을 외우며 돌아다니는 시체들 때문이다. 손과 발이 검어 흑수흑족이라 불리는 이 시체들은 무슨 일인지 적의가 가득했다. 그것들은 사람이건 가축이건 가리지 않고 달려들었다.

칼을 쥔 것들은 칼을 휘두르고, 돌을 쥔 것들은 돌을 던지고, 맨몸의 것들은 손톱으로 할퀴고 이빨로 물어뜯었다. 소가 이빨에 물어뜯기고 어린아이가 몽둥이에 맞아 머리가 터지는 광경은 차마 눈으로 볼 수 없을 지경이었다. 더욱 무서운 것은 그것들은 쓰러져도 '나 여기 있다'라는 주문을 외우며 되살아난다는 점이었다.

읍치를 둘러싼 높이 9척(2.7미터)의 석성(石城)은 5천

26척(1천 500미터)이나 되는 길이였다. 그 성벽로의 어디쯤에 황금빛 요괴가 서 있었다. 금저, 붉은 망토를 휘날리는 돼지머리 요괴다. 금저는 팔짱을 끼고 흡족하게 성안에서 벌어지는 아수라장을 굽어보고 있었다.

그때 금저의 눈앞에 철립도 쓰지 않은 채 머리를 산발한 중년 사내가 나타났다. 그는 구군복을 입고 환도를 쥐고 있었다. 얼굴과 수염이 땀으로 젖어 있는 경흥도호부사 김임주였다. 그는 평생 무관으로 살아왔으며, 조선의 북쪽을 사수하는 장군이었다.

"네놈이로구나!"

경흥도호부사 김임주는 눈을 치켜떴다.

"이 땅에도 눈이 밝은 놈이 있었군."

금저는 즐거운 얼굴로 김임주를 바라봤다.

"감히 요망한 요괴 따위가 인간 세상에 분탕질을 치다니 하늘이 무섭지 않으냐?"

김임주는 호통을 쳤다.

"큭, 하늘이 함께 있으니 무섭지 않지."

금저가 키득거렸다.

"무슨 뜻이냐?"

"내가 새로운 하늘의 오른팔이거든."

"……새로운 하늘."

금저가 세간에 유행하는 주문을 중얼대기 시작했다.

"천지현황 우주홍황 북두칠성을 가진 해동용손은 살아 계신 천자이시니, 하늘을 보좌하여 교화를 펴신다."

그 소리에 김임주가 의아해하며 되묻는다.

"그 노래는 용의 자손이 나타난다는……."

"나타났어. 내 주군이시지."

"그, 그렇다면 세상을 구한다는 용손이 왜 이런 짓을 벌이는 것이냐?"

김임주가 이를 악물었다.

"큭큭, 구하려면 세상이 혼란스러워야 할 게 아니냐."

금저가 흡 하고 숨을 들이켰다. 붉은 망토가 휘날리더니 등에 매달려 있던 황금 활이 저절로 떠올랐다. 금저는 머리 위에 뜬 황금 활을 쥐고, 등의 활 통에서 황금 화살을 빼내 장전했다.

"죽어라! 요괴 놈!"

도호부사 김임주가 금저를 향해 달려왔다.

쇄액. 황금 화살은 환도를 산산조각 내면서 도호부사 김임주의 목줄기를 꿰뚫었다. 눈알이 터질 듯이 부풀어 오른 김임주가 성벽로 바닥으로 무너졌다.

한기는 깨어나지 못했다. 몸속에 똬리를 튼 불과 물의 기운은 점점 커지고 있었다. 그의 혼백은 덜덜덜 떨면서 차고 어두운 심해를 떠돌았고, 화르르 타면서 화산 굴을 굴러다녔다.

"혼수상태에 빠진 지 얼마나 됐소?"

전직 어의였던 코주부 의원이 의식이 없는 한기를 내려다보며 물었다.

"칠 일이 지났습니다."

황희가 주먹을 말아쥐면서 대답했다.

"어떻게 될까요?"

애써 차분한 얼굴로 복희가 물었다.

"내 의원 생활을 하면서 이런 경우는 딱 두 번 봤소. 큼."

코주부 의원은 헛기침을 했다.

"그때는 어땠습니까?"

황희가 다급히 물었다.

"두 번 다 깨어나지 않았소."

코주부 의원은 머리를 저으며 자리에서 일어났다.

"방법이 없겠습니까?"

황희가 입이 바짝 타서 떨리는 목소리로 물었다.

"조선의 허준, 중국의 화타나 편작이 되살아난다면 모를까……."

코주부 의원은 혀를 차며 문을 나섰다.

"흑."

기어코 복희가 울음을 터뜨리며 두 손으로 얼굴을 감쌌다.

지난 칠 일간 열한 명의 의원과 약방이 다녀갔다. 그들 중에는 임금의 건강을 보살폈던 어의도 셋이나 있었다. 병과 치료에 일가견이 있다는 그들은 하나같이 절망적으로 머리를 흔들었다.

"보란 듯이 깨어날 거야. 걱정 마."

황희는 힘주어 말했다. 그렇게 복희만이 아니라 스스로를 위로하고, 눈물을 삼키며, 방문을 나섰다.

고산자가 얼빠진 얼굴로 툇마루 모서리에 앉아 있다.

"아침은 먹었어?"

황희의 물음에 고산자가 웃으며 머리를 흔들었다. 한기가 정신을 잃고 있는데, 혼자만 배를 불릴 수는 없다.

"사줄게. 가자."

황희가 목화에 발을 집어넣으며 말했다.

"아뇨. 괜찮아요."

"먹어야 기운이 나지."

"요괴는 안 먹어도 돼요……."

"그래도 먹어. 평소처럼."

"평소가 아니에요. 한기 형이 죽어가요."

고산자가 둥근 머리를 푹 떨어뜨렸다. 어깨가 부들부들 떨렸다. 콩알 같은 작은 눈에서 후드득후드득 눈물이 떨어졌다.

"한기 형이 죽어가요."

돛배 한 척이 물결을 타고 유유히 내려와 마포나루에 닿았다. 신선처럼 하얗게 수염을 기른 노인과 마치 한 자루 검처럼 날카로운 젊은 무사가 내렸다.

천지현황 우주홍황

북두칠성을 가진 해동용손은 살아계신 천자이시니,

하늘을 보좌하여 교화를 펴신다.

마포나루와 장터는 주문 소리로 가득 차 있었다. 장사치나 행인은 물론 지게꾼이나 어린아이들까지 주문을 외우지 않는 이가 없다.

노인은 그 주문을 물리치듯 도포 소맷자락을 휘날리며 걷는다. 모습은 한 마리 고고한 학과 같고, 걸음은 구름 위를 걷는 듯 부드럽다.

합죽선을 눈앞에 펴고 표표한 걸음으로 걷던 호리호리한 노인이 한성요괴상점 앞에 멈췄다. 노인의 입에서 부드러운 미소가 사라졌다. 그는 숨을 크게 들이마신 후 상점 안으로 들어간다.

상점을 지나 집채 마당으로 들어선 노인 앞에 복희와 고산자가 젖은 눈으로 서 있다.

"한기를 보러 왔다."

"누구신지 말씀해주세요."

복희가 물었다.

노인은 긴 수염을 한 번 쓸어내렸다.

"금강산에서 왔다."

다음 순간, 복희가 공손히 허리를 숙였다.

"어서 오세요, 어르신. 앞집에 사는 복희라 하옵니다."

복희는 한기의 할아버지가 금강산 만폭동에 은거해 신선이 되었다는 말을 들은 적이 있었다. 한기가 의식을 잃은 지금, 금강산에서 찾아올 자가 누구겠는가? 노인은 한기의 할아버지가 틀림없었다.

"혹 차 한 잔 부탁해도 되겠는가?"

"마침 선차가 있습니다."

복희는 입술을 살짝 깨물고 몸을 비스듬히 돌렸다.

노인은 고개를 돌려 무사에게 말했다.

"해달, 잠시 쉬거라. 아무래도 큰일이 있을 것 같구나."

"예. 주군."

검과 같은 무사 해달이 허리를 깊이 숙였다.

노인이 신을 벗고 마루에 오르려는 순간이었다.

"할아버지, 나는요?"

고산자가 굵은 손가락으로 넓은 이마를 긁적였다.

"응?"

"고산자는 뭘 할까요?"

"응?"

이번만은 노인도 좀 당혹스러운 모양이었다.

"너는 차를 끓일 줄 아느냐?"

"모, 모, 모, 모르는데요."

고산자가 공허한 눈으로 대답했다.

"그러면 뭘 잘하느냐?"

"지, 지도 잘 그려요."

"응? 그러면 옆에서 나와 한기를 지켜다오."

"예!"

고산자가 길게 숨을 내쉬었다. 작은 눈알에 활력이 돌
았다. 아무 도움도 안 될까 두려웠던 것이다.

그 무렵, 황희는 말을 달려 좌포청으로 급히 돌아오고
있었다. 더 이상 선을 댈 곳이 없었지만, 혹여 포도대장 영
감이라면 또 몰랐다. 제 몸을 아끼기는 임금 저리 가라 하
는 양반이었다. 어쩌면 따로 잘 아는 용한 의원이 있을지
도. 지푸라기라도 잡고 싶은 심정이었다. 황희는 좌포청
앞에 말을 세우고 관아 안으로 들어섰다.

때마침 그를 보고 장 포교가 혼비백산 달려왔다.

"종사관님!"

"왜 그러십니까?"

"큰일 났습니다."

장 포교가 콧김을 푹푹 내뿜었다. 웬만한 일에는 눈 하
나 깜짝하지 않는 장 포교가 이리 놀라는 것을 보니 보통
일이 아니었다. 뒤이어 장 포교의 입에서 하늘이 놀라고

땅이 흔들릴 만한 말이 터져 나왔다.

"제주 대정현과 함경도 경흥 땅에 요괴 떼가 출몰했습니다!"

황희는 굳게 입을 다물고 구레나룻으로 덮인 장 포교의 얼굴을 빤히 노려봤다.

"정말입니까?"

"제주 대정현에는 요괴 목인이 나타났습니다. 지난여름, 도성 안에서 소란을 일으킨 요괴 말입니다. 희로애락 중 하나의 표정을 짓고 있는 것들."

"청목자가 재배한……."

"네. 대정현에 정박 중이던 전선에 처음으로 나타났다고 합니다. 이후, 대정현 읍치의 관아를 습격했습니다."

"함경도 경흥도호부에서는요?"

"경흥에는 손발이 검고 '재차의'라고 읊조리는 시체들이 나타났습니다."

"금저라는 요괴가 재배한 흑수흑족입니다."

황희가 어두운 얼굴로 대꾸했다.

"피해가 만만치 않습니다. 읍치에 불을 지르고 관아를 습격했습니다. 뒤이어 인근 마을에 쳐들어가 무턱대고 사람과 가축을 해쳤습니다. 그뿐만 아니라 사람들이 운집한 장터에 나타나 그곳을 피투성이로 만들었습니다.”

황희의 머릿속이 복잡해지려는 순간 포청 안으로 군관 둘이 동시에 달려 들어왔다.

“무슨 일이냐?”

종사관 황희를 본 군관들은 허리를 숙여 예의를 갖춘 후 입을 열었다.

“제주 대정현에 나타났던 나무 요괴들이 한순간에 자취를 감췄습니다.”

“함경도 경흥에 나타났던 살아 있는 시체들도 소리 소문 없이 사라졌습니다.”

“이게 대체…….”

황희와 장 포교가 의문 가득한 눈길로 서로를 쳐다봤다.

그런데 다음 순간, 더욱 황당한 일이 벌어졌다. 새로운 파발마가 도착한 것이다.

“함경도 갑산도호부에 살아난 시체들이 나타났습니다!”

잇따라 다른 파발마가 좌포청 입구에 멈춰 섰다.

“나무 인간 요괴들이 경상도 고성의 수군통제영에 모습을 드러냈습니다. 통제영의 배들이 불타고 수군들이 큰 피해를 입었습니다.”

한기의 할아버지는 일주일째 정신을 잃고 누워 있는 한
기 옆에 정좌했다. 그는 아련한 눈으로 손자를 내려다봤
다. 그리고 늙은 손을 뻗어 손자의 뺨을 부드럽게 어루만
졌다.

'아직 장가도 안 간 어린애를 두고 이것들은 대체 어디
로 사라졌단 말이냐!'

한기의 할아버지는 속으로 딸과 사위를 나무랐다. 그
러고는 한기의 윗옷을 벗겼다. 그런 다음, 손자의 심장에
손을 얹었다. 천천히 입술을 열었다.

"흔히 정(精), 기(氣), 신(神)을 일컬어 세 가지 보물, 삼
보(三寶)라 한다."

"네. 정은 생명의 발생과 유지에 필요한 기본물질이고,
기는 만물의 본질인 생명력이며, 신은 생명 활동을 통틀어
표현하는 것입니다."

복희가 맑은 눈빛으로 대꾸했다.

"허허허. 너는 생각보다 더 똑똑하구나. 그보다 쉽게
설명할 수 있겠느냐?"

"촛불을 예로 들겠습니다. 물질인 초는 '정', 촛불은

'기', 촛불이 타오르며 사방으로 퍼져나가는 빛은 '신'이라고 할 수 있습니다."

"옳다. 초의 궁극적 목적은 빛(신)이지만 초(정)와 촛불(기)이 없다면 그 빛이 나타날 수가 없지."

물질(정)이 있어야 생명력(기)이 유지되고, 거꾸로 생명력(기)이 있어야 물질(정)이 비로소 가치가 있는 것이다. 그러기에, 정기는 천지 만물을 생성하는 근원이 되는 기운이다.

하지만 근원의 기운만으로는 '존재'한다고 말할 수 없다. 존재란 표현되어야만(신) 그 의미를 가지고, 목적이 충족되는 것이다.

"한기의 상태는 어떻습니까?"

복희는 속으로 각오를 다지며 노인에게 물었다.

"그 기가 극허(極虛) 망실(亡失)이다."

다하고, 비고, 달아나고, 잃어버린 상태라는 뜻. 한기 할아버지는 이어서 입을 뗀다.

"두 가지 나쁜 기운이 이 아이의 기를 사로잡고 있다. 이대로 두면 결국 한기는 죽음에 이를 것이다."

"두 가지의 기라고 하면……."

"용손은 대해(大海) 용의 후손이다. 대해가 가진 극강의 물의 기운이 첫째요, 용이 가진 극강의 불의 기운이 둘째다."

노인의 설명에 복희는 입술을 꽉 깨물었다.

"방법이 있을까요?"

"불의 기운은 내가 다스린다. 그러면 그나마 목숨을 잃지는 않을 것이다."

"물의 기운은……."

"귀인을 찾아야 한다."

"……네."

복희가 꼭 찾아내겠다고 결심하며 대답했다. 애타는 마음을 드러내본들 당장 방법은 없었다. 일단은 한기의 생존이 먼저, 그다음 수는 그다음에 생각한다.

"아이야, 이 일이 쉬운 것이 아니니, 혹 내가 깨어나지 못하더라도 너무 심려치 말거라. 내 꼭 한기를 덮친 불의 기운을 날려버릴 테니."

복희는 대답하지 않았다.

칼로 상처를 내기는 쉬운 법이지만, 그 상처를 치료하는 건 훨씬 어렵고 힘든 일이다. 하물며 한기의 상처는 칼 따위로 낸 것이 아니다.

용의 기운을 사람의 기운으로 몰아내는 일. 한목숨이

온전히 필요한 일이었다.

"아이야, 넌 어떤 자가 가장 강한 자라고 생각하느냐?"

"약점이 없는 자입니다."

복희는 가만히 입술을 열었다.

"배움이 깊구나. 지상에서 가장 강한 자는 약점이 없는 자, 즉 나를 극복하고 나를 이기는 자다. 그렇게만 된다면 하늘조차 두렵지 않으리라. 그다음 강한 자는 비록 나를 완전히 이기지는 못하나 적의 약점을 아는 자다."

"적의 약점을 아는 자."

복희가 따라 되뇌었다.

"그래서 약자가 강자를 이기고, 힘없는 문(文)이 강한 무(武)를 이기고, 약한 선(善)이 거대한 악(惡)을 물리칠 수 있는 것이다."

"새겨듣겠습니다."

"무예도 마찬가지. 아무리 훌륭한 기법을 지녔더라도 한 가지 약점 때문에 이름 없는 무뢰배에게 죽임을 당하기도 한다. 몸에도 약점이 있지만, 음식이나 잠이나 술처럼 생활의 약점도 있고, 가족이나 애인, 과거의 고통스러운 기억처럼 마음의 약점도 있다. 아무리 강한 자도 약점을 가지고 있기 마련이지."

"용손을 무찌르기 위해서는 그의 약점을 노렸어야 한다는 말씀이군요."

"그렇다. 네가 약한 것이 아니라 용의 핏줄인 용손의 육체가 너무 고강하니 그의 유일한 약점을 노렸어야 했다는 뜻이다."

"용의 약점이라면……."

"어떠냐? 알겠느냐?"

"용의 턱밑에 거꾸로 돋아난 역린입니다."

복희가 대답했다.

"하하. 역시 똘똘한 아이구나."

역린(逆鱗), 거스를 역, 비늘 린. 용의 몸에 붙어 있는 여든한 개의 비늘 중 딱 하나, 턱밑에 거꾸로 난 비늘을 가리킨다. 용의 급소다.

순간, 노인은 복희의 얼굴에 먹구름이 뒤덮이는 걸 지켜봤다.

"표정이 왜 그러하냐?"

"제 불찰이 큽니다. 한기가 섬으로 향할 때 이 사실을 알렸어야 합니다. 그때 역린을 떠올리지 못해서……."

"허허. 네가 어찌 하나하나 다 완벽할 수 있단 말이냐. 또한 알려준다고 해도 결과는 달라지지 않았을 것이다."

"이유는 무엇이옵니까?"

"한기의 실력이 일취월장했지만 아직은 용손에 미치지 못한다. 맞싸워 이길 확률은 1할도 안 될 터. 게다가 역린의 위치를 모르니 애초에 싸움이 되지 않는다."

"턱밑에 있지 않습니까?"

"용손은 용이 아니라 용과 인간의 후손이다. 그 역린이 몸의 어디에 있을지 누구도 알 수 없다."

"까다롭군요. 최강의 실력에다 유일한 약점인 역린의 위치조차 알지 못하다니."

"세상에 용손에 필적할 실력을 가진 자는 오직 둘뿐이다."

"누구입니까?"

"하나는 젊은 날의 이 늙은이고, 하나는 사라진 한기의 어미다."

"대부인께서……."

"그러나 그 또한 역린의 위치를 알아야 대적이 가능하다. 그 위치를 모른다면 역시 이길 수 없다."

용손. 그는 약점을 알 수 없는 지상 최강의 용의 후손인 것이다.

"그럼 이제 한기를 살리러 가야겠구나. 무사하면 선차

나 한 잔 더 끓여주렴."

"그리하겠습니다, 할아버님."

복희가 억지 미소를 지으며 대답했다.

한기 할아버지는 눈꺼풀을 굳게 닫았다. 그리고 호흡
을 가다듬었다. 대나무 같은 손은 얼어붙은 듯 새파랗게
변해갔다. 이 푸른 기운은 곧 한기의 몸 안으로 침투하기
시작했다. 한기의 가슴이, 다음은 몸통이, 이어서 팔다리
와 얼굴까지 얼음처럼 창백해지고 있었다.

이윽고 할아버지의 오른손이 한기의 이마 위에서 점점
더 큰 빛을 발한다. 그 빛은 이제 한기의 얼굴 전체를 뒤덮
었다. 노인은 뻘뻘 땀을 흘리면서도 입가에 부드러운 미소
를 잃지 않았다. 그는 손자를 결박한 불의 기운을 다스리
기 위해 목숨을 건 사투를 벌이고 있었다.

시간은 하염없이 흘렀다. 한 시진(두 시간)이 훌쩍 지나
고 세 시진(여섯 시간)이 흘러가는가 싶더니, 하루가 지나 다
음 날 오후가 되었다. 그리고 어느새 이틀이 지났다. 한기
와 그의 할아버지는 이제 얼음처럼 투명한 상태였다.

여기서 애를 쓰는 이는 또 있었다. 판다 고산자다. 고산
자는 이틀 밤을 꼬박 새워가며 눈을 부릅뜨고 그들을 지키

고 있다. 끔뻑 어쩌다 졸음이 닥치면 어지간히도 크게 놀라서 몸을 부르르 떨었다.

"예전에는 잠이 안 왔는데……. 이제는 잠이 싫은데도 막 온다."

사흘째 되던 날. 정오 무렵에 늘 그렇듯 황희가 찾아왔다. 그는 한기에게 들른 후, 오복마음상담소를 찾아갔다.

복희와 당당이와 묘묘가 구들방에 올라앉아 있었다. 평소라면 크게 반길 묘묘와 당당이는 작은 울음만 낼 뿐이었다.

"어서 와. 차 한 잔 끓여줘?"

복희가 말했다.

"아냐, 됐다."

황희는 복희가 쥐고 있는 책을 주시했다. 허준의 《동의보감》이었다. 그 시선을 느끼고 복희도 손에 쥔《동의보감》을 내려다보며 입을 뗐다.

"진작 의술에 관해 공부해둘걸 그랬어. 이런 때 조금이라도 도움이 되도록."

"한기 할아버지를 믿자. 그런데 물의 기운을 없애줄 강한 기운을 가진 자. 하물며 제 목숨을 걸고서. 찾을 수 있을까?”

“찾아야지.”

그러나 방법이 없었다. 침묵이 이어졌다.

“그나저나 고산자는 저렇게 둘 거야?”

황희가 말을 돌렸다.

복희의 입술에 희미한 미소가 피어올랐다.

“놔둬.”

“보기가 너무 애처로워서 좀…….”

“그거라도 하고 싶은 거야.”

복희는 코끝이 찡해졌다.

“그 녀석, 요괴 주제에 정이 많아서 탈이라니까.”

황희가 일부러 입을 삐죽 내밀며 투덜댔다.

“요괴들의 움직임은 어때?”

복희가 물었다.

“제주 대정현과 고성 통제영에 나타났던 목인이 진주목
에 등장했어. 경흥과 갑산도호부에 나타났던 흑수흑족은
함경부에서 가장 큰 함흥부에 나타났고.”

황희가 대답했다.

“흑수흑족은 북쪽에서 내려오고, 목인은 남쪽에서 올
라오네.”

"그래. 목표는 역시 한양인 거 같아."

복희는 머리를 갸우뚱 기울였다.

"아무래도 이상해."

"나도 이해가 되지 않아."

황희가 심각한 얼굴로 받았다. 왜 청목자와 금저는 이 난리를 피우는 것일까? 그들은 용손의 수하가 아니던가? 용손은 천하의 구세주로 소문이 나 있다. 불쌍하고 억울하고 가난한 백성의 희망으로 떠오르고 있는 것이다.

"용손은 대체 왜 요괴를 앞세워 조선을 혼란에 빠뜨리는 걸까? 그러면 구세주가 아닌 게 되잖아. 어쩌면 청목자와 금저는 용손과 관계가 없는 걸까?"

황희가 복희에게 물었다.

복희는 머리를 세차게 흔들었다.

"그럴 리는 없어. 수중 섬에도 두 요괴가 재배하는 목인과 흑수흑족이 나타났으니까."

복희는 깊은 생각에 잠겼다. 용손이 새로운 구세주가 된다는 소문이 팔도에 가득하다. 뿐만 아니라 제일 큰 장애물인 조선의 엽괴들을 수중 섬의 함정에 빠뜨려 처리했다. 그런데 갑자기 요괴를 부려 난동을 피우는 까닭은 뭘까?

"속임수야."

복희가 확신에 차서 천천히 붉은 입술을 열었다.

"속임수라니? 어떤?"

황희가 되물었다.

"가장 극적인 모습으로 백성들 앞에 등장하려는 거야."

"극적으로?"

"조선이 요괴로 혼란스러울 때 용손이 구세주로 등장한다!"

"이런!"

황희가 경악했다.

복희는 빠르게 머릿속으로 용손의 계획을 따라갔다. 용손은 요괴들이 조선 팔도를 극도의 혼돈으로 몰아넣으며 한양 땅에 도착할 때 모습을 드러낼 것이다.

조선의 수도이자 최대의 인구가 결집해 살고 있는 한양에서 보란 듯이 요괴들을 물리치고, 창덕궁 용상에 앉은 무기력한 임금을 끌어내릴 것이다. 그리고 백성의 존경과 신망을 한 몸에 받으며 자신이 이 땅의 주인임을 선포할 것이다.

"무서운 자야."

용손의 음모에 생각이 미치자 복희는 어깨를 떨었다. 한편으로는 가슴 깊숙한 곳에서 분노가 치솟아 올랐다. 한기를 저 꼴로 만들고, 조선의 임금이 되겠다니!

　"어떤 수를 써서라도 막아야 해. 한양에 도착하기 전에
요괴들을 처리해야 해."

　황희가 주먹을 모아 쥐고 부르짖었다.

16. 사람의 이유

조선이 뜨거운 화로처럼 펄펄 끓었다!

흑수흑족. '여기 있다'라고 외치는 손발이 검은 살아 있는 시체.

목인. 희로애락 중 한 가지 표정을 가진 나무 인간.

이 두 무리의 요괴가 한반도를 태풍처럼 휩쓸면서 빠르게 한양 땅으로 향하고 있었다.

흑수흑족은 경흥에서 시작해, 부령, 경성, 갑산, 함흥을 지나, 평안도로 넘어갔다. 안주, 평양을 휩쓸고 황해도 황주목에 이르렀다. 이제 경기도가 코앞이었다.

목인은 제주와 고성을 지나 진주, 남원, 전주에 나타났으며, 이윽고 충청도 청주목에 출몰한 후 경기도와 맞닿은 직산현에 이르렀다.

나라가 발칵 뒤집혔다. 백성의 아우성이 천지에 가득 찼다. 요괴 떼가 나타나는 곳마다 처참한 광경이 펼쳐졌다. 글을 읽는 선비, 일하는 평민, 신세 처량한 노비를 가리지 않았다. 긴 담뱃대를 쥔 노인과 겨울 햇살 아래 철모르고 뛰노는 아이 또한 가리지 않았다.

지방 수령이 버티고 앉은 관아가 보이면 관아를 부수고, 공무로 쉬어가는 역참이 보이면 역참을 부수고, 글 읽는 소리가 낭랑한 향교가 보이면 향교를 부쉈다. 시장의 물건들을 엎고, 지붕에 불을 지르고, 성벽을 불태웠다.

수도 한양과 그 외곽 지역을 방비하는 오군영이 바빠졌다. 오군영 중에서 삼군문이라 불리는 중앙군영인 훈련도감, 어영청, 금위영의 군사들은 수도 한양의 수비와 방어를 했으며, 총융청과 수어청은 수도 외곽의 방어를 담당했다. 총융청은 광주, 양주, 수원 등 경기도 지역을 사수했고, 수어청은 도성 남부와 남한산성을 수비했다.

군영마다 무기를 닦고 정신을 칼날처럼 세웠다. 불철주야 사방으로 연락병을 배치하고 조사병을 파견했다.

그런데 문제가 있었다. 조사할수록 요괴들의 정체가

또렷해지는 것이 아니라 희미해진 것이다. 어느 곳에서는 수십 두가 나타나더니, 어느 곳에서는 수천 두의 요괴가 나타났다. 또한 너무나 갑작스럽게 출몰을 거듭했다.

그뿐이 아니었다. 읍성을 따라 횃불을 세우고 병력을 성벽로에 배치했건만 난데없이 읍성 안의 관아 바닥에서 요괴들이 튀어 올랐다. 무엇보다 까다로운 것은 요괴들을 기껏 죽여도 계속 되살아난다는 점이었다.

다행스럽게 한 가지 낭보가 전해졌다.

목인은 가슴과 두 다리를 자르면 된다!
흑수흑족은 목을 잘라 몸과 분리하면 된다!

이는 좌포청의 천재 종사관 황희가 널리 전한 사실이었다. 하지만 그것만으로는 상황이 크게 달라지지 않았다. 쓰러진 만큼 또 어디선가 다시 목인과 흑수흑족이 생산되었기 때문이다.

목인과 흑수흑족이 재배되어 생산된다! 무릇, 이 점이 가장 골칫거리였다. 어쩌면 이 조선은 장마 후의 땅이 풀로 덮이듯 목인과 흑수흑족으로 까맣게 덮일지도 모를 일이라고 백성들은 치를 떨었다.

한편, 목인과 흑수흑족이라는 두 가지 재앙에 맞서 하나의 희망이 점점 부풀어 오르고 있었다. 백성들은 입을 모아 기도하듯 말했다.

천지현황 우주홍황
북두칠성을 가진 해동용손은 살아계신 천자이시니,
하늘을 보좌하여 교화를 펴신다.

해동용손이 나타나 조선의 백성을 구할 것이다!

한기는 두 가지 기운에 정기가 잠식당했다.

첫 번째, 불. 그는 불쑥 뜨거운 화산 굴에 던져졌다. 사방이 불길에 타오르고 발바닥부터 타서 녹아내리기 시작했다. 머리카락까지 다 타서 사라질 때까지 그 고통은 멈추지 않았다.

두 번째, 물. 불의 고통이 지나가면 한순간 망망대해에 빠져 있었다. 두 다리는 회오리치는 물살에 휩쓸려 물밑으로 가라앉았다. 아무리 발버둥을 쳐도 물회오리를 벗어날 수 없었다. 폐와 심장으로 물이 들이닥쳤고 괴로움에 몸부림치다가 숨이 끊겼다.

눈을 뜨면 다시 망망대해. 발아래로부터 물회오리가 몸을 잡아끌었다. 이런 삶과 죽음이 쉴 새 없이 반복되었다. 시간도 없고 날짜도 없다. 끝없이 돌고 도는 두 가지 고통 속을 윤회했다.

그는 매 순간 죽음의 유혹에 사로잡혔다. 죽는 방법은 단순했다. 고통에 저항하지 않고 받아들이면 그걸로 끝이었다. 그렇게 고통에서 자유로워지고 싶었다.

하지만 한기는 저항했다. 살아서 부모님을 다시 뵙고, 또 원수를 갚고 싶었다. 그보다 더 절실한 바람도 있었다. 복희, 고산자, 황희, 그리고 묘묘와 당당이. 그들이 보고 싶었다. 단순하게 친구들을 보고 싶다는 게 아니었다. 자신의 삶을 꾸려가고 싶다는 뜻이었다. 한기는 누군가가 준 삶, 태어날 때부터 가졌던 삶이 아니라 자신이 만들어가는 삶을 살고 싶었다.

지금 그 삶의 시작이 한기를 찾아왔다. 복희, 고산자, 황희, 묘묘, 당당이와의 날들이다. 자신만의 삶을 만들지 못한다면 부모의 복수를 못 한 것보다 더 큰 후회가 될 것이다. 오롯이 내가 만드는 내 인생을 살고 싶다. 그것이 사람의 이유, 사람의 존재 방식이 아니던가!

어느 순간이었다. 이루 설명할 수 없는 밝은 빛이 위쪽
에서 쏟아져 내렸다. 느닷없이 뜨거운 불의 기운이 사라
졌다.

물론 불의 기운이 사라졌다고 그만큼의 평화가 찾아온
것은 아니었다. 물의 기운이 끝없이 되풀이되었으니까.

하지만 한 가지는 확실했다. 그 뚜렷한 한 가지 사실을,
대해의 심연에 빠져 허우적대는 고통 속에서 한기는 되풀
이해서 되뇌었다.

'나를 살리려는 자들이 있다. 살아야 한다.'

함경남도 안변군. 태백산맥 북부의 이 험난한 산악지
대에서도 더욱더 매서운 바위 절벽산이 있다.

사방이 깎아지른 그 절벽산에서 거대한 한 마리 백마가
수직으로 뛰어 내려오고 있다. 보통 말보다 세 배나 큰 백
마는 네 발을 움직이고 있지만 실은 그 발이 땅에 닿지 않
는다. 허공에 붕 떠서 일직선으로 산 아래를 향해 날아 내

려오는 것이다.

백마 위에는 이목구비가 아름다운 청년이 하얀 머리카락을 길게 늘어뜨린 채 초탈한 표정을 짓고 있었다. 바람에 펄럭이는 소매 틈으로 왼팔을 덮고 있는 용의 비늘이 번쩍였다. 용손이었다.

드디어 땅에 닿은 백마는 히이잉, 큰 울음소리를 내더니 철령 고개에 네 발을 멈췄다.

높고 험하고 가파른 철령 고개에 주막이 생긴 것은 지난봄이었다. 노부부가 산의 약초꾼들이 쉬었다 가는 나무집을 개조해 주막을 차린 것이다. 할머니는 산나물을 맛깔나게 무쳤고, 할아버지는 소주를 고아내고 막걸리를 담그는 솜씨가 좋았다.

용손이 머무는 절벽산 인근의 유일한 주막이기도 했지만, 술과 나물 맛이 좋아서 그는 이곳에 가끔 들렀다.

"허어. 어서 오십시오. 이번에는 근 보름 만에 온 거 같습니다요?"

용손이 울타리도 없는 주막에 들어서자, 평상에 앉아 떨어지는 겨울 햇볕을 쬐던 할아버지가 반색했다. 이마 한가운데 푸른 점이 크게 박힌 점박이 할아버지였다.

"벌써 그렇게 되었나?"

용손은 무심히 대꾸했다.

"저기…… 방으로 들어가시겠습니까?"

점박이 할아버지가 쭈뼛거리며 물었다.

고도가 높은 철령 고개는 겨울 중에서도 한겨울이었다. 시선이 닿는 곳마다 눈이 쌓였고 살을 에는 칼바람이 불었다.

귀한 단골을 방으로 모시고 싶지만, 고개를 넘는 행인들이 묵고 가는 하나뿐인 봉놋방은 지저분하기 짝이 없었다.

"볕이 따뜻하니 평상에 앉지."

"오늘도 산나물에 막걸리를 한 사발 드릴깝쇼? 이놈이 요번에는 특히 더 찌르르하게 담갔습니다요. 헤헤헤."

점박이 할아버지가 경망스럽게 웃었다.

"그렇게 해주시게."

"참, 지난밤에 놓은 덫에 수꿩이 걸렸는데 꿩고기도 좀 드시겠습니까? 맛이 좋습니다."

점박이 할아버지는 혀를 내밀어 입술을 침으로 적셨다.

"몇 점 내주게."

용손이 대답했다.

그때 숲 안쪽 길에서 허리 굽은 할머니가 산느타리버섯을 채집해 바구니에 담아 돌아왔다.

"아이쿠, 우리 잘생긴 선비님이 오셨구려. 잠시만 기다리우. 내 맛난 안주를 만들어드릴 테니까."

저승꽃이 얼굴에 활짝 핀 할머니는 코맹맹이 소리를 냈다. 그러더니 급한 마음에 굽은 허리로 잰걸음을 걷다가 돌부리에 걸려 넘어졌다.

"어이쿠야."

할머니는 힘없이 용손이 앉아 있는 평상 아래까지 데굴데굴 굴러갔다.

"괜찮은가?"

용손이 할머니를 보며 혀를 찼다. 그는 평상 밖으로 한 발을 딛고 손을 내밀어 할머니를 일으켜 세웠다.

"아이고, 성품도 좋으셔라. 제가 다시 말씀드리지만서두, 우리 아름다운 선비님은 요런 첩첩산중에 묻혀서 마음공부만 하실 분이 정말 아닙니다요."

할머니는 끙 하고 허리를 펴서 하늘을 한 번 보더니 다시 허리를 굽혀 흩어진 산느타리버섯을 바구니에 주워 담기 시작했다. 그러면서도 입은 계속 놀린다.

"우리 선비님은 세상에 나아가 임금님을 받들고 백성을 다스려야 합니다. 우리 영감 같은 무지렁이야 이런 산골이 어울리지만, 어디, 선비님이 있을 곳은 못 됩니다."

"허어, 저 할망구는. 다 큰 뜻이 있으시겠지. 왜 자네가 나서서 이래라저래라야."

할아버지가 말 많은 할머니를 타박했다.

"우리 무지렁이 점박이 영감은 가만있으세요. 우리 선비님을 볼 때마다 내 마음이 짠해서 그러우."

"짠하긴 뭘 짠해?"

점박이 할아버지가 버럭 화를 냈다. 무지렁이라는 말에 부아가 치민 게 틀림없었다.

"내 인생이 더 짠하다! 이 시대에 배우고 못 배우고가 어디 뜻대로 돼? 타고나는 대로 사는 거지!"

"이 영감이 미쳤나? 평생 마누라 고생시켜놓고 인생 타령하는 거유?"

"아니, 내가 자네를 고생시키면 얼마나 고생시켰다고 그래?"

할아버지의 말에 할머니가 손에 든 바구니를 떨어뜨렸다. 산느타리버섯이 다시 흩어졌다.

"요즘은 노비 년들도 하는 옥비녀, 금반지 하나 없이 이 심심산골에 들어와 굽은 허리로 버섯이나 캐러 다니는 건 그쪽 마누라가 아니고 다른 년인가 보지?"

할머니가 날 선 목소리로 따졌다.

"누가 여기 들어오자고 했어? 자네가 오자며?"

"안 오면? 어디서 먹고살게? 올봄에 집에 불이 나, 다 타서 사라졌는데?"

할머니가 굽은 허리를 짚으며 매섭게 할아버지를 노려봤다.

"쯧. 그만들 하시게."

용손이 혀를 차고 미간을 찌푸렸다. 그러더니 천천히 입매가 느슨해졌다. 눈앞의 노부부는 평생 돈 몇 푼에 이리저리 움직여 다니는, 배우지 못하고 나약하고 어리석은 자들이었다. 무지한 그들을 보고 있자니 언짢은 기분은 잠깐, 평소에 없던 안도감이 들었다.

"아고고. 죄송합니다, 선비님."

할아버지와 할머니는 용손을 향해 허리를 굽히며 쩔쩔맸다.

"하하. 됐네. 술상이나 봐주게."

"네. 그럽죠."

노부부는 술상을 차리기 위해 바삐 부엌으로 사라졌다. 할머니는 산나물을 무치고, 할아버지는 삶은 꿩고기를 솥에 데우고, 술독에서 막걸리를 퍼 담았다. 그러면서도 계속 티격태격했다.

잠시 후, 용손 앞에 술상이 차려졌다. 그러자 숲에서 두 요괴가 나타났다. 금저와 청목자였다. 두 요괴는 평상 앞에 섰다.

"표정이 편해 보입니다."

금저가 툇마루에 앉아서 담배를 태우는 할아버지와 할머니를 슬쩍 확인하며 용손에게 말했다.

요괴가 나타난 것을 모르는 노부부는 어쩐지 어깨가 오소소 떨린다며 다 네 탓이라고 서로에게 괜한 트집을 잡는 중이다.

"산정 말고는 이곳이 유일한 쉼터가 아니더냐."

용손이 대꾸했다. 그는 입을 열지 않고 전음(傳音)을 통해 두 요괴와 대화했다.

"일은 어떻게 되고 있느냐?"

"이제 개성입니다."

"경기도로 들어섰습니다."

금저와 청목자가 대꾸했다.

"총융청과 수어청의 군사가 지키는 곳을 무시하고 한양 사대문으로 곧장 돌입한다."

"드디어!"

"너희는 각별히 몸을 잘 보존토록 하라. 너희가 있는 한 목인과 흑수흑족의 저주는 계속될 테니."

그랬다. 금저와 청목자가 존재하는 한, 흑수흑족과 목인은 무한대로 생산해낼 수 있었다.

"곧 조선의 임금은 두 가지 중 하나를 선택해야겠군요."

금저가 금색 돼지 입꼬리를 치켜올렸다.

삼군문인 훈련도감, 어영청, 금위영의 군사들은 수도 한양을 방비하는 정예군이다. 하지만 실제로 그들이 방비하는 건, 수도 한양이 아니라 궁궐 안의 임금이었다. 수도 한양에 요괴 떼가 출몰했을 때, 삼군문의 군사들은 과연 어쩔 것인가?

"임금은 백성을 지키라는 명을 내릴까요, 제 한 몸을 사릴까요?"

금저가 물었다.

"겁쟁이 임금의 선택은 뻔하다."

용손이 비릿하게 웃으며 덧붙인다.

"그자는 오직 제 목이 떨어질까 두려워할 뿐이지."

"흐흐. 자신을 보호하기 위해 궁으로 군사들을 집결시키면 도성 안의 백성이 몰살당할 것입니다. 그 소문이 팔도를 잠식할 때 당당히 요괴를 물리치고 용손께서 임금의 자리에 오르시면 됩니다."

"킥킥킥. 감축드립니다."

금저와 청목자가 차례로 말했다.

약 한 시진(두 시간)이 지나고 용손은 평상에서 일어섰다. 그는 값을 치른 후 주막을 떠나갔다.

할머니는 용손이 사라지고 나자 할아버지에게 중얼거리듯 말했다.

"백발 사이가 빛났수."

"확실한가요?"

할아버지가 늙은 손가락으로 목을 긁적이며 되물었다.

"틀림없다니까요. 손톱보다 작은 비늘이 이마에 거꾸로 박혀 있었어요. 아고고, 이놈의 허리는 언제 다시 펴보나."

할머니가 마른 허리를 두드리며 말했다.

"당장 펴겠수? 아님 내일부터 펴겠수?"

"기뻐서 서두르다간 낭패를 보기 십상이죠."

할머니가 속삭였다. 그런데 그 낮은 목소리는 더 이상 노인의 것이 아니었다. 부드럽고 온화한 중년 여성의 목소리였다.

"그럼, 내일은 집으로 돌아갑시다."

할아버지가 말했다. 그리고 그의 목소리 역시 바뀌어

있었다. 점잖은 중년 남성의 목소리로.

"아고고."

할머니는 허리를 두드리며 방으로 들어갔다. 할아버지
는 평상에 앉아 용손이 남긴 음식을 집어 먹기 시작했다.
그들은 방과 평상에서 동시에 속으로 부르짖었다.

'드디어 용손의 약점인 역린을 찾았다!'

닷새가 지났다. 드디어 한기 할아버지의 손이 손자의
몸에서 떨어졌다. 거의 투명했던 몸이 천천히 본래의 색을
되찾았다.

노인은 커다란 물독이 다 비도록 벌컥벌컥 물을 마시고
나서 긴 한숨을 내질렀다. 가부좌를 한 채로 닷새 동안 소
모한 기는 그를 극도로 쇠약하게 만들었다. 얼굴은 생기와
핏기를 잃었고 몸은 건드리면 바스러질 것처럼 연약해 보
였다. 다만 그 깊고 형형한 눈빛만은 그대로였다. 노인의
눈길이 가장 먼저 닿은 곳은 다름 아닌 고산자였다.

"네가 아니었다면 도중에 포기할 뻔했다."

반 농담 삼아 한 말이었지만 닷새 동안 끝까지 옆을 지

켜준 것이 큰 힘이 되었다.

"감사합니다."

고산자가 감격에 차서 부르르 몸을 떨었다.

한기 할아버지는 그다음으로 복희와 황희를 보며 머리를 끄덕였다.

"극한의 기운으로 먼저 한기의 정기에 스며든 불의 기운을 잠재웠다."

"수고하셨습니다."

"고생하셨어요."

황희와 복희가 고개를 숙였다. 그러면서도 얼굴은 어두웠다. 이제부터 어떻게 해야 할지 몰랐기 때문이다.

"나는 기운을 너무 써서 당분간 쉬어야겠구나."

"이 집에는 마땅히 쉴 자리가 없습니다. 제 할아버지가 머무시던 방을 치워뒀습니다."

복희가 말했다.

"아니다. 내가 생사의 기로에 선 손자를 두고 어딜 가겠느냐. 한기 옆에 얇은 요나 하나 깔아다오."

"그럼, 그렇게 하겠습니다, 할아버님."

복희가 집으로 가 깨끗한 이불과 요를 준비해 한기 옆에 깔았다. 황희는 한기 할아버지를 부축해 이부자리에 눕

했다.

"지금부터 내 꽤 오랜 잠에 빠질 것이니 그리 알아라."

"그런데 할아버님."

복희가 마지못해 입술을 뗐다. 한기 할아버지가 잠들기 전에 물어야 할 것이 있었기 때문이다.

"말해보거라."

"나머지 하나의 기운, 즉 물의 힘으로부터 한기를 구할 인물은 어디서 찾을 수 있을까요?"

한기 할아버지는 눈을 감고 한동안 말이 없었다.

"지금은 없다."

노인은 침울한 음성으로 말했다.

"……네."

복희가 고개를 숙이고 울지 않기 위해 숨을 들이켰다.

"'지금은'이라고 단서를 두셨습니다."

황희 또한 눈물을 참으려고 눈을 치켜뜨고 물었다.

"나는 불의 기운에 맞설 수 있었다. 내 무예의 바탕이 물에 있기 때문이다. 그러나 용이 가진 한계가 없는 물의 기운을 몰아낼 자를 마땅히 알지 못한다. 물론 그 아이가 있다면 또 모르겠다만……."

"누구입니까?"

"한기의 어미 말이다."

"그러나 대부인께서는 오리무중이지 않습니까?"

"그러니 기다릴 수밖에."

"불의 기운을 몰아냈으니 깨어나지 않겠습니까?"

황희가 기대하며 물었다.

"뇌와 심장이 멎었다. 그중 뇌가 다시 움직인다고 해서 심장 멎은 사람이 일어나더냐?"

한기 할아버지가 씁쓸하게 웃었다.

그때 방 밖에서 중후한 남자의 음성이 들려왔다.

"용이 가진 대해의 기운을 물리칠 자가 방금 당도했습니다."

순간 한기 할아버지의 얼굴이 밝게 빛나다가 곧 사납게 일그러졌다.

스르르. 방문이 열렸다. 중년 부부가 나란히 서 있었다. 선비는 전신에 고고한 기품을 풍기고, 여인은 단아하고 아름답다. 그들은 바로 한기의 부모였다.

"네 이놈들!"

한기 할아버지가 호통을 쳤다. 호통 치는 소리가 어찌나 크고 높은지 마포가 들썩거렸다. 긴 겨울을 맞아 즐겁게 거리를 활보하던 요괴들이 깜짝 놀라서 후다닥 어둠 속으로 몸을 숨겼다.

한기의 부모는 방으로 들어와 절을 했다.

"죄송합니다."

사위 최북이 말했다.

"미안."

딸 매화당이 차분한 외모와 달리 말괄량이처럼 혀를 쏙 내밀었다. 천천히 한기 할아버지의 얼굴이 밝아졌다.

"용케 때를 맞춰 돌아왔구나. 그래 너희들이 가져온 것이 무엇이냐?"

노인은 두 사람이 야반도주한 이유를 에둘러 물었다. 그는 처음부터 지상 최강의 무사인 딸과 만물에 통달한 박물군자 사위가 느닷없이 사라진 이유가 있으리라 짐작했다.

"용손의 약점을 찾아왔습니다."

사위 최북이 대답했다.

"응. 용손의 역린을 찾았어."

딸 매화당이 이어 말했다.

"흠, 다행이로고."

한기 할아버지는 머리를 끄덕였다. 그리고 사위를 보며 푸근하게 웃는다.

"자고 일어나면 한잔 걸치자꾸나."

"그때 모시겠습니다, 장인어른."

"응, 아빠. 잘 자."

"일단 회초리부터 맞고."

"……네, 장인어른."

"……."

사위는 대답했지만, 딸은 말이 없다.

"대답하자, 매화당 서 씨."

노인이 딸을 쏘아보며 말했다.

"최 서방이 내 몫까지 맞을 거야. 그렇죠, 여보?"

매화당이 남편 최북을 보며 씨익 웃었다.

"장인께서 작심하시면 한 번에 다리 하나씩 부러집니다."

"어머, 그럼 제게 다리 부러지는 회초리를 맞으란 거예요?"

"명색이 당신은 조선 최고의 무사잖소."

"그래도 회초리는 싫어요."

매화당 서 씨가 반찬 투정하는 아이처럼 머리와 어깨를 흔들었다.

두 사람을 보며 혀를 찬 한기의 할아버지는 이부자리에

천천히 몸을 눕혔다. 그런 다음 한기의 손을 잡았다.

"오랜만에 손자 옆에 누워보니 좋구나……."

노인은 그렇게 말한 후 곧장 죽음보다 깊은 잠으로 빠
져들었다.

이윽고 매화당 서 씨가 아들의 몸을 차지한 대해의 기
운과 맞서기 위해 그 옆에 나란히 누워 손을 맞잡았다.

"이 어미가 기필코 너를 살려주마."

고산자는 상점 안에 앉아서 열린 문밖으로 지나가는 사
람들을 물끄러미 보고 있었다. 한겨울의 찬 날씨에 사람마
다 몸을 움츠리고 있었다.

고양이 묘묘는 고산자의 머리에 올라타 있었고, 당당
이는 옆에서 우물우물 빈 입을 움직였다. 때가 때이니만큼
셋 다 우울했다.

"한기의 동생이라고?"

뒷문에서 최북이 상점으로 들어섰다.

고산자가 벌떡 일어섰다. 머리 위의 묘묘가 사뿐히 박
달나무 탁자로 내려섰다.

"안, 안녕하세요."

고산자가 깊이 머리를 숙였다.

374

"한기의 동생이라 들었다."

"아, 아, 아, 아닙니다."

고산자는 심하게 말을 더듬으며 대답했다. 물에 빠진 것처럼 놀라서 양팔을 휘젓고 있다.

"아니라니? 복희가 내게 거짓을 말했느냐?"

"그, 그, 그, 그게 아니에요. 복희 누나가 거짓말을 한 게 아니라……."

고산자가 쩔쩔맸다.

"그럼, 네가 한기의 동생이 맞구나."

"그, 그렇긴 한데 그것이……."

최북이 고산자를 보며 피식 웃었다. 그런 다음 성큼 걸어와 고산자 옆에 앉았다.

고산자가 뻣뻣하게 몸을 펴고 작은 눈알을 빠르게 깜빡거렸다.

"그림을 그린다고?"

"지, 지, 지도가 좋아서요."

"재미있구나. 그런데 뭘 보고 있었느냐?"

최북이 열린 문밖을 보며 물었다.

"사, 사람요. 길, 길 가는 사람들요."

고산자가 부끄러워하며 대답했다.

"어떤 생각을 했느냐?"

"부, 부, 부러워요."

"어째서?"

최북이 고산자를 바라보며 당혹한 듯, 이어 말한다.

"크고 둥글고 귀엽구나."

"감사합니다!"

저도 모르게 고산자가 소리쳤다.

"사람보다 강하기로는 네가 더 강하고, 오래 살기로도 네가 더 오래 사니 그런 것이 부럽지는 않을 테고…… 무엇이 부러운 거냐?"

최북이 사려 깊은 눈동자로 바라보며 물었다.

"잘 모르겠어요. 그런데 부러워요."

"배울 수 있다는 것이 부러운 거냐?"

"아, 아, 아, 아뇨. 고산자는 공부 싫어해요."

고산자가 황급히 손을 내저었다.

"흠, 잘도 그런 말을 하는구나. 그럼 농사를 짓고 물건을 사고파는 재주가 부러우냐?"

"그, 그것도 별로 안 부러워요."

"허면 사람이 특별히 부러울 게 없을 거 같은데?"

최북이 의아해하며 물었다. 짧은 침묵이 흘렀다. 고산

자가 느릿느릿 수줍게 입을 열었다.

"함, 함, 함께 있는 거요."

"뭐라 했느냐?"

"함께 사는 거요. 함께 자고, 함께 먹고, 함께 놀고, 함께 일하는 거요."

최북의 얼굴에 미소가 피어올랐다.

"너도 한기랑 자고, 먹고, 놀고, 일하지 않느냐? 또한 형이라 부르고."

"고, 고산자는 요괴예요."

고산자가 슬며시 최북을 곁눈질하고는 정면을 바라보며 눈을 빠르게 깜빡거렸다.

"요괴(妖怪)라는 말은 요상하고 기이하다는 뜻이다. 아느냐?"

"몰라요."

"이제부터 알아두거라."

"네."

"귀신이란 뜻도 한 가지다. 귀신(鬼神)은 무슨 뜻인지 아느냐?"

"몰라요."

"멀 귀, 혼 신이라 하여, 정신이 멀다는 뜻이다."

"네."

"무슨 말인지 알겠느냐?"

"몰라요."

"귀신이란 특별히 다른 존재가 아니란 말이다. 그저 정신이 먼 존재를 의미한다. 즉 서로 정신이 닿지 않는 존재가 서로의 귀신인 것이다. 쉽게 얘기해주랴?"

"네."

"귀신이 따로 있는 것이 아니라 내가 신경 쓰지 않는 이가 귀신이며, 나를 신경 쓰지 않는 이에게 내가 귀신이란 뜻이다. 요상하고 기이한 요괴란 뜻도 마찬가지다. 요괴가 따로 있고 인간이 따로 있고 신령이 따로 있는 것이 아니다. 마음으로부터 멀리 있으면 요상하고 기이한 존재, 요괴이며, 마음이 진심으로 믿고 바라면 신령스러운 존재, 즉 신이 된다. 더 쉽게 이야기해주랴?"

"네."

고산자는 침을 꿀꺽 넘겼다.

"내가 모르는 습관으로 생활하는, 한 번도 본 적이 없는 시베리의 원주 부족은 내게는 먼 존재, 즉 요괴이지만, 내 아들의 동생이자 이 요괴상점에서 함께 사는 귀여운 판다 고산자는 내게 요괴가 아니라 식구라는 거다."

"아."

고산자가 감탄을 터뜨렸다. 그리고 아주 깊게 머리를 한 번 끄덕이며 말한다.

"무슨 말인지 알겠어요."

"그럼, 앞으로 아버지라 불러라."

고산자가 동그래진 눈으로 최북을 쳐다봤다.

"아. 무슨 말인지 알겠어요."

"해보거라."

"다, 다, 다, 다음에요."

판다 고산자의 작은 눈에서 눈물이 똑 떨어졌다.

한기는 무의식의 망망대해에서 허우적거렸다. 수천수만 번째 물회오리에 휘말려 깊이를 알 수 없는 대해의 밑바닥으로 끌려 들어갔다. 목구멍으로 들이닥친 물살이 배 속을 빵빵하게 채웠다.

심해에서 숨이 막혀 죽음에 도달한다. 그다음 순간 한기는 다시 망망대해의 한가운데에서 허우적거린다. 곧 온몸이 얼음처럼 차가워지면서 벌벌 떨린다. 바다 아래로부터 물회오리가 두 다리를 끌어당긴다. 그렇게 한기는 망망대해에서 얼어붙고 숨이 막혀 죽는 일을 반복한다.

'으아아. 도대체 몇 번째야!'

한기는 물회오리에 밧줄처럼 묶여 심해를 향해 떨어진다. 이미 죽음이 찾아오리라는 걸 알지만, 공포는 가시지 않는다.

그 한순간, 부글부글 끓으면서 한기를 옭아매던 물회오리가 돌연 사라졌다. 바다 속이 고요하게 변했다.

끔벅. 한기가 놀란 눈을 깊이 감았다 떴다. 이제 한기는 망망대해의 나룻배 위에 우두커니 앉아 있다.

"물로부터…… 벗어났다."

한기가 감격한 얼굴로 바다를 보면서 읊조렸다.

청록색 바다 위에 파란 하늘이 펼쳐졌다. 터진 하얀 목화솜처럼 구름이 흩날리고 있었다. 바다 끝, 하늘로부터 내려온 빛의 기둥이 보였다.

"현실의 통로야."

하늘과 바다를 잇는 그 빛의 기둥이 현실로 돌아가는 통로라는 걸 한기는 직감적으로 깨달았다. 입술에 미소가 서서히 떠올랐다.

"좋아. 가자."

한기가 입을 열자, 나룻배는 저절로 빛의 기둥을 향해 잔잔한 수면 위를 미끄러지기 시작했다. 바다는 믿을 수 없이 고요하고 아름다웠다.

한기는 문득 뒤를 돌아보았다. 섬이 보였다.

'저 섬은 뭘까?'

호기심에 가득 찬 한기의 얼굴이 팽팽해졌다. 이곳은 자신의 무의식 세계다. 그를 괴롭히던 기운이 사라진 무의식의 세계에 새롭게 떠오른 섬은 도대체 무슨 의미일까?

한기는 고개를 돌려 빛의 기둥을 확인하고, 다시 비밀의 섬을 바라보았다.

'신경 쓰지 마. 현실로 돌아가는 게 먼저다.'

그는 머리를 털어내고 배의 전면에 보이는 빛의 기둥에 시선을 묶었다. 곧 나룻배는 빛의 기둥 가까이에 이르렀다. 빛의 기둥을 타고 현실로 돌아갈 일만 남은 것이다.

쏴아아아. 그때 나룻배가 하얀 물거품을 일으키며 크게 회전했다. 한기를 실은 나룻배는 섬을 향해 빠른 속도로 나아간다.

"나는 늘 호기심이 문제라니까."

한기는 팔짱을 끼고 늠름하게 앉아서 두 눈을 꼭 감았다.

한성요괴상점 안채.

"어째서…….."

적잖이 당황한 최북은 또 한 번 한기의 맥을 짚었다.

"틀림없이 정상으로 돌아왔는데…….."

최북이 낮게 부르짖었다.

"그런데 어째서 깨어나지 않습니까?"

매화당이 물었다. 쇠약해질 대로 쇠약해져 혼자 일어
나 앉을 수도 없는 매화당의 등을 복희가 받치고 입안에 물
을 조금씩 흘려 넣는 중이었다.

"모를 일입니다."

최북이 머리를 저었다.

"한기가 선택한 게 아닐까요?"

복희가 말했다.

"그게 무슨 소리냐?"

매화당이 복희의 품에 기댄 채로 물었다.

"한기가 현실로 돌아올 의지가 없는 게 아닐까요?"

"응?"

"아저씨의 말씀처럼 한기가 정상이라면 한기 스스로의

의지로 현실로 오지 않고 있는 것이니까요."

복희가 똑 부러지게 말했다.

그녀의 말에 매화당이 천천히 눈을 감았다 떴다.

"마음만 있다면 다시 돌아온다는 뜻이네. 별수 없네. 기다려보는 수밖에."

매화당은 길게 한숨을 토해냈다. 고개를 돌려 한기 너머에서 잠들어 있는 노인을 확인했다.

"아버지는 아직 잠들어계시네."

매화당의 얼굴이 어두워졌다. 연로한 아버지가 손자를 위해 너무 큰 희생을 한 것이다. 아마도 예전의 기력을 완전히 회복하지는 못할 게 틀림없었다.

"아침에 일어나서 미음을 드시고 다시 주무시고 계십니다. 너무 걱정하지 마세요. 강하신 분입니다."

남편 최북이 대꾸했다.

"용손은…… 어찌 되었습니까?"

"요괴의 무리가 곧 도성에 당도할 듯합니다."

최북은 숨김없이 말했다.

"내가 도움이 되어야 하는데……. 보시다시피 한동안은 꼼짝할 수가 없게 되었네요."

"한기를 살려냈어요. 그보다 중요한 건 우리에게 없습

니다.”

최북은 내심 잘되었다고 생각했다. 만약 자신들이 실패하더라도 한기와 아내가 남아 있으니 이 세상의 희망은 사라지지 않을 것이다.

“그럼, 이 나라는 당신께 맡기고 잠시 쉬겠습니다.”

“맡기시오.”

최북의 대답에 매화당은 보일 듯 말 듯 웃었다.

복희는 그녀의 품에 기댄 매화당을 조심스럽게 이부자리에 눕혔다.

한기의 무의식 세계.

한기를 태운 나룻배는 이윽고 섬의 모래사장에 도착했다. 한기는 백사장으로 내려섰다. 그와 동시에 해안 끝의 숲에서 빠져나오는 소리에 귀가 번쩍 뜨였다.

“장사타병!”

“여인격봉!”

“소년채집!”

"청년축구!"

"첨지시침!"

"가축철수!"

"광대곡예!"

"장사부감!"

"정학속검!"

"산군포효!"

'이 소리는…… 정의봉의 기법을 발하는 소리잖아.'

한기의 다리는 물이 낮은 곳으로 흘러가듯 숲을 향해 움직였다.

숲 입구로 들어선 한기는 풀이 덜 자란 오솔길을 따라 걸었다. 얼마 지나지 않아 잎이 넓은 활엽수 숲 한가운데에 공터가 나타났다. 사내 여덟과 여인 하나, 그리고 호랑이가 보인다.

"너, 너희들은 기, 기법의 주, 주인공들이잖아."

한기가 하도 놀라서 더듬더듬 말했다.

"에헴, 용케 그 죽을 고비를 다 넘겼네. 운이 좋구먼. 반갑네, 한기. 나는 경기도 광주 약현마을에 사는 조 첨지라고 하네."

염소수염에 감투를 쓴 쥐처럼 생긴 중년 남자가 헤헤 웃으며 인사를 했다.

"안녕하세요, 조 첨지 어른."

한기가 반갑게 받았다.

"인사 따위 소용 있나? 늘 붙어 있는 사이끼리. 그냥 할 말만 하면 되지."

바위 위에 올라앉은 채찍을 든 철수가 말했다.

"아이고 반가워라. 나는 구리현 순이 엄마야."

순이 엄마가 양손의 방망이를 보기 좋게 한 번 휙 돌리 더니 이어 말한다.

"너 매서운 방망이질은 아주 좋아. 하지만 애정을 담아 야 해."

"네?"

한기가 놀람 반 의문 반으로 되물었다.

"밤을 새워가며 하는 다듬이질은 정말 지겹고 힘든 가 사노동이야. 하지만 남편이랑 아이들이 입을 옷이니까 마 음 깊은 곳에 애정이 담겨 있단 말이지."

"그, 그게 무슨……."

"구리현 순이 엄마의 다듬이질은 빠르고 정확하니 피할 도리가 없다. 여인격봉 최고의 경지!"

"네?"

"애정을 가지고 몰아치듯 때린다는 거지. 그것이야말로 여인격봉의 정수야."

"애정을 가지고 때린다……."

"애정 연타라고나 할까?"

한기가 혼란스러워하는 그때 인왕산 호랑이가 골격을 꿈틀대며 턱턱 네 발로 다가왔다. 산천이 벌벌 떠는 위용이었다.

"산군."

한기가 호랑이의 별칭을 불렀다.

"산군포효의 최고 경지는 나 자신까지 호통으로 날려버리는 거다."

"나 자체가 호통이 되어야 한다는 거야?"

"무식한 도끼질이 아니라고, 장사부감은."

김해 장사 이징옥이 도끼의 옆 날을 손으로 쓸면서 이어 말한다.

"바느질하는 섬세한 마음이 필요하지. 도끼를 바늘이라고 생각해봐."

"머리 위의 밤을 따는 게 아니라 하늘 끝까지 올라가 하늘나라 밤나무의 밤까지 모조리 따 먹겠다는 마음가짐이 있어야 해. 그게 소년채집의 완성이지.”

밤섬 석봉이가 폴짝폴짝 뛰면서 설명했다.

“땅 재주는 순간순간의 화려함도 좋지만, 여러 가지 재주가 하나의 긴 선으로 흘러야 최고의 경지라고 할 수 있다.”

살판꾼 판개가 광대곡예의 오의(奧義)를 밝혔다.

그렇게 차례로 열두 기법의 주인공들이 한기에게 자신을 가장 잘 드러내는 법을 일러주었다.

‘여기는 나의 무의식 세계야. 즉 이미 내가 알고 있었다는 얘기네.’

한기는 생각했다. 그랬다. 매일 반복된 연습을 통해 한기는 기법들의 최고 경지를 무의식에서는 이미 알고 있었다. 다만 현실에서 이를 깨달아 드러내지 못했을 뿐.

“자, 말만 해서는 안 되지. 하나씩 제대로 배워보자고. 어때 첫 시작은 황 처사가 하시지?”

조 첨지가 장님 무사 황정학에게 말했다.

“그럴까요?”

딱 딱 딱. 혀로 입천장을 차면서 황 처사가 지팡이 검을 짚고 허리를 펴고 일어섰다.

“한기야, 지난번 싸움에서 보여준 빠름이 아니라 느림

의 정학속검은 정말 놀라웠다."

"네, 저도 놀랐어요."

"하지만 정학속검이 추구할 방향은 속도가 아니다."

"네? 그러면……."

"소리로 보는 법이다. 눈으로 볼 수 있는 건 한계가 있어. 네가 방 안에 있다고 생각해봐. 뭘 볼 수 있지?"

한기는 자신의 방을 떠올렸다. 방 안에서 보는 물건이란 별것 없었다.

"옷이랑 이불, 벽에 걸린 달마도, 읽지 않는 책 몇 권이랑 족자랑 화로랑……."

"이번에는 눈을 감고 밖의 소리에 귀를 기울여라."

방 밖, 고산자가 툇마루에 앉아 그림을 그리며 새타령을 흥얼거린다. 겨울 찬바람이 휭 불어온다. 개와 고양이와 새의 울음. 빨래터로 가는 여인들의 수다. 장사꾼들이 물건 파는 소리. 가래 끓는 노인들의 대화. 드르르 우마차가 바퀴를 굴리는 소리. 뛰어가는 아이들의 고함…….

"소리로 보이는 것이 더 많지?"

"소리로 보이는 것……."

"귀는 눈이 볼 수 없는 것을 보지."

"눈이 볼 수 없는 것을 본다……."

한기가 따라 뇌까렸다.

"그것이 이 장님 처사의 최후의 절기다."

한기는 눈을 떴다. 어느새 한기의 손에 정의봉이 쥐여 있었다.

"귀로 보는 걸 나는 청안(聽眼), 즉 듣는 눈이라 부른다. 다시 눈을 감아."

"네."

한기는 눈꺼풀을 닫았다. 마음을 비우고 황 처사의 이야기에 귀를 기울였다.

"눈이 아니라 귀로 보고 마음으로 움직인다."

17. 마음을 합쳐, 하나가 되어

최북은 사시(巳時)*에 잠자리에서 깨어났다. 늦은 아침
이었지만 겨울이라 햇살은 사위어 있었다. 그는 안방으로
가서 눈을 뜨지 않고 있는 아들을 내려다봤다.

상점으로 들어서자 고산자가 청소를 끝내고 손님을 기
다리고 있었다. 슬픔에 잠긴 고산자에게 복희가 상점 일을
계속하라고 권했기 때문이었다.

"부지런하구나."

---

*   오전 9시부터 11시까지

"네. 손님이 많아요."

고산자가 쓸쓸한 미소를 띠며 대답했다. 어두운 철이라 천일염과 팥으로 만든 환약, 벽조목 조각이 제법 잘 팔려나갔다.

야옹. 히잉. 고산자 곁에 엿처럼 달라붙어 있던 묘묘와 당당이가 인사를 했다.

"그래. 너희들도 잘 잤느냐?"

최북은 두 동물에게 반갑게 인사를 하고 거리로 나갔다.

"아이코, 어르신. 돌아오셨다는 말씀은 들었습니다. 그간 평안하셨습니까?"

골목을 도는 잡물점* 공 씨가 중얼중얼 뭔가를 읊조리다 최북을 보고 반색하며 인사를 했다.

"잘 지내셨습니까? 그런데 지금 외우고 있는 게 무엇입니까?"

"뻔하지 뭡니까. 천지현황 우주홍황 북두칠성을 가진 해동용손은 살아계신 천자이시니, 하늘을 보좌하여 교화를 펴신다."

---

*   생필품 가게

공 씨는 해죽 웃었다. 검은 피부 아래에 불안이 짙게 드리워져 있다.

"······."

"우리 마포는 물론이고 도성 안까지 이 주문을 안 외우는 백성이 없습니다. 들으셨죠? 요괴 떼가 나타나 한양으로 올라온답니다."

"들었습니다."

"오군영의 군사들이 총출동했답니다. 제발 우리 동네, 내 상점에는 안 나타나길 빌어야죠."

"그렇군요."

최북은 한강변으로 걸음을 옮겼다. 거리마다 사람마다 용손을 바라며 끝없이 주문을 되풀이해서 외우고 있었다.

한강변에 이른 최북은 품에서 새하얀 설화지를 꺼내 펼쳤다. 설화지에는 '석천 전일상'이라고 적혀 있다.

최북은 설화지를 오른쪽부터 네 번 접었다. 그리고 다리를 구부리고 강변에 앉아 종이를 흐르는 물에 띄웠다.

약 일각이 흘렀다.

히이이잉. 얼룩 백마가 난데없이 나타나 울어댔다. 구레나룻을 기른 거구의 사내가 안장 위에 앉아서 최북을 내려다봤다. 어깨에 앉은 매가 날카로운 부리로 끼에 하고 울면서 예리한 눈알을 굴렸다.

"내 친구 일상이가 맞군."

"내 원수 최북이군. 왜 불렀냐?"

"이번에는 조선을 구해다오."

"조선이 춘화도첩이냐? 간단하지 않아. 내가 힘을 보태도 이길 수 없다."

"마음을 합쳐 하나가 되어 해결한다. 그것이 사람이다."

최북이 대꾸했다.

그 말에 석천이 피식 웃었다.

"어릴 때 동무였던 팔선과 대박과 까치와 자주 했던 말이지."

"그래. 수박 서리할 때."

"그런데 나는 사람이 아닌데? 그래서 수중 섬의 보물에도 관심이 없었지."

"서로가 가까우니 내게 너는 요괴나 귀신이 아니다."

"그럼 네게 나는 뭔가?"

"친구지."

"그렇군."

오복마음상담소 안채.

한겨울이건만 살을 에는 추위도 잊은 채 대청마루에 열 사람이 앉아 있다. 박물군자 최북. 오복마음상담소 복희. 좌포도청 황희 종사관과 장 포교. 요괴 엽괴 전일상. 스님 엽괴 독고당. 기생 엽괴 옥류. 한기 할아버지의 호위무사 해달. 그리고 정체를 알 수 없는 검은 수염 노인과 흰 수염 노인.

그들 앞에는 복희가 준비한 따뜻한 차가 놓여 있다.

"두 어르신은 누구신지……."

황희가 예의를 갖춰 검은 수염 노인과 흰 수염 노인에게 허리를 숙였다.

"목멱대왕과 진국백이시다."

최북이 말했다.

"남산의 목멱이라 합니다."

"이 몸은 진국백이라 합니다."

두 노인이 가볍게 눈을 감았다 떴다.

"원래 신령은 인간의 흥망성쇠에 관여치 않는 법인데, 아시다시피 우리 둘은 이 조선과 피치 못하게 얽혀 있어 이

자리에 함께하게 됐습니다."

목멱대왕이 눈처럼 하얀 수염을 쓸어내렸다.

"태조로부터 받은 것이 있으니 어쩔 수 없지."

진국백이 밤처럼 검은 수염을 매만지며 말했다.

그들은 태조 이성계로부터 각각 대왕과 백(백작)으로 봉해져 나라의 신이 된 것이다.

"체, 처음부터 백 따위 받고 싶지 않았는데……."

진국백이 갑자기 부아가 치미는지 투덜댔다.

"나도 그래. 대왕 하라고 해서 좋다고 했지만, 이리될 줄 알았으면 절대 안 했을 거야."

목멱대왕이 말을 받으며 코를 훌쩍였다.

"하하. 두 분 신령은 지난 일을 후회해봤자 소용없습니다. 자, 그럼 이번 작전에 대해 복희가 설명할 것입니다."

최북이 복희를 바라보았다.

복희가 가볍게 고개를 숙이고 입을 뗐다.

"지난 8개월간 박물군자와 매화당께서 노부부로 변장을 하고 철령 고개에서 주막을 경영하셨습니다. 그 덕분에 용손의 유일한 약점인 역린의 위치를 알아냈습니다."

"다행이군."

전일상이 투덕투덕한 붉은 뺨을 꿈틀거렸다.

"약점이 어디야?"

화려한 비단옷을 입은 옥류가 물었다.

"역린은 이마에 박혀 있다고 합니다. 평소에는 백발을 눈썹까지 늘어뜨리고 다녀 눈에 띄지 않았던 것입니다."

"약점을 찾았다고 하나 고양이 목에 방울 달기와 마찬가지입니다."

최북이 더없이 심각하게 말했다.

"네. 사실이에요. 그만큼 용손은 강하기 때문입니다."

"하긴 약점이 하나뿐이란 건 그 하나뿐인 약점을 조심하기만 하면 된다는 뜻이니까."

독고당이 아니꼬운 듯 입꼬리를 치켜올렸다.

"우리는 두 가지 일을 동시에 해내야 합니다."

복희가 의견을 내고 찻잔을 들어 입술을 축인 다음 말을 이었다.

"용손을 처리함과 동시에 한양으로 진군해오는 요괴들을 조종하는 금저와 청목자도 막아야 합니다."

"도성 안에 요괴 떼가 나타나면 그야말로 아수라장이될 겁니다. 제 판단입니다만, 요괴들은 수도 외곽을 지키는 총융청과 수어청의 군사들을 무시하고 한양 안에 바로 출현할 것입니다."

황희가 말했다.

"막아야 합니다!"

장 포교가 낮고 강하게 부르짖었다.

"그걸 막을 방법은 없습니다. 대신 피해를 최소화해야
합니다."

"어떻게? 금저와 청목자를 없애지 않는 한 목인과 흑수
흑족은 계속 생산된다고 했잖아?"

옥류가 검은 눈을 끔벅이며 복희에게 되물었다.

"네. 그게 오히려 답입니다."

"알기 쉽게 말해줘."

"금저와 청목자를 잡는 거죠."

"아하! 그럼 그 요괴들이 생산한 목인과 흑수흑족들도
사라지겠네."

"바로 그래요."

복희는 좌중을 돌아보며 이어 말했다.

"요괴가 한양에 나타나는 순간, 금저와 청목자를 빠른
시간 안에 찾아서 없애는 거예요."

"말은 맞다만…… 신출귀몰한 그것들이 어디 있을지 어
떻게 알고?"

진국백이 근심 어린 표정으로 물었다.

"금저와 청목자가 지금까지 목격된 곳은 모두 그 고장의 가장 높은 곳이었습니다. 산정이나 성벽 위였죠."

"사태를 지켜보기 위함이로군."

목멱이 흰 수염을 쓸며 흘러가듯 말했다.

"네. 그래서 최북 어르신과 함께 논의한 끝에 그들이 나타날 곳을 확정했습니다."

"어딘가?"

"북에서 내려오는 금저는 한양 북쪽에서 가장 높은 곳인 백악산이나 그 옆의 한양 북문인 숙정문의 성벽로에 머물 것입니다. 남에서 올라오는 청목자는 목멱산에서 발아래의 한양을 지켜볼 것입니다."

"두 장소는 백악산신 진국백님과 목멱산신 목멱대왕님의 터전입니다."

최북이 두 신령을 보며 말했다.

"허헛, 그렇다면 수월하게 찾겠군."

"잘됐군, 잘됐어."

두 신령이 서로를 보며 머리를 주억거렸다.

"금저와 청목자는 어느 누구도 장담할 수 없는 특급 요괴입니다. 이들 요괴는 신령님들께서 맡아주셔야 합니다."

복희가 목멱대왕과 진국백을 보며 다짐을 받았다.

.

"맡겨두시게. 목멱산은 나의 터전일세."

"알았네. 백악산신이 백악산에서 요괴에게 지면 말도
안 되지."

복희는 두 신령에게서 시선을 떼고 다른 이들을 한 명
씩 둘러본다.

"최북 어르신과 해달 님, 그리고 엽괴 세 분은 용손을
잡기 위해 철령으로 향합니다."

"무슨 소리야?"

그 소리에 황희와 장 포교가 동시에 소리쳤다. 당연히
자신들이 이번 작전에 투입될 거라 믿었기 때문이다.

"황희 종사관님과 장 포교님은 나라의 관리. 도성 안에
요괴가 나타나면 백성을 위해 그 처리와 수습을 하는 게 우
선입니다."

복희의 똑 부러진 말에 반발하려던 두 남자의 입이 도
로 다물어졌다.

"다섯이면 괜찮군."

전일상이 거친 목소리를 부드럽게 풀어 말했다. 그러
더니 돌연 버럭 소리치며 말을 바꾼다.

"아니다! 제수씨가 조선 최고 무사지 저놈은 약하다고.
최북은 빼."

전일상이 최북을 손가락질하며 열을 올렸다.

"일상. 서당 개 삼 년이면 풍월을 읊는다고 했네. 그녀 옆에 있으면서 배운 게 있네. 조금쯤은 도움이 될 걸세."

"그래도 안 돼. 빼!"

전일상은 친구를 위험에 빠뜨리고 싶지 않았다.

"솔직히 말하지."

최북은 말문을 연 후 잠시 침묵했다. 그러다가 이윽고 다시 입을 연다.

"다섯이라고는 하지만 결코 장담할 수 없네. 게다가 묵검과 옥류, 독고당은 아직 수중 섬에서 받은 상처가 다 아물지 않았네. 아니 멀쩡하다고 해도 용손을 상대하기에는 솔직히 부족하다고 생각해."

그때였다. 오복마음상담소 상점채에서 인자한 목소리가 흘러나왔다.

"싸움 못 하는 사위는 빠져 있게. 우리 둘이라면 용손을 물리칠 확률이 조금은 높아질 걸세."

한기의 할아버지가 집채 마당으로 들어서고 있었다. 그 뒤를 회색 누비옷을 입은 묵검이 따른다.

최북과 해달, 전일상이 벌떡 일어섰다.

"장인어른."

"주군."

"춘부장 어른."

"다들 앉아라. 새삼스레 놀라긴."

한기 할아버지가 가볍게 머리를 주억거렸다.

"아직 기력을 회복하지 못하셨습니다."

복희가 불안한 눈으로 말했다.

"괜찮다. 그래도 웬만한 고수 한 명 몫은 해낼 것이다."

"그래도 장인어른⋯⋯."

"괜찮대도. 이 나이에 무슨 미련이 있겠느냐?"

노인과 묵검은 대청마루로 올라앉았다.

"두 분은 아직 회복이⋯⋯."

"쇠뿔 뽑듯이 가자고!"

전일상이 최북의 말을 가로채며 소리쳤다.

"쇠뿔 뽑듯이? 허허, 네놈 급한 성질은 사람일 때나 요괴가 된 지금이나 변함이 없구나."

한기 할아버지가 너털웃음을 터뜨렸다.

"아직 내 버릇을 개에게 못 줬습니다."

전일상이 호방하게 대꾸했다.

하하하. 장내에 한바탕 웃음꽃이 피었다.

＊

　　대설(大雪)＊의 새벽. 한겨울이지만 가을에 수확한 곡식
이 곳간에 쌓여 당분간 끼니 걱정이 없는 풍성한 때다.

　　그런데 이날 오경(五更)＊＊ 한양이 폭풍우의 난바다처럼
뒤집혔다. 요괴 떼가 출몰한 까닭이다.

　　검은 손, 검은 발의 흑수흑족은 한양 북쪽에서 느닷없
이 튀어 올랐다. 북쪽은 궁궐과 주요 관청, 관리들과 세도
가들의 터전이었다.

　　나무 인간 목인은 목멱산 아래 한양 남부에 나타났다.
일반 관청과 군영, 청빈한 선비부터 고향을 등진 가난한
평민들까지 다양한 자들의 터전이었다.

　　"요괴다! 요괴가 나타났다!"

　　"불이 났다! 주자소(鑄字所)＊＊＊와 균역청(均役廳)＊＊＊＊이 불
길에 휩싸였다!"

＊　　12월 8일경
＊＊　　새벽 3시에서 5시
＊＊＊　활자 제작소
＊＊＊＊ 균역법 시행 담당 관아

"경복궁에 불이 났다. 마을로 번지면 큰일이다!"

"몸을 숨겨라! 요괴가 보이는 것마다 죽이고 보이는 것마다 부수고 다닌다."

"포도청 군사들이 출동했다. 포청 종사관과 군관의 명을 따르라!"

"어찌하여 삼군문의 군사들은 보이지 않는가? 훈련도감과 어영청, 금위영의 군사들은 어딜 갔나?"

"임금이 제 목숨을 지키고자 창덕궁 안으로 군사들을 결집시켰다!"

"백성은 알아서 몸을 숨기라는 포도대장의 당부가 떨어졌다."

조선의 수도 한양은 그야말로 난장판이 되었다. 북부와 남부에서 출현한 요괴들은 불길과 함께 급속히 다른 구역으로 번져나갔다. 그것들이 지나는 곳마다 폐허로 변했다.

서로 다른 곳에서 불타오르는 한양을 내려다보는 두 요괴가 있다.

목멱산의 봉수대.

"크흐흐. 다 태워라! 다 죽여라!"

그 위쪽 허공에 활활 타오르는 붉은 불덩어리가 보인

다. 그 속에 가부좌를 틀고 앉은 요괴는 금발의 푸른 눈을 가진 작은 노인, 청목자다.

한양 북쪽, 바위산인 백악산 정상.

"멋진 광경이로군. 크크크."

황금 활을 등에 멘 황금 돼지 얼굴의 요괴가 붉은 망토를 휘날린다. 무예만 뛰어난 것이 아니라 술법을 부릴 줄도 아는 요괴로 금저라고 부른다.

그리고 얼마 후, 이 두 요괴 앞에 두 신령이 나타났다. 목멱대왕과 진국백이었다.

"크크크, 목멱이군. 인간과 붙어먹은 놈."

남산 봉수대 위의 청목자는 푸른 눈을 번쩍이며 목멱대왕에게 조소를 흘렸다.

"이리 내려오너라, 요괴 놈아."

목멱대왕이 흰 수염을 길게 휘날리며 호통을 쳤다.

"어디서 잘난 체야? 신령이 신통한 건 인간들에게나 통하지. 실력으로만 따지면 산신령 따위가 이 청목자를 이길 수 있다고 보나?"

순간, 청목자를 품고 있던 불덩어리가 목멱대왕을 향해 날아갔다. 뒤따라 곡도를 쥔 청목자가 허공을 차며 빠르게 땅으로 질주한다.

"어리석은 요괴 놈. 지옥으로 보내주마."

목멱대왕의 몸에서 바람이 일었다. 초록빛이 전신에 감돌더니 일순 모습이 사라졌다.

다음 순간 청목자는 깊고 푸른 숲에 갇혔다. 주위에서 무성한 나무가 자라고, 새가 울고, 짐승이 뛰어다니고, 멀지 않은 곳에서 계곡물 흐르는 소리가 들려왔다.

"이따위 환영으로 나를 상대할 수 있을 줄 아느냐?"

청목자가 날카롭게 소리쳤다. 그러자 불덩어리가 수백 갈래의 불줄기가 되어 숲을 태우기 시작했다. 곧 청목자를 감금한 숲은 불에 타 사라졌다.

"으윽."

목멱대왕이 허공에서 비틀대며 모습을 드러냈다.

"크크크."

청목자는 괴이한 웃음을 흘리면서 틈을 주지 않고 양손에 쥔 곡도를 휘두르며 목멱대왕을 향해 날아올랐다.

험한 바위산인 백악산 꼭대기에는 진국백과 금저가 마주하고 있었다.

"이 돼지 놈아, 오늘이 네 제삿날인 줄 알거라."

진국백이 금저에게 호통을 쳤다.

"부끄럽지도 않으냐? 신령이란 게 인간 따위한테 작위
나 받고 좋아하다니."

도리어 금저가 진국백을 깔보면서 혀를 찼다.

"어디서 감히!"

진국백의 공격이 시작된다. 백악산의 바위가 송곳처럼
날카롭게 깎여 허공으로 비상했다.

"가라!"

진국백이 호령했다.

크고 날카로운 바위 10여 개가 금저를 향해 쏘아졌다.
미처 피할 곳이 없었다. 부딪히는 즉시 갈가리 찢어지거나
터져버릴 위용이었다.

그런데 다음 순간, 진국백의 눈앞에서 금저의 모습이
사라졌다. 금저는 진국백의 뒤쪽 허공에 붉은 망토를 휘날
리며 떠 있었다.

"술법을 부리는구나!"

진국백이 금저를 올려다보며 낮게 부르짖었다.

금저는 황금 활에 화살을 장전한 상태였다.

싯. 싯. 싯. 연달아 세 개의 화살이 진국백을 향해 날아
왔다.

진국백은 몸을 날려 피했지만, 화살들은 살아 있는 듯

방향을 바꿔 그를 따라갔다.

목멱대왕, 진국백, 갔리고 청목자, 금저. 나라를 대표하는 두 신령과 특급 요괴인 두 요괴가 격전을 펼치는 발 아래의 한양 땅은 불길과 공포와 죽음으로 물들어가고 있었다.

남산 봉수대 위의 허공.

팍. 청목자의 오른손에 쥔 곡도가 목멱대왕의 어깻죽지에 박혔다. 서걱. 이어서 왼손에 쥔 곡도가 신령의 옆구리를 찢었다. 목멱대왕은 힘없이 땅으로 떨어졌다.

"크크크."

청목자는 다섯 봉수대 중 가운데 봉수대 위에 서서 사악한 웃음을 흘렸다.

"끝이다, 목멱."

이윽고 청목자는 목멱대왕을 향해 미끄러지듯 천천히 내려가기 시작했다. 양손의 곡도가 파랗게 빛을 발했다.

"응?"

청목자는 갑자기 어둠이 진해졌다고 생각했다. 요괴는 고개를 들어 더 위쪽을 올려다봤다.

어둠의 정체는 그림자였다. 그림자의 주인은 집채만

한 검은 점박이 귀구였다.

컹! 우레와 같은 개소리가 천하에 진동했다.

"어디 사냥개 따위가!"

청목자의 손에서 곡도가 날아갔다.

두 개의 곡도는 빙글빙글 회전하면서 두 배, 세 배, 다섯 배, 열 배, 스무 배로 커졌다. 이윽고 귀구에게 이르렀을 때 곡도는 귀구 못지않은 크기로 변한 상태였다.

"크크크. 저승의 문지기나 되어라!"

그러나 청목자는 이렇게 소리치는 동시에 소스라치게 놀랐다. 등 뒤에서 무거운 기운을 느꼈기 때문이었다.

고개를 돌리자 또 한 마리의 붉은 점박이 귀구가 커다란 아가리를 벌리고 있었다.

백악산 정상.

진국백은 가슴에 화살이 꽂힌 채 무릎을 꿇고 피를 토했다. 자유자재로 모습을 감추는 금저가 쏘아대는 화살을 결국은 피할 수 없었던 것이다.

금저는 백악산을 둘러보고 돼지 입으로 웃었다.

"백악산 신령이니 네가 사라지기에 이만한 곳이 없겠군."

"환술만 아니었다면······."

금저는 비릿하게 웃으며 황금 활에 새로운 화살을 장전했다. 그때 어둠을 뚫고 호탕한 목소리가 터져 나왔다.

"어이, 돼지머리. 잘라서 잔칫상에 올려줄까?"

좌포도청 장 포교였다. 그는 무거운 언월도를 들고 있었다.

"장 포교, 저 돼지는 인상이 좋지 않아서 잔치를 망칠 겁니다."

좌포도청 종사관 황희가 만류했다. 황희는 환도를 쥐고 있었다.

"무예는 모자라지만 환술 따위는 내 머리를 벗어날 수 없으니 맡겨두게."

박물군자 최북이 손가락으로 태양혈*을 톡톡 치며 나타났다.

함경남도 안변군. 험하기 짝이 없는 산악지대에서도 가장 가파른 절벽산. 그 정상으로 여섯 무사가 날아올랐다. 한기의 외할아버지. 엽괴 묵검. 요괴 엽괴 전일상. 스님 엽괴 독고당. 기생 엽괴 옥류. 무사 해달.

"탐나는 놈이로군."

전일상이 소박한 초가 옆에 서 있는 새하얀 거마(巨馬)를 보며 뇌까렸다.

탁. 다음 순간 초가의 방문이 열리고 용손이 모습을 드러냈다. 백발을 휘날리는 뚜렷한 이목구비의 청년은 집 앞에 늘어선 여섯 무사가 보이지 않는 듯 초탈한 표정이다. 그는 목화를 신고 우두커니 서서 한 사람 한 사람과 눈을 마주친다.

"주막집 노부부가 사라져서 의아해했더니, 아마도 매화당과 박물군자였던 모양이군."

"네놈 때문에 내 딸과 사위가 고생을 했다."

한기의 할아버지가 대꾸했다.

"한양에 볼 일이 있으니, 시간을 끌 필요는 없겠지."

용손은 혼잣말처럼 뇌까렸다. 그리고 용의 비늘로 덮인 왼팔을 들어 까닥였다. 여덟 개의 검은 인간이 땅에서 솟구쳐 올랐다.

"뭐야?"

"저것들은 대체……."

"인간인가?"

"아니다. 인형이다!"

"강철 인형이다!"

"다들 조심하십시오."

검은 강철 인형들은 용손의 앞을 성벽처럼 단단히 막아섰다.

"천사라고 부른다."

용손이 자랑스레 말했다.

"하늘의 사자라? 감히 멋대로 하늘을 칭하느냐?"

한기의 할아버지가 진노했다.

다음 순간, 누가 먼저라고 할 것도 없었다. 여섯 무사가 용손을 향해 돌아오지 않는 화살이 되어 쏘아졌다.

"멀쩡한 나와 해달이 두 놈씩 맡아 해치우지!"

달려가며 전일상이 소리쳤다.

"그러죠."

해달이 냉정한 얼굴로 받았다.

"팔천사, 저들을 죽여라."

용손이 검은 인형들에게 명령했다.

여덟 개의 검은 천사들이 약 한 자(30센티미터) 정도 바닥 위로 떠올랐다. 그리고 여섯 무사를 향해 빠른 속도로 날아갔다.

쾅! 여섯 무사와 여덟 천사가 부딪치자, 하늘이 놀라고 땅이 흔들렸다. 뒤이어 상상하기 힘든 광경이 절벽산의 정상에서 펼쳐졌다. 열네 줄기의 바람이 휘몰아치고, 열네 명의 무희가 춤을 추고, 열네 마리의 용과 호랑이가 얽혀들었다. 검은 강철 인형들은 하나하나가 일류 무사, 특급 요괴에 버금갔다.

무사들은 속으로 경악했다.

'대체 이런 것들을 어떻게 만들어낼 수 있었단 말인가?'

여섯 무사와 팔천사의 지독한 대결은 끝이 없어 보였다. 그러나 실력이 비슷하다면 중요한 것은 체력이다. 힘과 기를 소모하는 여섯 무사와 달리 팔천사에게는 누적되는 피로가 없었다.

반 시진(한 시간)이 흘렀을 때에도 팔천사는 처음 싸울 때와 똑같은 힘을 소유하고 있었다. 반면에 여섯 무사는 많이 지친 상태였다.

아침 해가 떠오르는 절벽산 정상. 누구도 상상하지 못

한 광경이 펼쳐졌다.

한기 할아버지와 묵검과 해달, 전일상과 독고당과 옥류. 여섯 명의 초일류 무사들이 만신창이가 되어 쓰러져 있었다. 피와 땀에 젖은 그들은 가쁜 호흡을 몰아쉬면서 약 30보 거리에 일렬로 늘어선 팔천사들을 노려보았다. 용손을 물리치기는커녕 가까이 다가가지도 못했다! 절망과 분노가 그들의 얼굴을 구름처럼 뒤덮었다.

"하하하하하하."

용손의 웃음소리가 아침 하늘로 드넓게 퍼져나갔다.

"내 세상의 거름이 되어라."

용손이 예언처럼 마지막 말을 던졌다. 그의 말을 신호로 팔천사가 여섯 무사를 향해 쿵쿵 강철 다리를 움직였다.

그때였다. 절벽 아래에서 뭔가가 튀어 올랐다. 그것은 절벽 끝에 멀뚱멀뚱 섰다. 얼굴은 희고, 몸은 검다. 눈과 귀를 안료 송연으로 검게 칠했다. 영락없는 중국 사천성의 슝마오, 판다곰이었다.

"고산자."

한기 할아버지가 뇌까렸다.

고산자는 쓰러져 있는 무사들을 훑어보며 울상을 지었다. 그러고는 팔천사들에게 시선을 옮긴 후 머리를 좌우로 까닥거렸다. 마지막으로 팔천사 뒤에 선 백발의 청년과 눈을 맞췄다.

"처, 처, 처, 처음 뵙겠습니다."

고산자가 난데없이 용손에게 인사를 했다.

"누구냐?"

용손이 차갑게 물었다.

"고산자예요. 별호는 판다. 지도를 그리는 게 취미고요, 노는 시간에는 묘묘랑 당당이랑……."

"여긴 무슨 일이냐?"

"저기 저 사람들, 앗, 전일상 아저씨는 요괴구나. 저 사람들과 전일상 아저씨 구하려고 왔어요. 히."

고산자가 웃었다. 그리고 다음 순간 허공을 박차고 순식간에 팔천사에게 육박했다. 느닷없는 움직임이었다.

텅. 고산자의 주먹이 천사 중 하나의 가슴을 깨뜨렸다. 치이이. 불꽃을 튀기며 천사가 뒷걸음질 쳤다. 다음 순간 고산자는 천사들에게 둘러싸였다. 퍽. 퍽. 퍽. 퍽. 퍽. 퍽. 퍽. 퍽. 여덟 개의 강철 주먹이 고산자의 몸에 꽂혔다.

"으아아아."

고산자가 고함과 더불어 기지개를 켜듯 몸을 하늘로 쭉 펼쳤다. 그 기세에 팔천사가 사방으로 나가떨어졌다.

"하나씩 하자!"

고산자가 인상을 팍 쓰면서 외쳤다.

물론 강철 인형들이 그 말을 들을 리 없었다. 곧 고산자는 팔천사의 협공에 이리저리 도망 다니는 신세가 되었다. 어떻게 보면 우습기 짝이 없는 광경이었다.

하지만 이를 지켜보는 용손과 여섯 무사는 속으로 경악했다. 비록 도망만 다니고 있지만, 고산자 홀로 팔천사를 상대해내고 있었다.

"매화당에 못지않다."

한기 할아버지가 중얼거렸다. 노인은 강철 인형과 부딪쳐봐서 잘 알았다. 완전한 몸 상태라고 해도 강철 인형 셋을 상대할 수 있는 자는 자신과 묵검뿐이었다. 전일상은 둘, 나머지는 하나.

그런데 판다 고산자는 여덟을 상대하고 있었다. 그 강함은 지상 최강의 무사라고 일컬어지는 매화당 서 씨에 필적하는 것이었다.

모두 고산자와 팔천사에게 주목하고 있을 때, 하늘에서 한 소년이 구름을 탄 듯 서서히 지상으로 내려왔다.

"한기야!"

무릎을 꿇은 채 버티고 있던 전일상이 처음 그를 발견

하고는 부르짖듯 외쳤다.

땅에 내려선 한기는 외할아버지에게 다가갔다.

"할아버지, 괜찮으세요?"

"오냐. 견딜 만하다."

할아버지는 피투성이가 된 채 미소를 지었다.

"고산자를 빨리 도와줘야 하지 않겠느냐?"

"괜찮아요. 젊어 고생은 사서도 한다잖아요. 저 녀석 나보다 어린걸요."

한기는 여유만만한 태도로 품에서 약통을 꺼내 할아버지에게 내밀었다.

"회복단이에요."

한기의 말에 노인의 얼굴이 환해졌다.

"허허허. 죽지는 않겠구나."

"그럼, 저는 용손과 할 일이 있어서."

한기는 허리를 굽혀 인사를 하고 용손을 향해 걸음을 뗐다.

"이봐, 싸우자."

한기가 동네 아이에게 선전포고하듯이 소리쳤다.

"감히 어린놈이!"

용손이 콧등을 찡그렸다. 그의 분노가 내부로부터 파도

를 일으켰다. 백발이 하늘로 치솟고 옷자락이 펄럭거렸다.

다음 순간, 그로부터 한기를 향해 파도가 번져나갔다. 파도는 날아가는 도중 불의 구로 변했다. 쾅! 불의 구는 산이 무너지는 듯한 굉음과 함께 한기를 덮쳤다.

연기가 사라진 자리, 곳곳에 상처를 입은 채로 한기가 버티고 섰다.

"그사이 조금쯤은 강해진 모양이로군."

용손이 가소롭다는 투로 말했다.

그러자 한기가 픽 웃었다.

"그 웃음은 무슨 의미냐?"

용손이 물었다.

"내 친구 황희가 말했거든. 급한 놈이 먼저 말하기 마련이라고. 고로, 네가 더 애가 탄다는 뜻이지."

"네 부모가 내 약점을 알아냈다 하여 감히 나를 이길 수 있다고 생각하느냐?"

용손의 얼굴이 차디찬 얼음 조각처럼 변했다.

"응. 그렇게 생각해."

"푸하하하."

용손이 폭포수처럼 웃음을 터뜨렸다.

"네놈은 내 역린에 닿지 못한다."

"딱히…… 네 이마의 역린을 노릴 생각은 없어."

한기가 시큰둥하게 말했다.

"뭐라고?"

용손의 아름다운 얼굴에 의아한 빛이 차올랐다.

"이마만이 아니라 너 자체가 역린으로 보이거든."

"……."

"너의 역린은 이마에 거꾸로 돋아난 비늘만이 아니라 이 고귀한 땅을 죽음으로 물들이려는 욕망이니까. 우리가 보기에는 말이지."

"우리라니? 여기 네놈 말고 또 누가 있다는 말이냐?"

용손이 콧방귀를 뀌었다.

그 물음에 한기의 몸이 투명하게 빛났다. 그리고 그의 몸에 겹쳐 열 가지 형체가 세상 밖으로 걸어 나왔다.

절구를 든 팔봉 씨.

다듬잇방망이를 쥔 순이 엄마.

밤을 따듯 통통 뛰는 석봉이.

공을 모는 달복이.

감투를 쓰고 곰방대를 문 조 첨지.

채찍을 휘두르는 철수.

붕붕 재주를 넘는 판개.

도끼를 어깨에 멘 이징옥.

입천장을 혀로 차는 장님 황정학.

위용 넘치는 산군 인왕산 호랑이.

그들은 마치 소풍이라도 가는 아이들처럼 신이 나서 용
손을 향해 걸어간다.

"나 방해하지 마. 도끼로 한 방에 부술 테니까."

"허어, 내 떡메질이 먼저라니까."

"어머나, 남자들이라면 여인네에게 양보할 줄도 알아
야죠. 순이 엄마에게 맡겨요."

"잘 싸워봐. 방어는 이 조 첨지가 시침을 뚝 떼고 해줄
테니까."

"피하는 건 나 판개한테 맡기슈."

"딱. 딱. 딱. 오늘따라 입천장 차는 소리가 좋네."

"채찍으로 찰싹 마빡의 역린을 깨뜨려야지."

"나는 공을 차서 상판대기를 부숴버리겠어."

"공중은 석봉이한테 맡겨요."

"이 산군의 몫도 남겨줘야 한다고."

열 가지 기법은 저마다 한마디씩 던지면서 용손을 향해
뛰기 시작했다.

"모두 저승으로 보내주마!"

용손이 분노했다. 백발이 폭풍우처럼 휘날렸다. 차가운 얼굴로 변한 그는 왼손을 내밀었다. 용의 비늘로 덮인 팔이었다. 그러자 다른 세계로 향하는 문처럼 타원형의 불덩이가 나타났다.

"가라!"

불덩이는 수십 개의 불화살로 변하며 허공으로 빠르게 쏘아진다.

다음 순간, 열 가지 기법은 하나가 되었다. 다름 아닌 장님 무사 황정학이있다. 황정학은 귀의 눈을 열어 소리로 불화살을 피하며 용손의 눈앞에 이르렀다.

"정학속검."

황정학의 칼이 용손의 정수리를 깨뜨리려는 찰나였다. 용손이 미끄러지듯 물러서며 허공에 파도를 일으켰다. 파도는 까마득한 해일로 변해 황정학을 덮친다.

"첨지시침."

순간, 황정학은 조 첨지로 변해 파도를 버텨낸다. 용손이 날아오르자 조 첨지가 사라진다.

"소년채집!"

그리고 석봉이가 나타난다. 석봉이는 힘차게 허공으로 치솟으며 용손의 사타구니를 노린다.

용손이 양손을 내리뻗는다. 하늘에서 불타는 암석이 떨어지기 시작한다. 자연스럽게 살판꾼 판개가 재주를 펼치고, 황정학의 검이 잇따른다.

용손이 눈을 감고 중얼댄다. 이번에는 뜨거운 용암이 흘러든다. 인왕산 호랑이가 산군포효의 기법으로 몰려오는 용암의 강을 흩어낸다. 이어서 순이 엄마가 여인격봉의 기법으로 용손을 압박해간다.

용손의 손에서 얼음 창이 날아온다. 약현마을 조 첨지가 나서서 받아내고, 팔봉 씨가 절구질을 하며 반격한다. 청년축구 달복이는 정확한 발길질로 용손의 물회오리 방패를 뚫어내고, 철수의 채찍질은 날아오는 불덩어리를 가축을 몰듯 요리한다.

용손이 자신의 절기를 펼쳐낼 때마다, 열 가지 기법들은 가장 좋은 길을 모색해 수비와 공격을 이어갔다.

시간은 빠르게 흘러갔다. 붉은 아침 해는 창공에 떠올라 하얗게 변했다.

이제 순이 엄마의 다듬잇방망이가 용손을 몰아쳤다. 용손은 양손으로 물리치며 숨을 가다듬었다. 그 찰나, 팔봉 씨의 절구질이 이어졌다. 천년바위처럼 무거운 절구질이었다. 용손은 용의 비늘이 돋은 왼팔로 절구를 쳐냈다.

용의 비늘들이 떨어져나가며 햇살에 반짝거렸다.

용손이 황급히 몸을 돌려 불기둥을 일으켰다. 팔봉 씨는 판개가 되고, 판개는 바닥에서 솟아오른 불기둥을 요리조리 피하기 시작한다. 그러고는 돌연 사라졌다!

"응?"

용손이 어리둥절해서 크게 눈을 떴다. 그는 자신의 등 뒤에 누군가가 있다는 걸 느꼈다. 그 짧은 순간, 태어나서 처음으로 소름이 끼쳤다.

"죽어라!"

화르르. 용손은 상체를 틀면서 입에서 용의 불길을 쏘아냈다. 맞는 순간 뼈조차 남지 않는 뜨거운 불길이었다.

그런데 이번에도 없었다!

비로소 용손은 눈앞에 서 있는 한기를 발견했다. 그리고 이마에 한기의 정의봉이 닿았음을 깨달았다.

역린. 거꾸로 난 비늘이 돋아 있는 바로 그곳.

"흡."

용손은 숨을 들이켰다.

분노와 절망, 공포가 그의 눈 깊은 곳에서 차오르기 시작했다. 그리고 그걸로 끝이었다. 숨조차 내뱉지 못했다.

마지막 순간, 용손은 한기를 둘러싸고 즐겁게 웃고 있

는 열 가지 기법의 주인공들을 본 것 같았다. 그리고 환호
성을 지르는 판다 곰과 여섯 무사도.

❖

동지(冬至)[*]. 일 년 중 밤이 가장 길고 낮이 가장 짧은 날
이다.

한기와 부모님, 복희는 한성요괴상점의 호두나무 탁자
에 팥죽을 한 그릇씩 놓고 앉았다.

"장인께서는 금강산 만폭동에서 팥죽이나 드시는지 모
르겠습니다."

최북이 그리운 목소리로 말했다.

"해달이가 음식을 잘해요. 새알심을 듬뿍 넣어서 잘 드
실 거예요."

매화당이 걱정할 것 없다고 말을 받았다.

"그래도 해님이 새로 태어나는 아세(亞歲)에는 가족과
함께 있으면 좋으련만."

최북이 아쉬워했다.

세간에서는 동지를 태양이 부활하는 아세, 즉 작은설이라 일컬었다.

"그러게 말이에요. 여기 우리와 함께 있으면 좀 좋아요?"

매화당이 희미하게 웃었다.

"두 분이 그렇게 말할 게 아닌 거 같은데요?"

팥죽 한 그릇을 깨끗이 비운 한기가 부모님을 번갈아쳐다보며 푹 한숨을 내질렀다.

"그게 무슨 소리냐?"

"왜 그러니, 한기야?"

아버지와 어머니가 눈을 동그랗게 뜨고 되물었다.

한기는 어처구니가 없어서 옆자리에 앉은 복희를 보며웃고 말았다. 그러자 복희도 맑게 따라 웃었다.

"아니, 지금 할아버지가 함께 있지 않는다고 원망할 때예요? 저걸 보세요."

한기가 출입문 앞에 있는 등짐과 봇짐을 숟가락으로 가리키며 말했다.

"우리는 팥죽을 함께 먹었잖니?"

"아무렴. 우리는 가족과 함께 동짓날을 보내고 떠나는

거다.”

부모님이 뻔뻔한 얼굴로 어깨를 으쓱했다.

이 아침을 먹고 한기의 부모님은 길을 떠난다. 그들은 청나라로 가는 사신 일행에 섞여 북경으로 갈 예정이었다.

“아니, 도대체 왜 청나라로 가는 거예요?”

한기가 이해할 수 없다는 듯이 물었다.

“굳이 청나라로 가는 게 아니다.”

최북이 괜스레 근엄한 표정을 지었다.

“그럼요?”

“우리의 목표는 청나라가 아니야. 우리는 그곳을 통해서 구라파까지 가볼 생각이다.”

“예전에는 야만인들이었는데 요새는 아주 크게 발전했단다. 예쁜 옷도 예쁜 신도 예쁜 장신구도 아주 많대.”

매화당이 즐겁게 남편의 말에 덧붙였다.

“아, 네. 그러시군요.”

한기가 기가 막혀서 푹 한숨을 내질렀다.

“복희야, 네 할아버지께도 꼭 소식을 전하마.”

“힘드시면 괜찮아요. 서신을 주고받으니까.”

“그런데 우리 둘째 아들 고산자는 어딜 갔어? 아침부터 보이지 않네?”

매화당이 한기에게 물었다.

그때 마침 고산자가 상점 안으로 달려 들어왔다. 그 어깨에 앉은 묘묘가 서로 다른 색깔의 눈알을 빛내며 '야옹' 하고 울었다. 당당이도 뒤따라 '히이잉' 울면서 들어왔다.

"산자, 어디 다녀왔니? 어서 앉아서 팥죽 먹어라."

"늘 배고픈 우리 산자, 굶어 죽겠다. 빨리 먹어라."

부모님이 반갑게 맞았다.

고산자는 콩알 눈과 큰 입으로 즐겁게 웃더니, 종이 두 장을 자랑스럽게 내밀었다. 종이에는 두 사람이 그려져 있다. 한 명은 갓을 썼으니 아마도 남자 같고, 한 명은 비녀처럼 보이는 것을 했으니 아마도 여자 같다.

"이게 뭐야?"

눈치 없이 최북이 물었다.

"히. 아버님 어머님이 먼 길을 떠난다고 해서 선물을 준비했어요. 아버지 어머니예요."

고산자가 해맑게 웃었다.

"아, 그래? 이, 이거 아주 똑같구나."

"그, 그러네. 꼭 나를 닮았네."

최북과 매화당이 속을 감추며 황급히 대답했다.

"다음에는 더 멋지게 그릴게요."

고산자는 부모의 칭찬에 짧은 팔로 머리를 긁적이면서 부끄러워했다. 그러더니 막 좋은 생각이 떠올랐다는 듯 묻는다.

"저기, 묘묘랑 당당이랑 마포 순찰해도 돼요?"

"마포 순찰?"

"요즘 쟤들 그게 취미예요. 황희 흉내 내는 거예요."

되묻는 어머니에게 한기가 대답했다.

"그러렴."

최북이 머리를 크게 끄덕였다.

"다녀오겠습니다!"

고산자가 신이 나서 뛰어나간다. 히잉. 당당이도 즐거운 울음을 울면서 급하게 밖으로 달려나간다. 이야옹. 묘묘도 같이 가자고 힘차게 상점을 나선다.

"자, 그럼. 우리도 가볼까요?"

최북이 매화당을 보며 몸을 일으켰다.

"그러죠."

매화당도 일어섰다.

두 사람은 등짐을 메고 봇짐을 안고 길로 나선다.

"그럼, 잘 있어라."

"철없는 우리 둘째, 잘 보살피고."

작별 인사를 했다.

"알았어요. 두 분도 잘 지내세요. 싸우지 말고요."

"아버님 어머님, 만수무강하세요."

한기와 복희도 작별 인사를 했다.

"한기가 스무 살이 되면 잠시 돌아올 생각이야."

매화당이 의미심장하게 웃었다.

"뭐 굳이 그럴 것까지 없어요. 실컷 돌아다니다 구라파
에 집 짓고 사세요."

코끝이 찡해진 한기가 일부러 퉁명스레 대꾸했다.

"아들 혼례는 치러야지!"

최북과 매화당이 동시에 소리쳤다.

그 말에 한기와 복희의 얼굴이 사과처럼 빨개졌다.

"어머머, 얘들 봐요. 정말 혼례를 치를 모양인데요."

"아들, 여자는 결혼하면 달라진다. 잘 생각해라."

최북이 한기를 보며 명심하라고 눈알을 부릅뜨고 머리
를 주억거렸다.

"복희야, 남자는 다 도둑놈이다. 절대로 틈을 줘선 안
된다."

매화당이 웃고만 있는 복희에게 충고했다.

"네, 어머님. 그럴게요."

복희가 대답했다.

한성요괴상점의 하늘 위로 새하얀 구름과 함께 겨울이 흘러가고 있다.

몇 걸음 멀어지던 한기의 부모가 걸음을 멈추고 몸을 돌린다.

"그런데 한기야, 지금부터는 뭘 하려고?"

부모님이 물었다.

"당연히……."

한기의 입술이 부드럽게 옆으로 퍼졌다.

"《요괴화첩》을 완성해야죠!"

"흠, 역시 이걸로 끝이 아니구나."

"물론이에요."

한성요괴상점

초판 1쇄 발행 2023년 3월 20일

지은이 기구름

발행인 고영토
기획 윤혜민
발행처 ㈜콘텐츠랩블루
출판신고 2019년 1월 10일 제 2019-000006호

펴낸곳 ㈜타인의취향
기획실장 최지연
책임편집 이지은
마케팅 이유리, 김현지, 박소영
경영지원 김나영
디자인 수오
표지일러스트 광광
주소 서울시 마포구 큰우물로 75 성지빌딩 1406호
전화 02-6949-6014 **팩스** 02-6919-9058

ⓒ 기구름, 2023

ISBN 979-11-6968-266-4 03810